GE
16466.

가서 살든지, 아니면 머무르다가 죽든지 하련다.

셰익스피어

세상의 용도

세상의 용도 02

지은이 | 니콜라 부비에
옮긴이 | 이재형

초판 펴낸날 | 2018년 6월 30일
펴낸이 | 김남기

표지·본문 디자인 | 소나무와 민들레

펴낸곳 | 소동
등록 | 2002년 1월 14일(제19-0170)
주소 | 경기도 파주시 돌곶이길 178-23
전화 | 031·955·6202 070·7796·6202
팩스 | 031·955·6206
홈페이지 | http://www.sodongbook.com
전자우편 | sodongbook@naver.com

ISBN 978-89-94750-26-2 (04860)
ISBN 978-89-94750-24-8 (04860)(세트)

* 잘못된 책은 바꾸어드립니다.

이 도서의 국립중앙도서관 출판예정도서목록(CIP)은 서지정보유통지원시스템 홈페이지(http://seoji.
nl.go.kr)와 국가자료공동목록시스템(http://www.nl.go.kr/kolisnet)에서 이용하실 수 있습니다.(CIP제어번호:
CIP2018018084)

세상의 용도

중앙아시아, 이란

02

떨어지고 또 떨어지는 모든 물
그것은 내 눈에서 흐르는 눈물이어라

지은이 니콜라 부비에

옮긴이 이재형

소동

| 목차

제 2권
떨어지고 또 떨어지는 모든 물
그것은 내 눈에서 흐르는 눈물이어라

네 번째 이야기 **타브리즈-아제르바이잔**
삶이 중앙아시아의 어느 변두리에서
길을 잃고 헤매도록 하고 싶었다 11

다섯 번째 **이야기 교도소에서**
라일락 향기를 맡으니
미쳐버릴 것만 같네 97

여섯 번째 이야기 **타브리즈 Ⅱ**
이 세상처럼 오래되고
이 세상처럼 매혹적인 도시 135

일곱 번째 이야기 **샤흐라**
만져지지 않는 이 길,
어디에도 도달하지 않는 이 강 161

《세상의 용도》 경로 지도 272
옮긴이의 글 삶을 바꿔놓는 경이의 책 276
니콜라 부비에의 생애 281

제1권
봄꽃들이여, 무얼 기다리니

첫 번째 이야기   발칸 반도
두 번째 이야기   아나톨리아 가는 길
세 번째 이야기   이란 국경

제3권
세계는 잔물결을 일으키며 당신을 통과하고,
당신은 잠시 물색깔을 띄게 된다

여덟 번째 이야기   사키바 주변에서
아홉 번째 이야기   아프가니스탄
열 번째 이야기   카불
열한 번째 이야기   힌두쿠시
열두 번째 이야기   이교도들의 성
열세 번째 이야기   카이바르 고개

나는 힘들지만 글을 쓰려고 애썼다.
나는 자유도, 유연성도 가지고 있지 않다. 오직 욕망만을, 그리고 순전한 공포심만을 갖고 있을 따름이다. 같은 페이지를 스무 번도 더 찢어버리고 다시 시작했지만 임계점을 넘어서지 못했다.

삶이 중앙아시아의 어느 변두리에서
길을 잃고 헤매도록 하고 싶었다

네 번째 이야기 **타브리즈** 27 – 아제르바이잔

일러두기

이 책의 저자들은 1950년대에 스위스를 출발하여 인도 여행길에 올랐습니다.
지금과 국경선, 국제정세 등이 많이 다르기에 한국어판은 각주, 지도(272쪽)를 넣었습니다.

글쓴이 주와 옮긴이 주는 본문 중에 나오며(괄호 처리), 각주는 편집자 주입니다.
각주에서 출처가 따로 표시되지 않은 것은 위키백과를 참고했습니다.

하페즈

유목생활은 놀라움 그 자체다. 2주일 만에 1500킬로미터를 이동한다. 아나톨리아 전역을 질풍처럼 돌아다니는 것이다. 이미 어두워진 어느 날 밤, 기둥이 서있는 좁은 발코니와 덜덜 떨고

타브리즈 이란 북서부 끝의 고원지대에 있는 도시. 13세기 몽골제국의 침입으로 한동안 몽골 제국의 수도였다. 이란 땅이지만 인구 대부분이 시아파 이슬람을 믿는 투르크인(터키인)이어서 타브리즈와 테헤란은 사이가 좋지 않다. 소수 인구로 쿠르드족과 아르메니아인들도 있는데, 쿠르드족은 수니파 이슬람, 아르메니아인들은 대부분 기독교를 믿는다. 남부 아제르바이잔의 중심 도시다.
아제르바이잔 투르크계 인종인 아제리인들의 지역이라는 뜻으로, 아제르바이잔공화국과 이란 북쪽 지역인 남부 아제르바이잔으로 나뉜다(부록 지도 참고). 시아파 이슬람, 터키의 영향을 받은 아제리어, 러시아의 제도 등이 섞여 민족 정체성이 복잡하다. 이란령인 남부 아제르바이잔은 제2차 대전 중 소련의 지원으로 피셰바리를 대통령으로 하는 독립국을 세웠으나 1946년 이란이 다시 점령했다.
하페즈 타브리즈에 있는 거리의 이름. 페르시아의 유명한 시인 이름이기도 하다.

있는 칠면조 몇 마리가 왠지 가슴 뭉클하게 와닿는 도시에 도착한다. 그리고 거기서 군인 두 명과 학교선생, 독일어를 하는 무국적 의사랑 같이 술을 마신다. 하품을 하고 기지개를 켜고 잠이 든다. 밤새 눈이 내리더니, 지붕을 덮고 고함소리를 억누르고 도로를 끊어놓는다……. 그래서 아제르바이잔 타브리즈에서 6개월을 머무르는 것이다.

다시 동쪽으로 떠나려면 지프차가 있어야만 할 것이다. 하지만 남아있으려면 허가를 얻어야만 했다. 타브리즈는 군사구역이기 때문이다. 그리고 허가를 얻으려면 누군가가 힘을 써주어야만 했다. 폴루스(그 전날 만난 의사)는 그가 종양을 제거해 준 대령에게 우리를 보냈다. 허리띠를 꽉 졸라맨 이 군인은 머리가 듬성듬성했고 옆모습은 새매를 연상시켰다. 양쪽 뺨은 홍조를 띠고 있어서 약간 모호한 인상을 풍겼다. 프러시아에서 공부했다는 그는 정떨어질 정도로 무뚝뚝한 독일어와 의심으로 가득 찬 표정으로 우리에게 오랫동안 이것저것 꼬치꼬치 캐물었다. 우리는 오후에 응답을 들었다. 그의 말투가 바뀌었다. 그는 우리를 다정하게 바라보았다.

"제가 장군님께 부탁드렸습니다. 원하시는 기간만큼 여기 머무르셔도 좋습니다……."

이렇게 말한 그는 머리끝까지 빨개질 정도로 얼굴을 붉히며 별로 자신없는 목소리로 말을 이어나갔다.

"전, 사원에서 두 시간 동안 우리가 좋은…… 아주, 아주 좋은 친구가 되게 해달라고 기도했습니다."

하지만 우리로서는 사실 심히 부담스러워서 마냥 좋아할 수만은 없었다. 그는 그 다음 주에 전속되었고, 그 뒤로는 다시는 그의 모습을 보지 못했다. 어떤 시인이 쓴 것처럼, "생쥐들과 인간의 계획도 때로는 성공하지 못할 때가 있는 법이다."

티에리가 문을 다시 지나가면서 말했다.

"사람들 얼굴에 생겨난 청동색 반점 봤어?"

나를 가장 당혹케 하는 것은 그 기도의 순진함이었다. 얼마나 너그러우신 신인가? 그분께는 뭐든지 다 부탁할 수가 있었다. 대령은 약속을 지켰고, 우리에게는 허가증이 발급되었다. 그 다음날, 우리는 아르메니아인들이 사는 동네의 작은 안뜰에 천장이 낮은 하얀 방을 하나 얻었다. 그리고 오랫동안 타브리즈에 머물렀다.

세입자들 부엌에서 첫번째 밤을 보냈다. 영어를 좀 할 줄 아는 과부(선교병원의 간호사)와 그녀의 나이든 어머니, 꼭 갈가마귀처럼 생긴 눈에 귓속까지 박박 씻고 석유등 불빛 아래서 숙제를 하는 두 소년. 소금에 절인 오이, 설탕에 절인 생견과류, 케이크, 연기 냄새가 나는 백포도주. 더 살기 좋은 세계에서 온 외국인 기독교도와 인사도 나눌 겸 도대체 어떤 인간들인지 구경도 할 겸, 이웃들이 찾아와서 잠깐씩 앉았다 가곤 했다. 몸에 꽉 끼는 검은색 스웨터 차림에 둔탁한 목소리를 가진, 부어오른 얼굴때문에 뭔가 불안해 보이는 구멍가게 주인이 우리가 이 도시에 관해 질문을 던질 때마다 나름 고생 깨나 해본 사람들 특유의, 예의 그 보호자인 척하는 미소를 지으며 꼬박꼬박 대답해 주었다.

우리가 사는 작은 길거리는 아르메니아인들이 사는 동네의 경계를 이루고 있었다. '나쁜 쪽 끝'에서는 터키인 가족이 몇 가구 살고 있었으며, 작은 안뜰의 닫힌 문을 통해서 이따금씩 해로운 아편 냄새가 스며들었다. 과부는 얌전하게 눈을 내리깔며 '나쁜 사람들'이에요, 라고 말했다. 그녀는 틀림없이 M씨를 이 범주에 집어넣었으리라. 아르메니아인들이 우리에게 터키인 아르밥(마을의 주인 - 글쓴이 주)에 관한 험담을 잔뜩 늘어놓았기 때문에 우리는 순전히 호기심에서 그를 찾아갔다. 우리 방 근처에 있는 그 사람 소유의 헛간에 우리 자동차를 주차시키고 싶은 희망도 섞여있었다. 그는 '적'으로부터의 제안이 무척 흥미롭게 느껴졌는지, 곧바로 우리 부탁을 들어주고 정중하게 맞았다. 그러고 난 다음 마차를 끄는 말 위에 마구를 얹더니, 터키 거리를 달려 자기가 그중 절반을 소유하고 있는 수피안 마을까지 한번 가보자고 제안했다.

우리는 염색공 동네를 빠른 속도로 통과했다. 평평한 지붕 위에서 화려한 색깔의 거대한 실타래들이 연한색 하늘을 배경으로 이리저리 흔들리며 말라가고 있었다. 거기를 지나자 도로는 마치 넓은 바다를 연상시키는 붉고 울퉁불퉁한 땅으로 접어들었다. 잎사귀가 다 떨어져나간 가지에 까마귀들이 보금자리를 튼 나무와 낮은 벽이 중간중간 나타났다. 시골길에서는 밟아 뭉개진 나뭇잎의 씁쓸한 냄새가 아직도 풍겼고, 말이 지나가자 검은색 귀뚜라미들이 날아오르다가 곤두박질치고, 바퀴자국을 건너가고, 까악까악 울어대고, 무수히 죽어갔다. 그 전전날 내렸던 눈은 거의 완전히 녹아버렸다.

"이제 겨울은 언제 옵니까?"

그러자 노인은 나지막한 목소리로 대답했다.

"줄곧 소나기만 내리지요. 한달 뒤면 겨울이 시작될 거요. 늘 일찌감치 찾아오지요."

그는 거의 완벽한 프랑스어로 우리들에게 계속 질문을 던지며 전속력으로 마차를 몰았다. 담배를 피우는 사람들 대부분이 그렇듯 그도 자신의 옷차림에는 별로 관심이 없어서 만일 나무랄 데 없는 매너를 보여주지 않았더라면 마부로 오해받았을 것이다. 친절하게도 그는 자기 세대의 마을 주민들에게는 아편이 악폐惡弊라기보다는 하나의 습관이라고 설명해 주었다. 그는 아편을 하루에 파이프 세 대 분량 이상은 절대 피우지 않으며, 전혀 아무 어려움 없이 끊을 수 있다고 말했다. 그의 소작인들은 그에게 포도주나 올리브유, 혹은 양털을 대주듯이 그를 위해 양귀비를 조금씩 심는다고(양귀비 재배와 판매는 1955년에 금지되었다 - 글쓴이 주) 한다. 그러고 난 그는 우리에게 프랑스에 관한 온갖 어리석은 질문을 던지더니 자기도 거기서 5년간 살았다고 털어놓았다. 나는 그처럼 신중한 태도에 상당히 매료되었다. 이 수수께끼 같은 인물은 아마도 그가 보여주고자 하는 것보다 훨씬 더 많은 걸 알고 있음이 틀림없었다. 어쨌든 그는 자신의 도시를 알고 있어서 오랫동안 거기에 대해 말해 주었다.

그가 아직 어린 소년이었을 때까지만 해도 타브리즈는 이란에서 가장 큰 도시였다고 한다. 매주 금요일(이슬람교도들의 주일)이면 중앙 광장에서 늑대 싸움이 벌어져서 아주 멀리 사는 농부들이 구경을 하러 왔을 정도였다. 그때가 되면 백포도주를 물 마시듯 퍼마시지만 그걸 가지고 뭐라 하는 뮐러는 없었다고 한다. 시장은, 1제곱미터에 1만 4000토만(페르시아 금화 - 옮긴이 주)까지 값이 나갈 때도 있었던 양탄자뿐만 아니라 중동에서 가장 뛰어난 송골매로도 역시 유명했다. 이 새들은 타타르에서 카스피 해를 건너오느라 너무 지친 나머지 이곳의 북동부 지역으로 날아들었다고 한다. 그 당시의 타브리즈는 오늘날보다 더 부유하고 인구도 더 많았으며, 이곳 상인들은 독일 라이프치히와 러시아 니즈니-노보고로드의 무역박람회에서도 성업을 이루었다. 그랬다가 볼셰비키 혁명이 일어나고 러시아 쪽 국경이 폐쇄

되면서 헤어날 길 없는 침체에 빠지고 말았다. 상인 계급은 베이루트나 이스탄불로 이주해갔고, 시장의 모험정신은 사라져버렸다. 1941년에서 45년까지 소련군이 이 지역을 점령했고, 뭔가 아직 잃을 게 있었던 사람들은 다들 서둘러 짐을 쌌다. 점령은 가혹하기는 했지만 질서 있게 이루어졌다. 빵 한 조각이라도 먹고 싶으면 일을 해야 한다며 거지들도 길거리에서 붙잡아다가 강제노역을 시켰다. 이 도시를 떠나면서 소련인들은 아스팔트가 깔린 길거리 몇 군데, 초현대식 방적공장, 지지자들이 우글거리는 대학, 그리고 마르크스와 레닌, 에렌부르크의 글을 특별히 아제리-터키 방언으로 번역한 책이 산더미처럼 쌓인 상품진열대를 남겨놓았다. 그들은 또한, 그리고 특히 '아제르바이잔 민주공화국'을 남겨놓았다. 그러나 이 급조된 공화국 정부는 우왕좌왕하다가 얼마 안 있어 무정부 상태와 보드카 속에 빠져버리고 말았다. 1947년 초, 이란 군대가 총 한 번 쏘지 않고 이 도시를 다시 점령했다.

"그들은 재정복을 기념하기 위해 우표를 발행했어요……. 그 다음에는 시골을 약탈하기 시작했지요."

이렇게 말하고 난 노인이 냉담한 어조로 덧붙였다.

"그 바람에 나도 양을 많이 잃었습니다."

일리아 에렌부르크(1891~1967) 옛 소련의 작가로 자본주의 사회를 풍자하고 문명을 비판한 작품이 많다. 1952년에 레닌평화상을 받았다.

우리는 차하나스 거리를 통해 도시로 돌아왔다. 쓸쓸해 보이는 넓은 가로수길 양쪽으로 흙담이 집들을 완전히 가리며 이어졌다. 아직 환한 하늘에서 초생달이 환히 빛나고 있었다. 날은 추웠고, 하늘을 보니 금방이라도 눈이라도 쏟아질 것 같았다. 나무와 숯, 내장, 끓인 포도 찌꺼기를 파는 상인들이 가게 앞에 쭈그리고 앉아 이런저런 얘기를 나누고 있었다. 박박 깎은 머리, 툭 튀어나온 광대뼈, 드문드문 난 턱수염, 양털이나 모피 모자.

"보시다시피…… 이곳은 터키 도시도 아니고, 러시아 도시도 아니고, 페르시아 도시도 아닙니다……. 당연한 얘기지만, 이 셋을 다 합쳐놓은 도시라고 할 수 있지요. 하지만 근본적으로 타브리즈는 아시아의 중심입니다. 이스탄불 사람들은 잘 알아듣지 못하는 우리 터키 방언은 실제로 중국령 투르키스탄에서까지 사용됩니다. 서쪽을 바라보고 있는 타브리즈는 중앙아시아의 마지막 보루지요. 시장의 늙은 보석 상인들이, 옛날에는 보석을 찾으러 사마르칸트로 갔었다고 하는 말에 사람들이 혹해서 귀를 쫑긋하는 모습을 보세요. 비잔틴이 함락되고 난 뒤로 당신네 유럽 역사가들은 중앙아시아에 관해 더 이상 아무것도 이해하지 못했어요."

우리는 그의 집으로 올라가서 그날의 마지막 차를 마셨다. 나는 푸른색 창틀이 끼워진 창문을 통해 드넓게 펼쳐진 도시를 내려다보았다. 거대한 접시를 연상시키는 황토색 땅을 아티키-

차이('쓰디쓴 물'이라는 뜻 - 글쓴이 주) 강의 검은색 하구가 시장이 자리잡은 곳에서부터 둘로 나누어놓았다. 수많은 진흙 색깔의 지붕들 위로 부드럽게 부풀어오른 둥근 지붕 두 개가 불쑥 솟아 나와 있었다. 동쪽의 교외에서는 농부들이 낙타와 당나귀 떼를 몰고 가고, 아이스크림 색깔의 페인트가 칠해진 트럭들이 어두운 안마당에 주차되어 있었다.

옛날의 아랍 지리학자들은 이 도시가 (카불과 더불어) 전세계에서 가장 날씨가 좋다고 기록하였다. 날씨가 너무나 좋아서 몽골족들은 이 도시를 파괴할 생각을 감히 하지 못했으며, 칭기즈 칸의 후손인 가잔 칸은 아시아에서 가장 화려한 궁궐을 이곳에 세웠을 정도였다. 호화찬란했던 과거에서 지금 남은 거라곤, 눈의 무게를 못 이겨 붕괴되는 거대한 성채, 미로 같은 시장, 아직도 은은하게 빛나는 푸른색 타일이 입구에 깔린 사원(이슬람권에 사는 사람이라면 이 사원을 모르는 이가 없다)뿐이다.

어둠이 거의 다 내렸고 하늘은 흐려졌다. 혹시 비가 오려는 게 아닐까 싶어 창문밖을 보려고 일어서자 M노인이 내 소매를

투르키스탄 투르크족(터키인)의 땅이란 뜻이며, 중국 영토인 동투르키스탄과 옛 소련 영토인 서투르키스탄 지역으로 나뉜다. 서투르키스탄은 카자흐스탄 · 키르기스스탄 · 타지키스탄 · 우즈베키스탄 · 투르크메니스탄 · 아프가니스탄 등을 포함하는 중앙아시아 지역이다. 이들은 1991년 옛 소련으로부터 독립했다. 사마르칸트, 부하라, 타슈켄트와 같은 고대에 번성한 도시들이 이 지역에 있다.
사마르칸트 우즈베키스탄에 있는 중앙아시아에서 가장 오래된 도시. 고대와 중세에 중국과 인도의 교역로에서 중요한 교차점이었다.

살그머니 잡았다.

"비가 오면 고양이가 집으로 돌아올 거요."

타브리즈는 약 26만 명을 먹여 살리고 있었으며(아니, 먹여 살려야 하며, 라고 말해야 할 것 같다), 그중에는 아르메니아인과 삼십여 명의 외국인, 그리고 성 라자로회⁎ 소속 수도사인 프랑스인 두 명이 끼어있었다. 이곳에는 프랑스인도 없고 개종한 이슬람교도들은 없는데 그들은 왜 여기 와있는 것일까? 어떻게 온 것일까? 그걸 아는 사람은 아무도 없었다. 하지만 그들은 거기 있었고, 그들의 외로움은 뼈에 사무칠 정도였다. 나는 책을 좀 빌려야겠다는 생각으로 그들을 찾아갔다. 베오그라드를 떠난 뒤로 프랑스 글씨는 구경조차 못했던 것이다. 선교회 건물은 프랑스 영사관 뒤에 숨어있었다. 정오쯤 우리는 선교회 안에서 뒷짐을 지고 햇볕을 받으며 산책하는 두 수도사를 발견하였다. 재빨리 우리 소개를 했다. 혈색이 좋고 동작이 굼뜨며 턱수염을 기른 알자스 지방 출신 수도원장은 최근에 이 도시에 도착했다고 한다. 부원장 에르베 수사는 이곳에 온 지가 벌써 5년이나 되었다. 브르타뉴 출신의 40대인 그는 키가 훌쭉하고 머리가 꼭 미끼새의 머리만큼이나 작으며, 열이 있어 보이는 눈에 캉페르 사투리를 썼다. 그는 사냥총과 담배꽁초, 탐정소설, 빨간색 연필로 인정사정없이 고쳐놓은 학생들의 시험지 등이 어지럽게 널려있는 방으로 나를 데려갔다. 여기저기 기운 수사복 위에서 사냥용 대형 산탄이 굴러다니고 있었다.

그가 진저리난다는 듯 미소 지으며 말했다.

"저는 온갖 나쁜 버릇이란 버릇은 다 가지고 있지요. 그냥 이렇게 사는 게 좋아요."

담배에 불을 붙이는 그의 손이 떨렸다. 틀림없이 프랑스에서 공부를 엄청 잘했을 그는, 신이나 본원本院에 대한 사랑으로 주어진 문제조차 제대로 이해 못하는(그게 그들의 잘못은 아니다) 대학생들의 엉망진창인 논술 답안지를 고치느라 여기서 밤을 새우고 있는 것이다. 그는 이 도시에 더 이상 환상 같은 걸 품고 있지 않았다.

"이곳의 이슬람교요? 진짜 이슬람교요? 완전히 끝났습니다……. 지금은 히스테리를 부리고 남을 괴롭히는 광신도들뿐입니다. 그들은 검은 단기團旗를 따라가며 욕설을 퍼붓고, 가게를 박살내고, 이맘들의 제삿날이 되면 종교적 흥분 상태에서 자기 몸을 훼손해요……. 윤리 같은 걸 찾기는 힘듭니다. 교리에 관해서는 더 이상 말하지 말자구요! 나는 이곳에서 진정한 이슬람교도들과 알고 지냈지요. 참으로 훌륭한 사람들이었어요. 하지만 그들은 모두 죽거나 떠났습니다. 지금은…… 가난한 사

브르타뉴 여기서는 프랑스 북서부 지역에 있는 브르타뉴를 뜻한다.
캥페르 프랑스 브르타뉴 주의 도시.

람들이 마지막으로 할 수 있는 반항은 광신뿐이기 때문에……
감히 나서서 그러지 말라고 말릴 수 있는 사람은 아무도 없어
요……. 그래서 그들은 일요일에는 큰소리로 떠들지만 주중에
는 조용한 것입니다. 그리고 이곳에는 나름대로 잘 알아서 하는
사람들이 있어요. 굶주리는 사람들이 적어지면 여러 가지가 나
아질 겁니다."

수도원장이 말없이 고개를 끄덕였다. 브르타뉴 출신 수도
사가 말을 이어나갔다.

"우리는 여기서 아무 짝에도 쓸모가 없습니다. 지난번 성탄
절 미사 때는 성당에 달랑 나 혼자뿐이었다니까요……. 몇 명 되
지 않는 교구민들조차 올 생각을 못했으니까요. 이제 끝입니다.
하기야 그 사람들이 무엇 때문에 오겠습니까? 불쌍한 사람들 같
으니!"

불쌍한 신부님! 나는 뮈스카데도 한 병 까고 골르와즈 담배
도 한 갑 탁자 위에 올려놓고는 그의 브르타뉴와 작가 베르나노
스, 토머스 성인에 관해 말해달라고 부탁하고 싶었다. 말을 하고
또 해서 그를 쓸쓸하게 만드는 그 온갖 쓸모없는 지식을 그의 마
음에서 비워내 버리도록 하고 싶었다.

그가 말을 계속했다.

"책으로 말하자면, 차라리 대학 도서관으로 가보세요. 프랑
스에서 고서들(쥘 페리 통치 시대에 내버렸던)을 좀 받았으니 괜찮

은 책을 몇 권 찾을 수 있을 겁니다."

그는 자신의 침대를 뒤덮고 있는 책들을 좀 당황스러운 표정으로 가리키며 이렇게 덧붙였다.

"탐정소설은 빌려드릴 수가 없군요. 원래 영사님 건데 계속해서 읽고 또 읽고 그러거든요. 어쩌겠습니까? 여기서는 할 일도 전혀 없고 사는 것도 팍팍한데 말예요!"

금요일이 되면 에르베 신부는 혼자 사냥을 가서 기독교인답게 늑대들에게 화풀이를 했다.

"원하신다면 내일 오후에 저랑 같이 나가시지요. 작은 트럭을 가진 친구에게 미리 얘기해놓을 테니까요."

하지만 제안에 별다른 열의가 담겨 있지 않은 것 같아서 나는 받아들이지 않았다. 원장은 나를 문까지 배웅해 주었다. 그는 자기 아랫사람의 비관적인 태도를 내게 사과라도 하려는 듯 손을 내 어깨에 살그머니 올려놓았다. 아무 말 없이. 그는 마음이 쉽게 움직이지 않는 인자忍者처럼, 바위처럼 보였다. 이 도시와 유배생활도 그를 굴복시키지는 못할 것 같았다.

우리는 완벽하게 정착했다. 두 개의 방, 아니 천장이 둥글고 흰 회반죽이 칠해진 복도 두 개는, 석류나무 한 그루와 활짝 꽃

뮈스카데 프랑스 루아르 강 하류 지역에서 생산되는 백포도주. 단맛이 나지 않는다.
조르주 베르나노스(1888~1948) 프랑스 작가. 종교적인 작품을 많이 썼다.

을 피운 프랑스금잔화가 첫 서리와 싸우고 있는 안뜰과 맞닿아 있었다. 벽에는 성상과 사모바르 주전자, 석유등을 놓아두는 벽감이 파여 있었다. 우리 방 중간에 있는 아주 작은 광에서는 달의 색깔을 한 쥐들이 살고 있었다. 각자의 방에는 책상 하나와 의자 하나, 그리고 꼭 와플처럼 주름진 작은 화덕이 갖춰져 있었다. 방세는 여섯 달치를 선불로 주었다. 자, 이제 준비가 다 되었다. 티에리가 그림을 내밀었다. 나는 시장에 가서 흰 종이를 한 뭉치 사오고 타자기에 쌓인 먼지를 털었다. 일을 시작하려 할 때만큼 그 일이 매혹적으로 보이는 적은 없다. 그리하여 우리가 이 도시를 발견하는 동안, 일은 시작 단계에 머물러있었다.

흙으로 더럽혀진 이 넓은 타브리즈는 불행했던 과거의 흔적을 여전히 떨쳐버리지 못하고 있었다. 간선도로를 제외하면 도시는 양쪽으로 엷은 황갈색의 흙담이 이어지고, 원형광장에는 플라타너스나무가 그늘을 드리우는데 (밤이면 노인들이 이 아래에서 담배를 피우며 이런저런 얘기를 나누었다), 그리로 작은 거리들이 연결되어 그물처럼 얽혀 있었다. 투박하고 둔한 사람들이 시장의 간선도로를 줄지어 지나갔다. 누덕누덕한 외투, 음산해 보이는 모자, 진흙 색깔 군복을 입은 군인들, 꽃무늬가 있는 차도르(페르시아의 이슬람 여성들이 쓰는 베일 - 글쓴이 주)를 쓴 여인들. 소리 없이 지나가는 마차들, 당나귀와 양과 칠면조들이 길거리로 쏟아져나왔다. 가게 문턱에 놓인 사모바르 주전자에서 김이 솟아오르고 있었다. 늘 잿빛을 띠고 있는 지붕 위의 하늘을 솔개들이 날아다녔다. 포플러나무들은 마지막으로 남은 이파리들을 떨구어버렸다. 을씨년스러우면서도 매혹적인 풍경이었다.

　이 도시의 상황은 다음과 같다.

　북쪽으로 90킬로미터 떨어진 곳에는 러시아와의 국경이 있다. 일주일에 한 번씩 네 량짜리 열차가 타브리즈를 떠나 줄파를 거쳐 소비에트령 아르메니아의 수도인 예레반으로 향한다. 이 열차는 거의 항상 비어있다. 아라라트 언덕에서 카스피 해의 인적 없는 해안까지 걸쳐있는 국경은 도망자의 발자국이 곧바로 발견되는 좁은 모래밭이 철조망과 함께 길게 이어져 있다. 그렇지만 이 국경이 굳게 닫혀 있는 것은 아니다. 소비에트인들이 이곳에 남겨놓은 하수인들은 조심스럽게 이 국경을 들락거린다. 이 인상적인 방어 장치도 그들이 지나갈 때는 침묵을 지킨다. 이 지역 속담이 꼭 집어 말해 주듯이, "검은 자신의 칼집을 자르지 않는다." 그래서 러시아인들은 이 도시에서 무슨 일이 꾸며지고 있는지를 손금 보듯 훤히 알고 있으며, '라디오 바쿠•'는 투표가 이루어지기 2주일 전에 이따금씩 제멋대로 코카서스의 음악 방송을 중단시키고 타브리지의 선거 결과를 예고하기도 한다는

바쿠　아제르바이잔의 수도.

것이었다.

서쪽으로 300킬로미터 떨어진 곳에서는 아라라트의 만년설이, 러시아와 터키, 이란을 향해 물결 모양으로 굽이치며 뻗어 있는 푸르른 산들을 내려다보고 있다. 노아가 우리 모두를 탄생시킨 방주를 사납게 소용돌이치는 물 위에 띄운 것이 바로 이곳, 아르메니아의 중심이었다. 그는 지나가면서 흔적들을 남겼는데, 이를테면 러시아 쪽 산비탈에 있는 첫번째 작은 마을의 이름은 나히체반인데, 아르메니아 고어로 '배에 탄 사람들'이란 뜻이다.

남쪽 멀리, 거대한 우르미아 호수의 갈대밭 너머로는 높은 계곡들과 쿠르디스탄의 산마루가 지평선을 가리고 있다. 이곳은 경치는 기가 막히지만 인적이 드문 지역이다. 이란 군이 모든 진입로를 통제하고 있기 때문이다. 이곳에 사는 가축 사육자들은 강도와 도둑이라고 타브리즈에 소문이 나 있다. 그러나 이 소문은 그럴듯해 보이기는 하지만 사실은 아무 근거도 없다. 타브리즈 사람들이 자기들을 좋아하든 말든 쿠르드인들은 이따금씩 탄약통을 몸에 두르고 게걸스런 미소를 띠면서 이곳으로 내려와서 엄청난 양의 닭고기를 먹어치우고 보드카를 퍼마시곤 한다.

동쪽으로는 3킬로미터 이상에 걸쳐 흙길이 치블리 고개를 통과해서는 테헤란 쪽으로 멀어져간다. 미야네를 지나 키질우

줌 강(이 강가에서 포로로 잡힌 이스라엘은 "시온을 기억하며 눈물 흘렸
다")을 건너면 세상도 바뀌고 언어도 바뀐다. 살기 힘든 터키 족
의 나라를 떠나 아주 오래된 땅으로, 이란 고원의 햇볕 잘 드는
풍경 속으로 들어가는 것이다. 눈이나 봄철의 진흙탕 때문에 자
주 폐쇄되는 이 도로와, 테헤란까지 가는 데 나흘씩 걸릴 때가
이따금씩 있는 엷은 황록색 버스를 제외하면 이 도시를 외부 세
계와 연결시켜주는 건 아무것도 없었다. 이 도시는 포플러나무
와 엷은 황갈색 땅, 바람으로 이루어진 요람 속에서 그 자체의
삶을 따로 살고 있다.

외딴 곳에서 편의시설 없이 머무는 건 견딜 수가 있다. 그럴
수밖에 없다면, 치안이 제대로 안된 곳에서 의사 없이 사는 것
도 견딜 수 있다. 하지만 우체국원이 없는 곳에서는 오래 못 견
딜 것 같다. 오랫동안 우체국으로 가는 길은 의식儀式의 길이었
다. 타브리즈 우체국의 경우, 무사히 도착한 우체국 유치우편 편

나히체반 아제르바이잔에 있는 나히체반자치공화국의 수도. 전설에 따르면 기원전 1500년경
성경에 나오는 노아가 세웠다고 한다.
우르미아 호수 이란 북서부에 있는 중앙아시아 최대의 호수.
쿠르디스탄 '쿠르드족의 땅'이란 뜻으로 오늘날의 터키 동부, 이라크 북부, 이란 북서부 지역,
시리아 북부와 아르메니아공화국의 일부가 해당된다. 이란에서 쿠르디스탄은 터키와 국경을
이루는 북서부 지역으로, 제2차대전 후 소련의 지원으로 카지 무함마드를 대통령으로 선출하고
독립국가를 세웠으나, 소련군이 철수하자 곧바로 무너져 이란의 군사 지배를 받는다. 2004년 후
쿠르드족 자치구가 생겨났다. 부록 지도 참고
키질우줌 강 내용으로 보아 케젤오잔 강을 의미하는 듯하다. 케젤오잔 강은 이란 북서부의 대
표적인 강으로 쿠르디스탄 산맥에서 시작해 카스피 해로 흘러간다.

지들을 창살이 쳐진 진열창 안에 전시해 두고(무슨 기적의 열매처럼), 진열창의 열쇠는 부우체국장이 시곗줄에 꿰어 가지고 다녔다. 그러므로 이 인물을 찾아가서 차를 몇 잔 마시지 않고는 절대 편지를 찾을 수가 없었다. 친절하지만 좀스럽고 격식 따지기 좋아하는 이 노인은 'A-rrosoir'나 'B-oîte', 혹은 'CH-eval' 같은 단어가 쓰인 딱지들로 장식된 입문서를 공부하며 시간을 보냈다. 우편물이 드문드문 오기 때문에 시간이 남아돈다는 부우체국장은 그래서 정신을 집중하여 연습문제를 풀고 있다며 틀린 게 있으면 좀 고쳐달라고 우리들에게 맡겼다. 거기에 대한 대가로 그가 특별히 신경을 써준 덕분에 우리 앞으로 오는 우편물은 단 한 건도 분실되지 않았다. 그는 유럽에서 오는 엽서들(특히 여자들이나 꽃이 그려진)은 자기 책임이 아니라고 서둘러 발뺌했다. 그것들은 여기까지 오는 도중에 만나는 사람들을 행복하게 해주고 있는 모양이다.

테헤란에서 오는 버스가 도로에 멈춰있지 않고 우리들에게 뭔가를 가져다주면, 우리는 하늘이 내린 이 선물을 시장의 싸구려 식당으로 조심조심 들고 갔는데, 그 식당에 들어가보면 파이프 담배 연기와 끓어오르는 찻주전자에서 솟아오르는 김 때문에 움직임이 둔해진 새들로 가득 찬 새장 아래서 쌀이 눈처럼 빛나고 있었다. 오직 그곳에서만 우리는 배를 가득 채우고 손을 깨끗이 씻은 다음 다른 세상에서 온 그 전갈을 한 음절 한 음절 천천히 읽어 내려갔다. 나는 항상 편지를 먼저 읽어버렸는데 그러지 않았더라면 편지를 읽는 시간이 더 유쾌하게 느껴졌으리라. 티에리는 여자친구 플로에게서 편지를 여러 장 받았다. 그래서 나는 허기를 달래기 위해 편지를 거꾸로 읽으려고 애썼지만 소용없었다. 나는 쓰는 것이 아닌 종류에 대해 애착을 갖고 있었으며, 거의 대부분은 티에리가 나를 진심으로 위로하는 뜻에서 창구에서 돌아오는 내 등을 툭툭 치곤하였다.

•

10월 중순은 이맘인 후사인 이븐 알리가 살해당한 것을 기리는 날이며 시아파(시아파는 수니파가 인정하는 무함마드의 다른 후계자들을 배제하고 오직 알리만을 유일한 정통 칼리프로 인정하는 이슬람교도들을 가리킨다 – 글쓴이 주) 이슬람교도들의 성 금요일인 무하람이었다. 하루 동안 이 도시에서는 아우성과 흐느낌이 울려퍼졌고, 1300년 전에 죽은 살인자들에 대한 광신적인 분노가 끓어올랐다. 보드카와 아라크술(중동 지방의 독한 술 – 옮긴이 주)이 철철 넘쳐흘렀다. 군중들은 힘이 솟아나는 걸 느꼈으나 곧 정신이 혼미해졌다. 이날 하루는 폭동을 일으키거나 아르메니아인들의

후사인 이븐 알리(625~680) 무함마드의 손자. 이맘은 신이 내린 자이기 때문에 무함마드의 혈통만 가능하다고 보는 시아파 이슬람의 3대 이맘이다. 제4대 칼리프(이슬람의 최고 통치자)인 아버지 알리에 이어 순교당하며, 이들에 대한 동정심과 존경이 어우러져 시아파 이슬람이 태동한다. 시아파는 알리의 혈통을 이어받은 후계자들만을 이맘으로 본다. 반면, 이슬람의 최대 계파인 수니파는 제4대 칼리프인 알리와 역대 칼리프 왕조의 칼리프 모두를 무함마드의 후계자로 본다.

상점을 몇 곳 약탈하는 것으로 막을 내릴 가능성이 높았다. 그래서 경찰이 길거리를 장악하고 있었으며, 수니파 쿠르드족은 집 밖으로 나가지 않았고, 얼마 안되는 이 도시의 기독교도들 역시 집 안에 남아있으라는 충고를 들었다.

우리가 아르메니아 근처 동네를 어슬렁거리고 있는데 M노인이 자동차에서 큰 소리로 우리를 부르더니 태웠다. 오후가 끝나갈 무렵이었다.

그가 웃으며 말했다.

"자, 이제 당신들은 페르시아 사람들이 산 사람들보다는 죽은 사람들을 위해 눈물을 더 많이 흘린다는 걸 보게 될 겁니다."

웃을 겨를조차 없었다. 장례행렬이 팔레비 거리를 내려가면서 내지르는 비통한 외침이 벌써 들려왔던 것이다. 세 그룹의 속죄자들이 삼각형 모양의 검은색 깃발을 앞세우고 줄지어 행진하고 있었다. 첫번째 속죄자들은 흐느껴 울며 자기 가슴을 때리는 걸로 그만이었다. 두 번째 그룹의 속죄자들은 끝에 작은 사슬 다섯 개가 붙어있는 채찍으로 등을 후려쳤다. 그들은 단호한 걸음걸이로 행진했다. 살이 찢어지면서 피가 흘러나왔다.

흰색 튜닉을 입은 마지막 속죄자들은 무거운 단도를 들고 가면서 박박 깎은 자기 머리에 상처를 냈다. 군중들은 상처가 하나씩 생길 때마다 경탄의 고함을 내지르곤 했다. 이 자기 희생자들을 둘러싼 가족과 친구들은 그들이 심각한 부상을 입을까 봐 그들의 머리 위에 막대기를 올려놓았다. 칼이 내리치는 힘을 완화시키기 위해서였다. 그러는데도 매년 한두 명의 광신도들이, 두개골이 깨져 털썩 주저앉고 이 거짓된 세상을 떠나는 일이 벌어지곤 했다. 행렬이 끝나면 아직 흥분이 가시지 않은 사람들이 우체국 건물 뒤편에 다시 모여, 구경꾼들이 환호성을 내질러가며 박자를 맞추어주는 일종의 원무를 추곤 했다. 이따금 춤을 추던 사람 중 한 명이 춤동작을 멈추고 날카로운 외침과 함께 칼을 자신의 머리에 꽂기도 했다. 날이 꽤 어두워져서 상처가 어느 정도인지는 보이지 않았으나, 20미터가량 떨어져 있는데도 칼날이 뼈를 깊이 베는 소리가 들려왔다. 일곱시가 되자 흥분이 최고조에 도달하여 춤추는 사람들이 그 자리에서 자결을 하지 않도록 칼을 빼앗아야만 했다.

인근 마을들의 유아 사망률은 이유기에 상당히 높고, 그러고 나면 또 이질이 희생자를 낸다. 그래서 어린 아들을 여러 명이나 잃은 어머니들은 뱃속에 들어있는 아이를 알라에게 바치겠다고 약속한다. 열여섯 살이 되면 이 아이는 뮐러가 되든지, 카르발라(이맘 후사인 이븐 알리가 수니파에게 살해된 이라크 마을 - 글쓴이 주)까지 시아파 순례여행을 하든지, 그도 아니면 무하람에서 행진을 하면서 하늘에 진 빚을 갚는다. 행렬 속에서 자기 소유 마을에 사는 사람들을 여러 명 알아보았던 M노인은 속죄자

대부분이 그런 경우라고 우리에게 자신 있게 말했다.

그날 밤, 이 노인은 우리에게 도시의 몇 명 안되는 외국인 중 한 명을 소개해 주었다. 텍사스 출신으로 '포인트 Ⅳ'(미국의 기술지원 단체 - 글쓴이 주)에서 엔지니어 겸 고문으로 일하는 로버츠라는 사람이었다. 그는 겨우 6주일 전에 이곳에 도착했는데도 벌써 아제리-터키어를 배워서 몇 문장씩 말을 하면서 실수를 저지르기도 하고, 웃거나 우리를 웃기기도 했다. 그는 인근 큰 마을에 의무실과 학교를 짓는 일을 맡고 있었다. 아직 낙관론에 가득 차있었으며, 곧바로 사람을 믿어버리는 미국인의 특성(강한 호감을 불러일으키지만 이곳에서는 너무나 이국적인)을 갖고 있었다.

그는 학교는 믿지만 악마는 믿을 수가 없었다. 그래서 믿기지 않는다는 듯 작은 소리로 휘파람을 불며 침묵 속에서 행렬이 지나가는 것을 바라보았다. 그를 거의 억지로 무하람에 끌고 오다시피 한 노인은 오후 내내 질시와 냉소가 섞인 눈으로 그의 반응을 관찰하고 있었다.

이 도시에는 외국인이 몇 명 되지 않았다. 외국인은 놀라운 존재였다. 우리의 아르메니아 이웃들은 정원을 통해서, 작은 안뜰의 담 너머로, 평평한 지붕에서 우리를 관찰하였다. 이따금 우리가 집을 비운 사이에 누군가가 신비의 빗자루로 우리 집을 청소하거나, 아니면 보이지 않는 손이 우리 식탁에 쓰디쓴 국 사발을 놓고 가는 때도 있었다.

1세기 전까지만 해도 이 지방에는 아르메니아인이 거의 백만 명가량 살고 있었다. 그런데 이제는 겨우 1만 5000명 정도가 남아 이 도시에 매달려 살아가고 있다. 그들은 자기네끼리 모여 살면서 서로 도와주고, 매일 밤 어두운 아르메니스탄의 부엌 석유등 주위에 모여서 자기네 사회의 문제를 토의하거나 시장에서 어떤 작전을 쓸 것인지를 신중하게 결정했다. 늘 검은 옷을 입고 있는 그들은 영광스러웠던 과거를 자랑스러워하며 불행에 끝없이 저항하는 따뜻하고 근면하고 과묵한 사람들이었다. 때때로 '성공을 거두고' 자신의 운을 시험해 보기 위해 테헤란으로 올라가는 가족도 있었다. 하지만 그건 예외적인 경우일 뿐, 이곳에 사는 사람들의 삶은 고달팠다. 하지만 그들은 오랜 역사를 가진 민족으로서, 경험을 통해 그 삶에 적응하고, 그 삶이 주는 풍미를 간직할 줄 알았다. 주중에는 닫힌 문 뒤에서 엄중히 감시받는 여인들이 빗질을 하면서 흥얼거리는 아름다운 애가가 지붕을 넘어 들려오곤 했다. 일요일에는 교회에서 아주 자연스럽게 4부 합창으로 노래를 불렀다. 그들을 알게 된 뒤로 우리는 아르즈루니 가족은 대부분 베이스를 맡고 망가싸리아 가족은 테너를 맡는다는 사실을 알게 되었다.

그들은 거의 대부분 그리스도 단성론을 믿는 기독교인들이었고, 그들의 정신적 리더인 에크미아드진의 총대주교는 소비에트령 아르메니아에 살고 있었다(1959년 이후로 타브리즈 교구는 레바논에 있는 안틸리야스 총대주교의 관할이다 – 글쓴이 주). 그리스도 세계로부터 단절되었으며 그가 선출되었다는 사실이 이곳에서 끝없는 토론의 대상이 되는 이 노인은 매년 성탄절 때마다 라디오 바쿠의 전파를 통해 미미하지만 정치적인 격려의 메시지를 이란에 사는 자신의 형제들에게 보냈다. 그들 중 많은 수가 아직 소련에 가족이 있어서, 소식은 잘 듣지 못하지만 그래도 이따금씩 옷가지를 소포로 보내주었다(다들 무척 힘들게 살아가면서도). 때때로 그들은 놀랍게도, 포장이 제대로 안된 사탕 꾸러미를 답례로 받거나 은밀한 동정이 깃든 몇 줄의 편지를 받기도 했는데, 국경을 사이에 둔 양국의 선전기관이 상대 나라에서 사는 사람들이 나보다 더 불행하게 산다고 믿게 만들었기 때문이리라. 그렇지만 우리 이웃들은 자신들의 불행을 기꺼이 이야기하고, 자기들이 겪은 것과 앞으로도 더 겪어야만 할 것을 자랑스럽게 생각했다.

"앞으로 아시게 되겠지만…… 아직 끝나지 않았답니다."

그것은 과거에 여기저기 흩어져 살았던 유대 민족이 그랬던 것처럼 역사에 의해 너무나 자주, 그리고 부당하게 핍박당했던 민족들의 애처로운 자부심이라고 할 수 있었다. 유대인들로 말하자면, 텔아비브에 실망한 이스라엘의 일곱 가족이 얼마 전에 이곳에 정착하여 시장에 가게를 냈다. 아르메니아인들은 다들 악의 어린 미소를 지으며 그 이야기를 했다. 이번만큼은 예외적으로 아르메니아와 아제리 상인들이 합심하여 이 이스라엘인들의 삶을 고달프게 만들 준비를 하고 있었다.

우리는 그다지 외롭지 않았다. 이따금씩 오전 늦게 거대한 회색 실루엣이 정원을 건너와 방문을 쾅쾅 두드리곤 했다. 우리가 체류증을 얻을 수 있도록 도와준 폴루스 의사가 왕진 도중에 소식을 전해 주러 들른 것이다. 그는 100킬로그램이나 나가는 몸을 우리들이 가진 것 중에서 가장 튼튼한 의자 위에 힘껏 올려놓고는, 외투에서 신문지로 싼 훈제 철갑상어와 보드카 한 병을 꺼내어 엄지손가락으로 술병을 열었다. 그는 빈정대는 듯한 눈길로 방을 한번 죽 둘러보더니 항상 "한번 들어보시오. 이거 웃음밖에 안 나오는구만……"이라는 말로 시작되는, 이 지역에 대한 개략적인 논평을 시작했다.

폴루스는 발트해 연안제국 출신으로 투박한 독일 억양을 섞어가며 그때그때 상황에 맞추어 프랑스어를 꾸며냈다. 독일군으로 러시아에 종군했던 그는 침략당한 자기 나라에서 도망쳐 2년 전부터 이곳에서 의사로 일한다고 했다. 그는 자기 분야에 대단히 정통해서 많은 사람을 치료해 주었으며 그래서 돈도 많이 벌었는데, 먹기도 엄청 먹었으며 마시는 건 그보다 훨씬 더 많았다. 홍채 색깔이 서로 다른 그의 두 눈은 끊임없이 움직이며 꾀와 통찰력이 번득이는 크고 창백한 얼굴을 환히 밝혀주었다. 가장 음울한 이야기를 할 때조차 멧돼지를 연상시키는 활력과 상당히 냉소적인 태도, 그리고 배에서부터 올라오는 소름끼치는 웃음이 그의 얼굴을 뒤덮었다. 게다가 그는 탁월한 이야기꾼이었다. 그는 이 도시 사람들을 오랫동안 치료해왔기 때문에 그들을 아주 잘 이해했고, 그래서 타브리즈의 고난에 찬 연대기는 변질되지 않은 상태로 그의 입을 통해 펼쳐졌다. 그는 이 연대기를 판단하지도 않았고, 무얼 덧붙이지도 않았다. 하지만 그가 직접 지켜본 수상쩍은 죽음과 희극적이거나 비열한 계략은 그의 입을 통해 곧바로 우화와 신화, 혹은 원형이 되었으며, 예를 들면 아무리 추잡한 일이라도 2000년이라는 오랜 세월이 흐르다 보면 결국은 갖게 되는 그런 권위를 갖추게 되었다(지금이라면 그리스 신화의 수많은 등장인물들은 모두 경범재판소에 회부될 것이다 – 글 쓴이 주).

그날 아침, 의사는 경찰이 한 나이든 뮐러의 시신을 살펴달라며 불러서 쉬쉬킬란 동네에 갔다 오는 길이었는데, 작은 안뜰에서 반쯤 벌거벗은 채 발견된 이 뮐러 옆에는 숨겨둔 금화 주머니가 놓여있었다고 한다. 뮐러는 아마도 몹시 끔찍한 쉰 목소리로 밤새 뭐라고 중얼거리며 이 주머니 주변을 빙빙 돈 것 같았다. 이웃들은 기도 소리에 겁을 집어먹고 일부러 끼어들지 않았다. 그가 털썩 쓰러지며 숨을 헐떡이는 소리가 들려왔지만 그들은 도와주러 가지 않고 그냥 내버려두었다. 이 동네에서 발생한 유산과 성병의 절반 이상은 이 노인이 흑마술을 부려서 일어난 것이라고 의심했기 때문이다. 이 이야기는 우리의 호기심을 자극했다. 하지만 우리들에게 행운을 가져다주지는 않았다. 그날 오후에 바로 우리는 도시 북부의 언덕 아래 자리잡은 시골동네 쉬쉬킬란을 둘러보러 갔다. 진흙투성이의 막다른 길, 제대로 자라지 못한 아몬드나무, 흙담, 그리고 서리로 뒤덮인 협곡에 염소들을 방목하거나 비둘기 똥으로 더럽혀진 가게 문턱에서 꾸벅꾸벅 조는 방한모 차림의 음험해 보이는 노인들. 언덕 꼭대기에서는 폐허로 변해 부랑자들의 은신처로 쓰이는 이슬람 사원이 도시 전체를 내려다보고 있었다. 그 다음날, 그림을 그린다며 그곳에 갔던 티에리가 온몸이 할퀸 자국투성이에 파랗게 질린 얼굴로 옷이 찢겨져 돌아왔다. 언덕을 내려오는데 열두어 명가량의 부랑자들이 그를 둘러싸더니 땅에 쓰러뜨리고 칼로 위협해서 그날 아침 시장에서 환전한 이달치 생활비를 빼앗아갔다는 것이다.

이 재난을 폴루스에게 얘기했더니 우리를 좀 더 가깝게 만들어주는 그 참기 어려운 폭소를 발작적으로 터뜨렸다. 자기는 우르미아(오루미예)로 가는 도로에서…… 좀 오랫동안 자기들끼리만 남겨졌던 경찰들에게 딱 한 번밖에 안 털렸다는 것이었다. 무장한 경찰은 정말 위험하다. 그는 어쩔 도리가 없어서 그냥 웃기만 했다고 한다. 우리와 헤어질 때까지도 그는 여전히 우스운 듯 눈에 눈물이 가득 괸 채 숨을 헐떡거렸다. 흙담 사이를 걸어가는 그의 무거운 발소리가 점점 더 작아져갔다. 그는 이따금씩 걸음을 멈추고 숨을 돌려야만 했다. 눈이 내리기 직전의 일이었다.

11월

    얇고 순수한 눈더미 아래서

    벌어져 피를 흘리는 석류

    눈 아래, 사원의 푸른색

    눈 아래, 녹슨 트럭들

    눈보다 더 하얀 흰색 뿔닭들

    긴 갈색 담을 따라

    눈 아래를 따라가는 잃어버린 목소리들

    그리고 온 도시가, 심지어는 거대한 성채까지도

    얼룩덜룩한 하늘 속으로 날아오른다

    그것이 겨울, 제메스탄이라네.

아제르바이잔 고원에서는 비록 늦긴하지만 제대로 겨울이 온다. 어느 날 밤, 광대한 하늘에 떠있는 별들이 아주 가까이 와 있는 것처럼 느껴지면 이 동네 사람들은 코르시(허리까지 집어넣는 일종의 탕파 - 글쓴이 주)를 꺼낸다. 한밤중에는 기온이 영하 30도까지 내려간다. 그 다음날에는 겨울이 이 도시에 찾아든다. 살을 에는 돌풍이 북쪽에서 불어와 눈을 휘젓고 들판을 꽁꽁 얼린다. 늑대들은 대담해지고, 교외의 실업자들은 농부들을 털기 위해 강도단을 조직한다. 턱수염과 콧수염이 서리로 뒤덮이고, 사모바르 주전자에서 김이 오르고, 두 손은 호주머니 속에 머무른다. 머릿속에는 오직 세 단어뿐이다. 차茶, 석탄, 보드카. 아르메니아 소년들은 우리가 사는 집의 안마당으로 통하는 문에 백묵으로 키 큰 창녀 한 사람을 그려놓았는데, 긴 장화를 신은 이 창녀의 아랫배에는 작은 해가 그려져 있었다. 우리가 난로를 피우고 나무를 파는 상인에게 돈을 지불할 수 있는 한, 이 모든 것은 시적詩的이다.

우리에게 나무를 파는 사람은 독일어 단어라고는 '구텐탁' 하나밖에 모르는데, 이 단어마저도 이가 빠진 그의 입 속에서 '후다 다아'로 변해버린다. 하지만 그게 뭐 대수랴. 우리는 외국인이니 외국어 단어를 이해하게 될 것이다. 그는 키가 아주 작은 노인으로 눈은 축축하고 손은 동상에 걸렸으며, 무게가 더 나가도록 하려고 무화과나무와 버드나무, 나뭇결이 보라색인 대추

나무 장작에 손을 가볍게 떨며 물을 뿌리곤 했다. 성경에 등장하는 이 나무들은 물을 아주 잘 빨아들였다. 그러다가 내게 들키자 그는 순진한 웃음을 터뜨리며 내가 정말로 화를 낼지 안 낼지 보려고 나를 지켜보았다. 이 동네의 아르메니아 여인들은 그가 신을 모독한다고 맹렬하게 비난하면서 때로는 그가 그런 식으로 장사하는 걸 부끄럽게 생각하려고 애썼다. 하지만, 그러면서도 결국은 항상 그에게서 나무를 사곤 했다. 나무가 귀했던 것이다. 물에 적셔졌든 안 적셔졌든 그건 하나의 사업이었다.

티에리가 테헤란에서 팔 생각으로 그림을 그리는 동안 나는 호구지책으로 학생을 받았다. 그들은 해질 무렵 엉덩이에까지 눈을 묻힌 채 정원을 통해 우리 방으로 들어왔다.

"아이고, 선생님…… 타브리즈 안에서(à dans le Tabriz) 사는 건 정말 힘들어요."

"세파보드히 씨, 그게 아니라 타브리즈에서(à Tabriz)라고 말해야지요. 타브리즈에서라고 말예요. 아직 이해를 못하셨군요. 타브리즈에서(à Tabriz), 파리에서(à Paris), 비엔나에서(à Vienne), 이탈리아에서(en Italie)라고 하는 겁니다."

그는 약사였다. 그는 이 도시에서 일어나는 일들에 관해 토론하고, 그가 《라루스 의학사전》에서 공부한 매독의 3단계를 내게 정확히 설명해 주거나, 《당나귀 가죽》이라든지 《장화 신은 당나귀》 같이 논리와 시를 조화시키고 오직 행복의 운명밖에는 모르는 맑고 깨끗한 동화들을 천천히 감상할 수 있을 만큼의 프랑스어를 알고 있었다. 예를 들어 나는 그에게 요정에 대해 설명하기 힘들었다. 왜냐하면 곧 사라지는 이 유령, 끝이 뾰족한 원뿔모자, 그들의 세련되었지만 추상적인 여성다움과 일치하는 것이 이곳에는 도무지 존재하지 않았기 때문이다. 이 지역 민속에 등장하는 여자 마법사는 전혀 다르다. 여기서는 조로아스터교의 전통에 등장하는 악의 시종 페리이거나, 아니면 여행자들을 홀려 침대 위에서 힘을 다 뺀 다음 잡아먹는 쿠르드족 설화의 건장한 여자 마귀가 등장하는 것이다.

그렇지만 재미있었다. 한 장[章]을 끝내자 약사는 안경을 닦으며 중얼거렸다.

"난 페로가 쓴 동화가 좋아요……. 꿀처럼 달콤하거든요."

이렇게 고백하고 난 그는 꼭 모란꽃처럼 얼굴이 빨개지며 코를 공책에 박았다. 카라보스, 혹은 카라바스가 한 음절 한 음절씩 불가사의와 비밀을 털어놓는 동안 어둠이 도시 위에 내려앉았고, 이어서 솜털 같은 눈이 어두운 길거리에 내렸다. 우리 방 창문이 깃털 같은 서리로 덮였고, 개들이 짖기 시작했다. 석유등의 심지를 줄였다. 우리는 오늘 열심히 공부했다. 털로 안을 댄 외투를 걸친 약사가 5토만(우리는 이 돈으로 곧 보드카를 살 것이다)을 내밀더니 문간에 서서 한숨을 내쉬며 이렇게 말했다.

"아이고, 선생님, 타브리즈의(dans le Tabriz) 겨울은…… 정말이지 지긋지긋해요. 정신을 못 차리겠다니까요."

돈을 받으면 보드카를 사든지, 아니면 언제나 미어터지는 파사주 극장(이곳에 들어가면 따뜻했다)의 표를 샀다. 이상한 곳이었다. 나무 의자, 낮은 천장, 빨갛게 달구어져 어떨 때는 스크린보다 더 반짝거리는 커다란 난로. 그리고 이상한 관객들. 멍한 눈의 고양이, 세면실에서 노름을 하는 거지들, 잠결에 울며 보채는 아이들, 그리고 황제의 얼굴을 스크린에 비춰주며(대부분은 위아래가 바뀐) 국가國歌를 방송할 때 질서를 유지하는 임무를 맡은 경찰.

배급업자들의 리스트에서 타브리즈는 분명히 뒤로 밀려나 있을 것이다. 여기서 볼 수 있는 거라곤 나온 지 25년이 넘는 영화들뿐이었다(이란 영화와 '포인트 IV'가 공급하는 서부영화를 제외하면). 〈시티 라이트〉〈소년〉, 그레타 가르보. 그렇다고 해서 불평을 하는 건 잘못이다! 이것들은 모두 위대한 고전영화이기 때문이다. 하지만 멀고 먼 별빛처럼 배우들의 명성은 한 세대 뒤에야 이 도시에 도착했다. 이미 오래 전에 세상을 떠난 스타들이 여기에서는 비밀리에 살아가고 있는 것이다. 소년들은 메이 웨스트에게 열광했고, 소녀들은 발렌티노에게 열광했다. 이따금 영화가 너무 길다 싶으면 영사기사가 필름을 빨리 돌려서 후다닥 끝

내버릴 때도 있었다. 그럴 때면 영화는 보는 사람이 불안할 정도로 위태위태하게 진행되다가 끝났다. 애무하는 게 따귀를 때리는 것처럼 보이고, 흰 담비털외투를 입은 왕비가 계단을 굴러 떨어지듯 급히 내려갔다. 하지만 관객들은 담배를 말거나 땅콩을 까먹는 데 몰두해서 다들 아무 소리도 하지 않았다.

영화가 끝나고 나오면 살을 에는 추위 때문에 숨이 턱 막혔다. 낮은 담과 흰 그늘, 해골처럼 앙상하고 헐벗은 나무들로 이루어진 도시는 눈과 은하수 아래 가라앉아 쪼그리고 있는 것처럼 보여 너무나 매혹적이었다. 거친 노랫소리가 바람에 빨려들어가듯이 길거리에 울려퍼져서 더더욱 그런 느낌이 들었다. 경찰이 광장에 설치된 스피커를 켜놓아서 바쿠 라디오 방송이 전파를 타고 있었다. 비할 데 없이 독특한 그 목소리의 주인공이 누구인지는 곧바로 알 수 있었다. 중앙아시아 전역의 터키어 사용권에서 최고의 가수로 널리 알려진 불불(꾀꼬리)이었다. 그는 옛날에 이곳에서 살았는데, 그것이야말로 이 도시의 자랑거리 중 하나였다. 그러다가 나름대로 이유가 있었던 러시아인들이 그를 엄청난 액수의 돈으로 꾀어 자기네 나라로 데려갔다. 그 이

그레타 가르보(1905~1990) 무성영화 시대의 대표적인 할리우드 배우. 〈마타하리〉〈육체와 악마〉〈안나 크리스티〉〈춘희〉 등이 대표작.
메이 웨스트(1893~1980) 섹스 심벌로 대표되는 배우였고, 극작가, 페미니스트이자 동성애자 인권운동가이기도 했다.
루돌프 발렌티노(1895~1926) 이탈리아 출신의 할리우드 배우. 전세계에 많은 여성 팬을 몰고 다녔다. 〈춘희〉〈묵시록의 4기사〉 등이 대표작.

후로 이란의 많은 라디오들이 주파수를 바쿠 방송에 맞추어 그의 노래뿐만 아니라 다른 것들도 들었다. 그의 노래는 한결같이 환상적이었다. 타브리즈에는 서로 다른 네 가지 전통의 민속음악 전통이 존재했는데, 모두 다 가슴을 찢을 듯 비통했으며, 음악을 듣지 않고 사는 사람은 아무도 없었다. 그러나 그 어느 것도 서정성이나 잔인함에서 그 오래된 트랜스카프카스(카프카스 산맥의 남쪽 카스피 해와 흑해 사이의 지역 – 옮긴이 주)의 애가哀歌에는 버금가지 못한다.

우리는 천천히 샤하나스를 다시 올라갔다. 매일 밤 그렇듯 아르메니스탄 입구에는 거지 몇 명이 석유 드럼통에 불을 붙여놓고 그 주위에 모여있었다. 추위에 벌벌 떠는 이 늙은 유령들은 비록 매독이 온몸을 좀먹어가고 있었지만, 그래도 약빠르고 명랑했다. 그들은 밭에서 캐온 당근을 굽고, 두 손을 불 쪽으로 내민 채 노래를 불렀다. 이란 사람들은 이 세상에서 최고로 시적인 민족이며, 타브리즈의 거지들은 사랑과 신비의 포도주, 버드나무를 비추는 5월의 태양을 노래하는 하페즈나 니자미의 시들을 수백 편씩 알고 있었다. 그들은 기분에 따라 그 시들을 노래로 부르기도 하고, 큰 소리로 외치기도 하고, 아니면 콧소리로 흥얼거리기도 했다. 그러다 추위 때문에 몸이 움츠러들면 중얼거렸고, 한 사람이 시를 읊으면 다른 사람이 그 뒤를 이었다. 동이 틀

때까지 이런 식으로 계속되었다. 5월의 태양은 아직 멀었지만 잠을 자러 간다는 건 말도 안되는 일이었다.

구걸한 걸 함께 나누는 이 조직된 '가족들' 옆에는 이들보다도 덜 바람직한 운명을 갖고 태어난 외로운 추방자들이 몇 명 있었다. 어느 날 밤, 차이카네〔찻집. 페르시아인들은 커피를 내오지 않는데도 찻집을 '가페카네'(커피)라고 부른다 – 글쓴이 주〕에서 나오는데 머리가 벗겨지고 병든 그림자 하나가 우리에게 접근했다. 눈이 내리고 있었다. 우리에게 남은 돈(2~3일 버틸 수 있는 액수)을 주자 그 그림자는 나타났을 때만큼이나 재빠르게 모습을 감추어버렸다. 그리고 곧바로 눈이 펑펑 쏟아지기 시작하는 바람에 이 미로 같은 아르메니아 동네를 한 시간 넘게 뱅뱅 돌다가 겨우 우리집 문을 찾았다. 호주머니에서 열쇠를 꺼내는 순간 나는 그 노인이 모퉁이에 쭈그리고 앉아있는 걸 발견했다. 혹시라도 우리에게 뭔가 더 구걸할 수 있을까 해서 뒤따라와 기다리고 있었던 것이다. 우리가 그를 무시해버리자 그는 재빨리 몸을 일으키더니 나를 포옹하기 위해 내 목에 팔을 두른 다음 서투르게 뛰어올랐다. 꼭 악몽에서처럼 녹은 눈으로 뒤덮인 그의 대머리

하페즈(1320? ~ 1389) 페르시아의 가장 뛰어난 시인으로 평가받는 중세 이란의 서정시인. 가잘이라는 짧은 시형식을 즐겨 썼다. 고향 시라즈를 무척 사랑해서 사마르칸트와 같은 큰 도시를 준다고 해도 시라즈에 사는 즐거움과는 바꾸지 않겠다고 했다. 가잘은 대구로 구성된 이슬람 전통 서정시 형식으로, 주로 사랑의 슬픔과 아름다움을 노래한다. 수피 계열의 사상을 다루기도 한다.
니자미(1141 ~ 1209) 중세 이란의 서사시인. 약 3만 편 이상의 작품이 전해진다.

와 감긴 두 눈, 입이 나를 향해 올라왔다. 나는 일종의 공포를 느끼며 바들바들 떨고 있는 그 뼈덩어리를 뿌리치고 방 안으로 들어가서 문을 닫았다. 티에리가 눈물이 찔끔 나도록 웃었다.

"자네 모습을 자네가 봤어야 하는데 말야. 꼭 탱고를 추는 것 같았다구!"

정말이지, 그를 붙들고 그의 제안이 어떤 의미인지를 알려주며 나무라야만 할 것 같았다. 가난의 정도가 어느 단계 이상을 지나면 미묘한 구분은 사라진다. 지금 현 상태에서 그가 팔 거라고는 뼈만 앙상한 몸뚱이뿐이다. 그는 끈기 있게 시도했다. 우리가 옷에 내려앉은 눈을 털어내자마자 그가 다시 되돌아오더니 마치 이 세상 모두가 아직도 자신에게 뭔가를 빚지고 있다는 듯 욕구불만에 차서 약하고 단조롭게 문을 두드렸다. 거기까지는 분명 그가 잘못한 게 없었다. 그렇지만 우리는 다시 밖으로 나가서 그의 어깨를 잡아 어둠 속(그가 너무나 경솔하게 나왔던)으로 다시 밀어넣어야만 했다.

    ●

그 얼마 전 테헤란에서 열린 모사데크 재판은 이곳 타브리즈에서도 작은 충돌로 이어질 우려를 낳았다(페르시아의 정치적 상황에 대한 탁월한 분석은 빈센트 몬테일, 《이란》(1972)에 실려있다 - 글쓴이 주). 하지만 충돌은 일어나지 않았다. 바로 그날 아침에 지사가 기관총을 장착한 장갑차 다섯 대와 박격포 여러 정, 필요할 경우 더 증강될 수도 있는 병력을 태운 스무 대의 트럭 등 자기가 동원할 수 있는 것들을 보여주었기 때문이다.

지사는 교활하고 잔인하고 익살스러우며, 이상하게도 그가 대표하는 정부의 적들로부터도 존경을 받는 노인이었다. 그는 많은 걸 용서받았다. 왜냐하면 정치적 확신도 없이 임기 내내 수많은 숭배자들이 생겨날 만큼 기가 막힌 솜씨로 개인 재산을 축적하는 데에만 몰두하고 있다는 걸 모르는 사람이 없었기 때문이다.

타브리즈는 항상 '반골' 도시였다. 하지만 '페어플레이'를 인정해 주고 잘 겨냥된 총격에는 갈채를 보냈다. 예를 들면, 이 도시가 깨어나자마자 목을 조른 이 뜻하지 않은 열병閱兵은 이 도시가 친숙하게 이름을 부르며 언급하는 '그' 인물의 스타일에 완전히 맞아떨어지는 것이다. 물론 독재자의 경우에는, 사람들은 혹시 그가 발을 헛디디지 않을까 살피다가 그가 죽으면 안도

무함마드 모사데크(1880~1967)   이란의 정치가이자 민족주의자. 1951년 이란의 수상이 되었으며, 영국 이란 합작석유회사를 국유화하여 약 1세기에 걸친 영국의 이란 지배를 종식시켰다. 그러나 서구사회가 이란 석유를 배척하면서 이란 경제가 약화되고 지지세력이 분열된 틈을 타, 1953년 미국 CIA의 지원을 업은 왕정주의자 자헤디 장군의 군부 쿠데타로 실각된다(모사데크 축출). 당시 군중들은 시위대를 조직하여 모사데크 축출을 외쳤고 결국 모사데크는 망명했다. 겉으로 민중의 승리인 듯 보인 이 사건은 실제로는 이란의 공산세력화를 우려한 미국과 영국이 합작하여 국왕 레자 샤를 이용해 모사데크를 제거한 것이었다. 이후 영국 이란 석유합작회사는 다시 영국의 소유가 되고 자헤디는 총리가 되며, 레자 샤는 왕위에 올라(유명한 '팔레비' 왕이다) 1979년 호메이니의 민족주의 혁명으로 망명할 때까지 이란을 친미 독재권력으로 다스린다. 모사데크는 호메이니와 함께 왕정반대주의자들과 민족주의자들의 지주 역할을 했다. 이 책에서 작가들이 여행한 시기는 모사데크가 축출된 지 얼마 지나지 않아서다.

의 한숨을 내쉬며 환호한다. 그렇지만 지금 현재의 그는 정보를 가지고 있고 번지르르하게 말도 잘하며 무자비하고 효율적이어서 사람들에게 위압감을 불러일으킨다. 이 도시 사람들은 그의 전제專制에 익숙해졌고 그의 재능을 인정했다.

그렇지만 동틀 녘에 이루어진 이 열병은 많은 계획들을 좌절시켰다. 모사데크에게 호의적이었던 대부분의 타브리즈 사람들은 씁쓸한 표정을 짓고 있다가, 그의 대답이 검사의 주장을 뒤엎을 때마다 웃음을 터뜨리며 재판과정을 지켜보았다. 실제로 모사데크는 서방 언론이 보도하는 것보다 훨씬 더 대중적으로 인기가 있었다. 내가 가르치는 학생들은 애정어린 표정으로 그에 관해 이야기했다. 찻집 앞에서 거지들과 짐꾼들은 그에 관해 히스테리에 가까운 장광설을 늘어놓거나 눈물을 터뜨렸다. 심지어는 지난밤에 희생되어 김이 모락모락 나는 속죄양의 시체가 시장 입구의 진흙탕에서 발견될 때도 이따금 있었다. 평범한 시민들에게 모사데크는 여전히 영국의 여우보다 더 꾀가 많은, 서방으로부터 석유를 되찾아오고 헤이그에서 자신의 조국을 능란한 솜씨로 옹호했던 이란의 여우였다. 프로테우스 같은 그의 재능과 용기, 애국심, 천재적인 이중성은 그를 국민 영웅으로 만들었고, 그가 많은 마을들을 악착같이 소유하고 있다는 사실조차도 거기에 아무 영향을 미치지 못했다. 그가 성공을 거두자 아바단에서의 생산량이 현저히 감소하고(기술자 부족으로 인해) 이란산 석유에 대한 보이콧으로 인해 재정이 위기상황에 봉착했지만, 어쨌든 상황이 아주 느리게 개선될 하층민들에게는 별다른 문제가 되지 않았다. 정련소는 폐쇄되어 더 이상 아무것도 생산하지 않았지만, 그 덕분에 최소한 소매업은 뜻하지 않게 번창했다. 일부 소규모 시설들이 밤중에 신원을 확인할 길 없는 좀도둑들에 의해 해체되었고, 콘센트와 플라이휠, 케이블, 볼트, 도관이 후제스탄 시장에서 싼 값에 팔려나갔다.

12월

하늘이 무겁게 내려앉았다. 정오인데도 벌써 등을 켜놓았다. 이곳에서의 하루하루는 그윽한 석유 냄새와 눈삽이 쨍그랑거리는 소리로 가득 찼다. 이따금씩 아르메니아 가족의 결혼식에서 부르는 노랫소리와 피리 소리가 이웃 마당에서 눈송이를 뚫고 우리 귀에까지 들려오곤 했다. 하루 종일 끓는 차는 우리 몸을 따뜻하게 하고 머리도 맑게 해주었다. 도시가 깊은 겨울 속으로 들어갈수록 우리의 기분은 한결 더 나아졌다. 우리 방의 주인이며, 우리를 자주 찾아오는 과부 추차닉 부인은 우리가 걱정되는 모양이었다. 그렇게 먼 곳에서 와서, 그것도 자진해서 타브리즈에 자리를 잡는다는 게 도저히 이해가 되지 않는다는 표정이었다. 처음에 그녀는 우리가 그렇게 길을 나선 건 틀림없이 우리나라

에서 쫓겨났기 때문이라고 생각했다. 검은색 앞치마를 입은 뚱
뚱한 메추라기를 연상시키는 그녀는 우리 방 한쪽 모퉁이에 앉
더니 간이침대와 아무 것도 깔지 않은 방바닥, 오래된 신문지로
깨진 부분을 막아놓은 창문, 화판틀, 그리고 타자기 들을 비난하
는 듯한 눈초리로 아무 말 없이 바라보았다.

"근데 도대체 여기서 뭣들 하는 거유?"

"학생들을 가르칩니다."

"그럼 오전에는요?"

"보시다시피 기록도 하고 글도 씁니다."

"나도 글은 써요. 아르메니아어도 쓰고, 페르시아어도 쓰
고, 영어도 쓰고(그녀는 손가락으로 숫자를 하나씩 셌다)…… 하지만
그게 직업은 아니잖아요."

우리는 이 민감한 화제를 지나 그녀가 훤히 꿰뚫고 있는 이
동네 소식에 관한 얘기를 나누기 시작했다. 신문팔이가 위통으
로 죽었고, 식료품가게 아들은 테헤란에 있는 황제에게 직접 선
물하겠다며 오래된 우표만 가지고 거의 2년 동안 매달려온 대
형 초상화를 이제 막 완성했으며, 샤하나스 거리의 무두장이
는…… 사트는 며칠 전 밤 노름에서 3000토만을 잃었지만 눈썹
하나 까딱하지 않았다. 나는 그 이야기에 귀를 기울였다. 그건
거금이었고, 아르메니스탄의 소문은 숫자에 관한 한 결코 잘못
알려지는 법이 없었던 것이다.

이 도시에는 알려지지 않은 알부자들이 아직 몇 명 있었지만 누구도 그들이 가진 돈의 색깔을 보지는 못했다. 이들은 거의 대부분 M노인처럼 더덕더덕 기운 옷 속에 엄청난 재산을 감춰두고 있었다. 그들은 이 지역에 투자를 했다가 속을까 봐 두려워서 돈을 쌓아놓고 이익금은 외국 은행으로 송금하거나, 아니면 문이란 문은 모두 걸어 잠그고 엄청난 액수의 판돈을 걸고 노름을 했다. 큰돈을 잃고도 눈 하나 깜짝하지 않았다던 무두장이 사트는 흐보이와 미야네 사이에 최소한 100개의 마을을 소유하고 있었다. 중간 규모의 마을 하나가 약 2만 토만의 수입을 가져다 주었으므로 그는 소작료로 매년 200만 코만을 벌어들일 수 있는 것이고, 그러니 노름에서 그 정도 잃는 건 대수롭지 않은 일이다.

이야기가 시장을 한 바퀴 훑는 동안, 타브리즈의 거의 대부분을 차지하며 이 도시의 진짜 얼굴이라고 할 수 있는 가난한 사람들의 머릿속에서는 무슨 일이 일어날까? 그들은 사트가 하루 세 끼 배불리 먹는다는 것을, 마음에 들면 한두 명의 여자와 함께 담요를 여러 장 덮고 동침한다는 것을, 검은색 자동차를 타고 달린다는 것을 알고 있었다. 그들의 상상력은 거기서 멈추었다. 사치는, 그들이 읽을 줄 모르는 책도 외국의 신화에 속하는 영화도 그들에게 예를 보여주지 못하는 세계에 속해 있었다. 그들은 하인들의 동네를 통해 이 부잣집으로 들어갔는데, 하인들의 동네라고 해서 그들이 사는 누추한 집보다 딱히 나을 것도 없었다. 우리가 1억 달러가 얼마나 큰돈인지 쉽게 짐작 못하듯, 그들 역시 3만 토만이 얼마나 되는지 쉽게 감을 못 잡는다. 그러므로 아무것도 가지지 못한 사람들의 욕망은 살갗과 배를 넘어서지 못한다. 잘 먹고 잘 입으면 더 이상 바랄 게 없는 것이다. 하지만 그들은 제대로 먹지도 못했고, 맨발로 눈 속을 종종걸음 쳤으며, 추위는 점점 더 심해졌다.

이 엄청난 차이 때문에 부자들은 서민들의 상상력 속에서 자기 자리를 잃어버릴 정도가 되었다. 너무나 드물기 때문에, 너무나 멀리 있기 때문에 더 이상 중요하지 않은 것이다. 도시는 꿈을 꿀 때도 여전히 궁핍하다. 어디를 가나 점쟁이들은 사랑이나 여행을 약속한다. 하지만 타브리즈에서는 그들의 예언이 더욱 소박해져서, 다시 한번 시를 인용하자면, "양고기를 넣고 익힌 쌀밥 세 냄비"라든지 "흰 시트를 깔고 자는 하룻밤" 등을 약속받는다(점을 치러 온 사람이 카드를 뽑는 대신 하페즈의 시집에서 4행시 하나를 고르면 점쟁이가 그걸 해석해 준다 – 글쓴이 주).

배고픈 게 어떤 것인지를 너무나 잘 아는 도시에서는 배가 자신의 권리를 절대 잊어버리지 않으며, 그러므로 식사는 하나의 잔치다. 축제가 돌아오면 동네 여자들은 아침 일찍 일어나 껍질을 벗기고, 빻고, 뼈를 발라내고, 뒤섞고, 잘게 썰고, 반죽하고,

불씨를 호호 불었다. 안뜰에서 가느다란 연기가 솟아나면 철갑 상어찜과 레몬즙을 뿌려 숯불에 구운 닭, 혹은 호두와 잘게 자른 풀, 달걀노른자를 넣고 사프란을 뿌려 구운 쾨프테라는 이름의 큼지막한 동그랑땡이 요리되고 있다는 걸 알 수 있다.

터키 요리는 전세계에서 영양가가 가장 풍부하다. 이란 요리는 섬세하면서도 소박하다. 새콤달콤하게 양념하여 절인 아르메니아 요리는 타의 추종을 불허한다. 우리는 특히 빵을 자주 먹었는데, 정말 기가 막히게 맛있었다. 동틀 녘이 되면 화덕에서 구워지는 빵 냄새가 눈을 뚫고 날아와 우리 콧구멍을 간질였다. 깨를 뿌린 둥글고 큰 아르메니아 빵은 꼭 깜부기불처럼 뜨끈뜨끈했다. 산드작이라 불리는 빵을 먹으면 머리가 멍해졌다. 얇게 잘라놓은 라바쉬라는 빵에는 눌은 흔적이 그대로 남아있었다. 아주 오래된 나라치고 이처럼 일상적인 것에까지 호사를 부릴 수 있는 나라는 오직 페르시아뿐이다. 이 빵 뒤로 서른 세대와 여러 왕국이 일렬로 늘어서있는 게 느껴졌다. 이 빵과 차, 양파, 암양 치즈, 이란산 담배 한 줌, 그리고 겨울의 긴 여가가 있으니 우리는 유쾌한 삶을 살 준비를 갖춘 셈이었다. 한 달에 300토만이 드는 삶(일인당 150토만. 방적공이 한 달에 버는 돈이 100토만가량 되었다).

쾨프테 다진 고기에 각종 양념과 야채를 넣어 완자로 만들어 굽거나 튀긴 터키 전통음식.

이제는 그럭저럭 먹고 살 수 있을 만큼 학생 수가 늘어났다. 그들 중 정육점 아들 둘은 이따금씩 진열대에 있던 팔다 남은 고기를 우리에게 가져다주어서 우리의 일상생활을 개선시켰다. 병적일 만큼 수줍음이 많고 적갈색 머리를 가진 쌍둥이는 아무것도 모르고 아무것도 안 배웠지만, 피가 뚝뚝 떨어지는 커다란 스펀지처럼 생긴 염소 허파라든지 검은 털이 아직 여기저기 묻어있는 값싼 물소 부위를 작은 가방에서 꺼내어 우리를 즐겁게 해주었다. 매주 토요일 밤에 우리는 쿠르드족과 모자를 쓴 술꾼들로 미어터지는 '드자한 노마' 식당에 가서 양고기 요리를 먹고 한 주 내내 그 이야기를 했다. 어슴푸레한 빛 속에서 그림을 그리는 바람에 시력이 점점 나빠진다고 생각한 티에리는 이따금씩 혼자 틀어박혀서 1킬로그램이나 되는 당근을 구워먹기도 했다. 이처럼 엉뚱하게 구는 것만 빼면 그는 나보다 더 까다롭지는 않았다. 어느 날 내가 칼로 냄비 가장자리를 문질러 벗기고 있는데, 티에리가 눈을 반짝이며 긁어낸 부스러기로 '크로켓 비슷한 요리'를 한 번 만들어보라고 권했다.

"편지 온 거 없어요?"

그러자 우체부는 자신의 손가락에 입김을 내뿜으며 대답했다.

"지금쯤 길가에서 몸을 풀고 있을 거요."

우체부는 벌써 열흘째 들르지 않았다. 꼭 달에서 사는 것 같다. 어쨌든 마음은 편하다. 학생들은 내게 일할 수 있는 시간을 남겨주었다. 나는 힘들지만 글을 쓰려고 애썼다.

출발은 마치 새로운 탄생과도 같고, 나의 세계는 아직은 너무나도 새로워서 체계적으로 성찰할 수 없다. 나는 자유도, 유연성도 가지고 있지 않다. 오직 욕망만을, 그리고 순전한 공포심만을 갖고 있을 따름이다. 같은 페이지를 스무 번도 더 찢어버리고 다시 시작했지만 임계점을 넘어서지 못했다. 그렇지만 자꾸 부딪치고 밀치고 하다 보니 가끔은 생각했던 것을 너무 경직되지 않게 말하는 기쁨을 한순간이나마 얻을 수 있었다. 그러고 나서는 뜨거워진 머리를 식히기 위해 눈 쌓인 정원을 점잔빼며 걷고 있는 칠면조 앙트완(우리는 이 비쩍 마른 새를 성탄절 때까지는 살찌울 수 있을 거라는 은근한 기대감을 갖고 있었다)을 창문 너머로 바라보았다.

일이 잘 안되거나 입고 있는 와이셔츠 냄새가 신경을 거스르기 시작하면 더러운 빨랫감을 한 보따리 들고 이란 목욕탕으로 향했다. 우리 집에서 10분 거리에 있는 이 터키식 목욕탕의 주인은 베일을 통해 황금색 필터가 달린 궐련을 피우는 아주 단정한 노파였다. 이 축축한 장소를 드나들던 바퀴벌레들은 가을이 오기도 전에 추워서 다 죽어버렸고, 해충들도 기온이 영하로 내려가자 자취를 감추었다. 목욕탕에는 끓는 물이 철철 넘쳤고,

분위기도 허물없고 즐거웠다. 1토만만 내면 수도꼭지 두 개와 물통 하나, 그리고 반들반들 윤이 나고 툭 튀어나온 돌이 갖춰진 작은 칸막이 공간이 내 차지가 되었다. 나는 휘파람소리와 느즈러진 한숨소리, 이웃 칸에서 올라오는 빗질 소리를 들으며 이 돌 위에서 빨래를 했다. 1토만을 더 주면 때밀이가 나타나서 당신을 담당한다. 그는 말이 없고 건장한 남자인데, 그가 생활하는 이곳의 수증기가 그의 살을 먹어치운 듯 비쩍 말랐다. 그는 우선 긴 돌의자 위에 당신을 눕힌 다음 머리끝에서 발끝까지 비누칠을 한다. 그러고 나서 말총으로 만든 장갑과 모래 넣은 비누를 가지고 온몸의 살갗을 박박 문질러 먼지를 한 점도 남김없이 털어낸다. 이어서 따뜻한 물을 몸에 뿌리고 마지막으로 당신의 몸을 오랫동안 마사지한다. 머리를 주무르기도 하고, 뚝뚝 소리가 나게 척추를 눌러주고, 두 손가락으로 힘줄을 집어주고, 주먹과 맨발로 관절과 갈비뼈와 이두근을 꼭꼭 눌러준다. 그는 기술이 좋아서 근육이 뭉쳐있게 내버려두지 않았다. 실패하는 법은 결코 없었다. 그가 뜨거운 물을 쏟아붓고 능숙한 손놀림으로 마사지를 해주면 신경이 하나씩 풀어지고 망설임이 사라지면서 추위 때문에 닫혔던 수많은 비밀의 수문水門들이 다시 열리는 것처럼 느껴졌다. 그러고 나면 나는 어둠 속에 길게 드러누워 담배를 한 대 피우며, 성질 급한 인간의 주먹이 문을 하도 두드리는 바람에 어쩔 수 없이 자리를 양보해야만 할 때까지 깊은 생각에 잠기곤 했다.

　나는 추위 속에서 꼭 물에 젖은 행주처럼 김을 모락모락 피우며, 영혼까지 말끔히 씻어낸 듯 가벼운 기분으로 여섯시쯤 목욕탕에서 나왔다. 얼음 언 웅덩이 속에 청명한 초록색 하늘이 반사되었다. 길을 따라 늘어선 가게 안에서는 주인들이 당밀이 담긴 항아리와 순무, 설탕덩어리, 콩이 든 자루, 파리잡이 끈끈이 사이에서 모자의 챙을 목덜미 쪽으로 돌리고 꿇어 엎드려, 이 모든 걸 소유할 수 있게 해달라고 하늘을 향해 큰 소리로 기도하고 있었다. 성탄절이 가까워지고 있어서 아르메니스탄에서는 벌써 닭장수들이, 온몸이 마비되어 날개만 힘없이 파닥이는 피투성이 닭들을 등에 짊어지고 집집마다 찾아다녔다. 주교관처럼 생긴 모자를 쓰고 밀랍색 코에 방한 외투를 입은 이 노인들은 마술에 걸린 새장의 마귀들처럼, 우리가 봄이 될 때까지는 꼼짝 달싹 못하고 갇혀 있게 될 눈 사이를 열심히 누비고 다녔다. 길조가 출현한 것이었다. 그들의 모습을 보니 내가 학생들을 위해 찾아냈던 바로크풍 시의 첫부분이 머릿속에 떠올랐다.

　　그때, 백 개의 깃털로 뒤덮인

　　공기의 딸들이

　　농노였던 나를

　　자유의 몸으로 만들어주었네

그런 날 밤이면 글도 술술 잘 써졌다. 그리고 나는 두 손을 무릎 위에 올려놓고 꿈을 꾸었다. 난로에서 코 고는 소리가 났다. 칠면조 앙트완이 침대 밑에 잠들어있었다. 그 녀석이 그렇게 무기력한 상태로 나자빠져 있는 걸 보니 왠지 웃음이 나왔다. 밖에서는 태양이 어두컴컴한 집들 위에 군림하고, 도시는 무덤보다도 더 조용했다. 마치 늙고 가엾은 귀뚜라미처럼 스스로에게 용기를 불어넣기 위해 쉰 목소리로 흥얼거리는 야경꾼의 노랫소리만이 멀리서 들려올 뿐이었다.

12월 중순경 이웃에 사는 한 처녀가 실연을 당하고 음독을 했다. 그녀는 한 이슬람교도를 사랑했지만, 정말이지 모든 게 너무 복잡했다. 그녀는 쉬레(피우고 난 싸구려 아편의 찌꺼기. 독성이 매우 강하다 - 글쓴이 주)를 삼켰고, 남자는 목을 맸다. 몬터규와 캐풀렛이었다. 여인의 통곡이 오랫동안 동네에 울려퍼졌다. 문이란 문에는 모두 붙여진 자그마한 초록색과 검은색 전단에 장례식 날짜가 예고되어 있었다. 아르메니아 교회에 가보니 죽은 처녀가 두 손을 맞잡고 관 속에 눕혀 있었다. 새것이나 다름없는 벨벳 드레스를 입고 금귀고리를 한 모습이었다. 교회 맨 안쪽에 앉아있는 노파들은 놀라울 만큼 위엄을 갖추고 있었다. 검은 숄을 두른 이 세 운명의 여신은 과묵하고 강인하고 여성적이었으며, 그들의 눈은 마치 태양처럼 이글이글 타올랐다. 나는 몇몇 나이든 집시 여인들을 제외하면 결코 그렇게 스핑크스처럼 통절하고 위압적인 권위를 지닌 여성들을 접한 적이 없었다. 그들이야말로 이 민족의 수호자들로서 결혼적령기의 처녀들보다 백 배는 더 아름다웠다. 의례가 끝나자 교회 안에 있던 사람들은 죽은 처녀 앞을 줄지어 지나갔다. 그러고 나자 문이 열리더니 행인들이 지켜보는 가운데 두 여인이 여봐란 듯이 시신에서 보석을 떼어내고 신발을 벗긴 다음 옷도 가위로 싹둑싹둑 잘라버렸다. 결핍과 도굴꾼의 계절, 겨울이었던 것이다. 이렇게 하는 것은 무덤이 파헤쳐지는 걸 피하기 위해서였다.

바로 그 주에 쿠르드족 사람 한 명도 타브리즈에서 죽었다. 하지만 그의 시신을 거둘 가족이 나타나지 않았다. 불쌍한 남자였다. 그는 '대충대충 매장될' 것이다. 산에 사는 수니파와 도시에 사는 시아파 사이에 존재하는 뿌리 깊은 갈등은 온갖 크고 작은 사건으로 더욱 악화되었다. 하지만 쿠르드족은 위험한 싸움꾼이었고, 타브리즈 사람들은 그들이 너무나 두려웠던 나머지 살아있는 그들을 공격하지는 못했다. 그래서 그들은 죽음의 시간이 되어서야 악의에 찬 복수를 하곤 했다. 이 도시에서 죽음을 맞이한 쿠르드족 사람들은, 관습에 따라 얼굴을 메카 쪽으로 향하게 해서 똑바로 구덩이 속에 눕혀지는 대신, 얼굴이 땅에 처박힌 채 옆으로 뉘어져 매장당할 위험이 매우 컸다. 그러면 죽음의 천사인 아즈라엘은 이런 꼴사나운 자세를 보면 기분이 상해서 그들이 천국으로 들어오는 것을 거부한다고 한다. 그리하여 이 지방 병원에서 병이 난 쿠르드족 사람이 자신의 기력이 다해가는 것을 느끼고 슬그머니 사라져서 말을 훔쳐 전속력으로 쿠르디스탄에 돌아가 죽는 일도 이따금씩 일어났다.

어느 날 저녁, 이란 목욕탕 바로 앞에서 어떤 젊은 쿠르드 사내가 내게 접근하더니 그 동네에 사는 한 처녀의 주소를 끈질기게 물었다. 그는 흰 비단 터번을 쓰고 천으로 만든 새 허리띠를 둘렀는데, 이 허리띠 밖으로 최소한 1000토만은 주고 샀을 단도가 삐져나와 있었다. 그녀를 찾아가서 청혼하려는 게 분명했다. 나는 며칠 전에 찾아가서 녹음을 했기 때문에 그녀도, 그녀의 주소도 알고 있었다. 이 젊은 여성은 자기가 아름다운 아르메니아 민요를 '국립음악학교 학생 못지않게' 잘 부를 수 있다고 뽐냈지만, 듣고 보니 완전 허풍이어서 괜히 테이프 한쪽만 버리고 말았다. 그래서 그녀를 좀 원망하긴 했지만, 그처럼 단호한 표정을 짓고 있는 구혼자를 그녀의 집앞까지 데려다줄 정도는 아니었다. 그래서 그를 정반대 방향으로 보낸 다음 내 갈 길을 갔다.

예상할 수 있듯이, 타브리즈 사람들은 쿠르드 사람들에 관해 온갖 악의적인 소문을 다 퍼뜨렸다. 쿠르드인들은 야만인에 소매치기들이며 자기 딸뿐만 아니라 다른 사람 딸까지 몇 푼 되지 않는 돈에 팔아넘긴다는 것이었다. 아르메니아인들도 거기에 맞장구를 쳤지만, 그건 어디까지나 립 서비스에 불과했다. 사실 아르메니아인들과 쿠르드족과의 관계는 사람들에게 드러내 보이는 것보다는 더 나았다. 시장의 나무장수들은 이미 오래전부터 확고한 신뢰의 기반 위에서 여러 부족과 거래를 해왔다. 더 멀리 떨어진 레자이에 주변에서는 쿠르드족이 아직도 마음에 드는 아르메니아 여성들을 납치한다는 소문이 떠돌았지만, 이같은 이야기를 퍼뜨리는 건 대부분 자신의 미모가 남자들에게 어떤 극단적인 행동까지 하도록 만드는지 보여주고 싶어 하는 여자들이었다. 그리고 나는 구체적으로 누가 누구를 납치했는지 들은 적이 단 한 번도 없었다. 어찌 되었든 그런 소문이 나돈다고 해서 될 장사가 안 되는 건 결코 아니었다. 그래서 페르시아인들은 이미 오래전에 헤로도토스에게 이렇게 말하지 않았던가.

여자들을 납치해 간다는 건 분명 잘못된 일이다. 하지만 이런 일에 앙심을 품고 있다가 복수까지 하려는 건 얼마나 어리석은 짓인가! 사려 깊은 사람들에게는 다른 할 일이 있다(헤로도토

레자이에 이란 북서부, 우르미아 호수 서쪽에 있는 도시. 팔레비 왕조 시절 왕의 이름을 따서 레자이에라고 불렸으나 지금은 우르미아라고 부른다.
헤로도토스(기원전 484?~기원전 425?) 고대 그리스의 역사가. 페르시아 전쟁에 관한 조사를 위해 페르시아와 그 주변국을 여행하고, 서양 최초의 역사책《역사》를 썼다. 키케로는 그를 '역사의 아버지'라고 불렀다.

스, 《역사》 - 글쓴이 주).

"당신이 믿는 예언자의 탄생을 위해서"라고 무싸는 문턱에 선 채 말했다. 피가 줄줄 흐르는 메추라기 두 마리를 손에 들고, 눈은 사냥용 털외투 위에서 미소 짓고 있었다. 성탄 전야였고, 그는 이 도시에서 처음으로 그것에 관해 생각했다. 우리도 고기 생각이 간절하던 참이었다. 그런데 그가 때맞추어 찾아온 것이 다. 그는 가져온 새고기를 우리랑 같이 먹기로 했다.

무싸는 우리가 사는 길거리 맨끝에 사는 터키 출신 아르밥 이었다. 할 일 없이 빈둥거리는 이 호감 가는 청년은 사냥을 하 고, 세밀화를 그리고, 영웅적 행위에 대한 망상과 인류 평등주 의를 구현하겠다는 열정에 사로잡혀 《레 미제라블》의 페르시 아 번역본을 거듭해서 읽고 또 읽으며 시간을 보냈다. 그의 머 릿속은 오직 파리 생각뿐이었다. 그는 자기가 페르시아를 싫어 한다고 우리를 설득하려 했지만, 우리는 그 말을 털끝만큼도 믿 지 않았다. 그는 무력으로 페르시아를 개혁하려는 열망에 불탔 다. 열일곱이라는 그의 나이가 그러한 열망과 어느 정도 관련이 있었다. 그의 가족사도 그러했다. 카자르 왕조 때 총독을 인정하 지 않았던 그의 증조부는 50명가량 되는 부하들을 이끌고 이 도 시를 장악하여 몇 달 동안 권력을 누렸지만 이처럼 무모한 권력 장악의 결과로 자신을 위해 베풀어진 연회에서 살해당했다. 다시 반란을 일으키겠다고 위협하던 그의 할아버지는 얼마 안 있어 폭사했다. 그의 백부는 음모자들에게 합류하기를 거부했다가 온몸에 총알이 박혀 죽었다. 그의 아버지로 말하면, 위험하고 불확실한 정치를 포기하고 자신의 영지를 꼼꼼히 관리하는 일에 몰두했고, 엄청난 재산을 모아 아들이 한가로이 꿈의 나래를 펴고 상상의 세계를 질주할 수 있도록 해주었다. 무싸는 몽마르트에 가서 가난하게 살며 그림을 그릴 생각이었다. 심지어 그는 이 계획을 실현시키기 위해 여러 마을에서 들어오는 아버지의 수입을 가로챌 생각까지 하고 있었다. 왜냐하면 '파리에서의 가난'이 너무나 부럽게 여겨졌으므로, 그곳에서 생활하는 게 타브리즈에서 부자로 사는 것보다 훨씬 더 돈이 많이 들 거라고 생각했던 것이다.

그를 사랑하는 그의 아버지는 친구들 중에서도 특히 세상 물정에 밝은 몇몇 친구들과의 모임에 아들을 데리고 다니면서 판단력을 키워주고, 주사위를 솜씨 좋게 굴리는 법과 술을 마셔도 벌렁 나자빠지지 않는 법, 자기 차례가 되었을 때만 말하는 법을 가르쳐주었다. 또 자기 아들이 산만하다는 걸 알고, 그에게 동네사람들 사이에서 퀴트쉬크(꼬마)라는 이름으로 불린 주워온 아이 한 명을 붙여주었는데, 이 아이는 그에게 하인 겸 산

아르밥 지역사회 지도자를 의미하는 이란어.

초 판사 노릇을 하였다. 여덟 살치고는 '무척이나 꾀가 많은' 이 '꼬마'는 늙은 아르메니아 여자만큼이나 알뜰하게 흥정을 하는가 하면, 아무리 어려운 심부름이라도 알아서 척척 해내면서 시장을 종종걸음으로 누볐다. 그는 운 좋은 퀴트쉬크였다. 아직 나이가 어렸기 때문에 여자들 동네에 살면서 그들로부터 기름이 둘러처진 고기조림이나 불에 구운 간 따위를 배터지게 얻어먹을 수 있었다. 새로 산 짤막한 외투와 모자, 몹시 친밀한 태도는 장난을 좋아하고 유쾌한 꼬마의 영혼을 추위로부터 보호해 주었다. 특히 꼬마는 두려움이란 걸 몰랐다. 타브리즈에서 사는 고아가 아무 것도 두려워하지 않는다는 건 정말 굉장한 일이었다. 그래서 그는 특별하고 매력적으로 보였고, 샤하나스에 사는 할머니들은 꼬마를 만나면 꼭 머리를 쓰다듬어주면서 다정하게 위로의 말을 해주곤 했는데, 꼬마는 보통 거기에 음란한 말로 대답해서 할머니들을 뒤로 넘어지게 만들었다.

무싸는 우리를 자주 찾아왔다. 그는 우리가 이 도시에 자리 잡은 뒤로 모든 방법을 동원해서 우리를 도와주었기 때문에 우리를 찾아올 때마다 뮐러 나쎄르 에드딘(중동 전역에서 인기가 있는 희극적인 인물 – 글쓴이 주)의 이야기와 회화에 대한 자신의 개인적 관점을 우리들에게 들려줄 수 있는 권리를 가지게 되었다.

"처음에는 클래식한 방법으로, 그리고 이어서 인상파 화법으로 그리는 법을 배운 다음에야 마지막으로 현대적 화법을……."

그는 야전침대 위에 앉아 이렇게 얘기했고, 나는 건성으로 그의 말에 귀 기울였다. 최소한 열 번은 더 들은 얘기였던 것이다. 그리고 그날 내가 관심을 가졌던 건 일년 중에 가장 중요한 날인 성탄절이었다. 벌써 성탄절이 되었다……. 내년 성탄절에는 어디에 있게 될까? 나의 삶이 어떤 모습으로 변했을까? 나는 메추라기들이 박하잎 다발과 아르메니아산 백포도주(성경에도 등장하는 이 포도주는 시장에 가면 살 수 있는데, 붉은색 밀랍으로 살짝 봉해져 있다) 1리터를 집어넣은 다 찌그러진 냄비 속에서 부풀어오르는 것을 바라보았다.

가느다란 희생의 연기가 집 위로, 행실 바른 아르메니아 학생들이 휘갈겨 쓴 글씨 위로, 도시의 지붕들 위로, 도시 주변의 꽁꽁 언 휴경지 위로, 산쥐들의 소굴 위로, 이 오래되고 유서 깊고 즐거운 세계 위로 피어올랐다.

'포인트 Ⅳ'에서 일하는 몇몇 미국인들은 도시에서 약간 떨어진 외곽에서 고립된 작은 사교 집단을 형성하고 있었다. 망년회 때 그들은 이 귀족적인 주택 중 한 곳으로 우리를 초대했는데, 아르메니아 상류층이 떠난 뒤로 사라사 무명으로 커튼을 해 달고 새로 온 사람들이 레코드를 틀었는데도, 버려진 것 같은 분위기가 가슴 에일 만큼 진하게 풍겼다. 그러나 함께 즐거운 시간을 보내며 한 해를 마무리 지을 생각을 하니 기뻤다. 얼굴을 씻고 양치질을 한 우리는 흥분된 기분으로 방으로 들어갔다. 파티가 한창 벌어지고 있었다. 미국인들은 종이로 만든 모자를 쓰고 넘치는 친절을 보여주며 악수를 하고 잔을 부딪치고 노래를 불렀다. 그들 중 3분의 1은 벌써 취했으며, 알코올과 선의善意로 축축해진 그들의 눈에는 두려움이 섬광처럼 지나갔다. 이렇게 좋은 날, 너무 멀리 와있다는, 제대로 이해받지 못하고 있다는, 너무나 다르다는 데 대한 두려움일 터였다. 그러고 나서 파티는 한층 더 시끌벅적하게 계속되었다. 바 반대편에는 초대를 받은 이란인들이 따로 모여 앉아서 아무 말 없이 미소만 짓고 있었다. 우리는 그들과 합류했다. 그날 밤에는 왠지 우리도 그들과 비슷한 처지라고 느껴졌던 것이다. 은둔생활을 하다가 나와보니 그렇게 떠들썩한 분위기가 낯설기만 했다.

춤이 시작되었다. 나는 얼근히 취한 몸매 좋은 한 젊은 여성에게 춤을 추자고 청했다. 그녀를 내 품에 안고 있는 것이 현저히 눈에 띠고 관심을 끌 만한 일로 문득 여겨지는 바람에 나는 음악을 잊은 채 전혀 몸을 움직이지 않은 상태에서 그녀를 더 세게 끌어안았다. 잠시 후에 그녀가 나를 놀란 눈으로 올려다보더니 화가 난 듯 나를 밀쳐내고 사라져버렸다. 나도 많이 마셨고, 티에리도 많이 마셨다. 그 바람에 알코올에 익숙하지 않았던 우리는 곧 거나하게 취해버렸다. 우리는 그곳에서 쓰러져 잠들지 않으려고 때맞추어 그곳을 나섰다. 밤은 무척이나 추웠지만 근사했고, 눈은 높이 쌓였으며, 걷는 건 힘들었다. 우리는 넘어지지 않기 위해 어깨동무를 했다. 집으로 돌아가고 싶지 않았다. 아르메니스탄의 솔개들과 개들은, 우리가 이상하게 들리는 이름들을 부르며 골목길을 누비고 다니는 소리를 들었을 것이다.

그렇게 큰소리로 고함을 치며 한 시간이 넘도록 돌아다닌 것 같다. 너무 오랫동안 그랬던 것일까. 집에 도착했을 때쯤에는 목이 부어오르고 이빨이 저절로 딱딱 마주쳤다. 방에는 서리가 끼어있었다. 옷가지와 넝마, 포장 종이 등 눈에 띄는 건 뭐든 침대 위에 깐 다음 잠을 잤다. 동이 트기도 전에 경쾌하고 독특한 멜로디가 나를 깨웠다. 머리맡에서 모자를 눈 위에 올려놓고 비틀비틀 슈베르트의 곡조를 휘파람으로 불며 나를 바라보는 실루엣 하나가 뿌연 안개 너머로 눈에 들어왔다.

"해피 뉴이어!"

그 실루엣은 불룩한 호주머니 속에서 병을 꺼내더니 내게 내밀며 비꼬는 듯한 말투로 소리쳤다. 폴루스였다. 밖에서 밤을 보내고 집으로 돌아가다가 우리 방문이 열려있는 걸 보고 '새해 인사'를 하러 온 것이다. 나는 비몽사몽간에 한 잔 마신 다음 한 해를 잘 보냈느냐고 물었다.

"드자한 노마네 집에서…… 술잔치가 벌어졌는데…… 그 무서운, 그 무서운 니콜라 씨가! 그냥 웃을 수밖에 없었지요!"

그는 술에 취한 사람을 좋아하지 않았다. 알코올은 그의 약점이었지만, 그는 자기 나름의 방법으로 그걸 다스릴 수 있었다. 아라크술이 물처럼 흐를 때조차도 그는 반드시 절대로 가라앉지 않는 댐처럼 조용히 버티고 앉아 술을 마셨고, 그럴 때면 오히려 평상시보다 더 그답고 더 날카로워졌다. 그가 앉았다. 잠시 동안 그는 그가 보러 갔던(왜 갔는지 그건 잘 모르겠다) 테헤란행 버스에 관해 이야기했다. 노끈으로 동여맨 짐과 눈 속의 승객들은 자기들이 언제 출발할지, 과연 목적지에 도착하기는 할지 알지 못한다……. 결국 그 역시 이 도시에 갇혀 있는 것이다. 그러고 나서 나는 그가 내 맥박을 재는 소리를 아득하게 들었고, 훨씬 나중에는 새해의 첫 닭 울음소리를 들었다. 나는 이틀 뒤에야 잠에서 깨어났다. 열이 높고 목구멍에 염증이 생겼다. 폴루스가 필요한 조처를 벌써 다 취해놓았다. 과부인 슈샤닉이 내 방에서 피하주사기에 주사액을 집어넣는 중이었다. 그녀는 일부러 간호사 복장을 했는데, 매력적으로 보였다…….

1월

회색빛을 띤 밤의 정원과 깜빡거리는 난로 불빛 사이에서 뒤뚱거려서 불안정한 야전침대에 누워, 엉덩이 밑에 오래된 신문지를 여러 겹 깔고 주사액이 효과를 발휘하기를 기다렸다. 동네 어딘가에 틀어놓은 라디오에서 페르시아 노래가 흘러나오고 있었다. 아르메니아 소년들이 안뜰에서 말다툼을 하고, 옆방에서 티에리가 '로사rosa'라는 단어의 어미를 성과 수, 격에 따라 변화시키는 소리가 들려왔다. 그는 겨울을 지루하지 않게 보내려고 모뢰 신부가 쓴 《손쉬운 라틴어》를 공부하기 시작했다. 온통 하얀색 속에서, 존엄한 언어의 메아리 속에서, 마르쿠스 안토니우스의 군단이 결코 정복할 수 없었던 오랜 역사의 아트로파테네 지방에서, 제1과의 '레지나 파르토룸Regina parthorum(파르티아의 여왕)'과 '푸그나레 스키탐pugnare scytham(스키타이의 싸움)'은 더 폭넓고 신비한 북방北方의 의미를 띠면서 기분 좋게 열을 가라앉혀주었다. 그동안은 열이 내리지 않았었다. 며칠 전부터 나는 쐐기를 박기 위해 병의 취약점을, 갈라진 틈을 찾았다. 아라크술은 아니었다. 술은 더 이상 통하지 않았다. 위만 화끈거리게 만들 뿐 진정시켜주지 않았고, 라틴어 입문서도 마찬가지였다. 나는 돌 벽에 조심스럽게 등을 기댄 채 눈이 내리는 걸 바라보면서 꼭 굴뚝을 청소하거나 냄비를 씻을 때처럼 체계적으로 울기 시작했다. 한 시간 동안을 그렇게 울었다. 바로 그것이었다. 나는 병의 모든 방벽들이 무너지며 녹아버리는 것을 느꼈고, 결국 마치

마르쿠스 안토니우스(기원전 82?~기원전 30) 고대 로마의 군인으로 아시아 원정에 성공하여 막강한 세력을 떨쳤으나 옥타비우누스에게 대패하고 자살한다. 이집트 여왕 클레오파트라의 연인.
아트로파테네 현재 아제르바이잔 지역에 있었던 고대 왕국.

폭신한 누에고치에 감싸인 것처럼 겨울의 한가운데 앉은 채 잠이 들었다.

티에리도 나를 간호하다가 경련성 크루프(위막성 후두염 — 옮긴이 주)에 걸렸다. 나는 때맞춰 일어나 그를 돌보았다. 쉬운 일이었다. 그는 병을 앓으면서도 무슨 음모를 꾸미거나 자기 자신을 수술하는 사람처럼 일에 매달렸다. 그는 내가 뭐라고 물어도 대답을 잘 안 했다. 기분이 나빠서가 아니라 일에 집중하고 있어서였다. 더 심하게 아프면 아플수록 그는 덜 그럴 것이다. 사실 티에리는 아주 가벼운 감기라도 걸릴라치면 그 틈에 완전히 다른 사람으로 탈바꿈했다. 금방 기력을 되찾아 포플러나무 아래서 차 한 잔 마시고, 50미터가량 산보를 하고, 10분 동안 이스탄불에 대해 생각하고, 내 학생들 중 한 명이 빌려준 《콩피당스》 과월호를 흡족한 표정으로 읽는 등 돈이 거의 안 드는 즐거운 일들을 적당한 시간 간격을 두고 하다 보면 회복되는 것이다. 그는 특히 《마음 통신》를 읽으며 그런 만족감을 느꼈다. 거기서 그는 '눈물에 젖은 쥘리에트'(오트손 지방에 사는)라든가 '바람피우다 들킨 장 루이'(앵드르 지방에 사는)가 쓴 주옥 같은 글을 찾아냈다.

"사실 나는 여행을 하면서 잠깐 연애를 한 것—내게 거의 고통을 안겨주지 않은 말고는 단 한 번도 그녀 몰래 바람을 피운

적이 없습니다……."

겨울을 보내기 위해서는 또한 습성이 필요하다.

나는 짐꾼들이 단골로 드나드는 아르메니아 동네의 싸구려 식당에서 내 나름대로의 습관을 들였다. 그들은 거지들과 더불어 이 도시에서 가장 가난한 사람들이었다. 그래서 카운터에서 차를 마시는 경찰 한 사람을 제외하고는 손님이 오직 자기네들 뿐이라고 확신하며 이 찻집을 차지하고 앉아있었다. 내가 처음에 실수로 그곳에 들어가자 곧바로 무거운 침묵이 자리를 잡고 길게 이어지는 바람에(그 낡은 건물이 금방이라도 내 머리 위로 무너져 내릴 것만 같았다) 나는 잔뜩 움츠러들어 글 한 줄 제대로 쓸 수 없었다. 나는 내가 나름대로 검소하게 산다고 생각했었다. 그런데 그곳에서는 닳아 해진 내 모자와 여기저기 기운 윗도리, 목이 긴 구두가 내가 배불리 먹으며 편안히 산다고 소리 높여 외치는 것 같았다. 몇 개 되지도 않는 동전이 쩽그랑거리지 않도록 손을 호주머니에 집어넣었다. 두려움이 느껴졌다. 하지만 그건 잘못된 생각이었다. 그곳은 이 도시에서 가장 평화로운 장소였던 것이다.

정오가 가까워지면 그들은 밧줄을 어깨에 걸치고 몸을 웅크린 채 와들와들 떨며 두세 명씩 짝을 지어 이곳으로 모여들었다. 그리고 행복하다는 표정으로 뭐라고 중얼대며 나무의자에 자리잡았다. 그들의 누더기 옷에서 수증기가 모락모락 피어오르면 너무나 헐벗고 너무나 녹슬고 너무나 닳아서 빛이 통과할 정도인, 꼭 낡은 솥처럼 그들의 늙지 않는 얼굴이 빛나기 시작했다. 그들은 주사위 놀이를 하기도 하고, 긴 한숨을 내쉬며 받침 접시에 흐른 차를 핥아먹기도 하고, 미지근한 물이 담긴 대야 주변에 둥그렇게 모여있다가 아픈 발을 담그기도 했다. 그중에서도 여유가 있는 사람들은 물담배를 피우고 때로는 발작적으로 헛기침을 하는 중간중간에 페르시아인들이 지난 천년간 만들었던 것 중에서 가장 잘 쓰여진 몽상적인 시들 중의 한 행을 읊기도 하였다. 푸른색 벽을 비추는 겨울 해와 그윽한 차 향기, 체스판 위에 '졸'을 내려놓는 소리 등 모든 것이 너무나 이상할 정도로 경쾌해서, 막일로 손이 딱딱해진 몇 명 되지 않는 나이든 천사들이 요란한 소리로 날갯짓을 하며 찻집 건물과 함께 날아오르는 게 아닐까 하는 생각이 들 정도였다. 감동으로 한껏 부풀어 오른 순간들. 비록 기관지는 닳아빠지고 동상으로 생긴 상처가 벌어져 있지만 그래도 빈곤한 삶에 틈을 내어 행복한 시간을 보내는 그들 나름의 방법이야말로 참으로 감탄할 만하며 페르시아적인 것이었다.

1월 중순경, 추위가 한층 더 심해지면서 몇 명의 목숨을 앗아갔고, 다 낡은 담요와 설탕덩어리 반쪽, 밧줄 조각, 그리고 예언자의 후손임을 나타내는 초록색 세이에드 허리띠까지, 그들의 소지품이 식당 안쪽에서 경매에 붙여져 이 사람 저 사람에게 나뉘어졌다.

서로를 진정시키고 위로하는 습성 때문에, 그들 중 대부분은 자기가 배고프다는 사실을 웬만해서는 깨닫지 못했다. 그들은 차를 석 잔씩 마시고 터키 빵 한 조각과 실타래처럼 길게 늘어진 설탕으로 식사를 했다. 내가 그들의 식탁에 앉으면 그들은 뭐든 내게 먼저 권하지 않고는 절대 식사를 시작하지 않았다.

"베파르마이드(이건 당신 겁니다)……."

이렇게 해서 이 보잘것없는 음식은 곧바로 신성해지는 것이다. 내가 그것을 받아들이면 그들은 그날은 더 이상 아무것도 먹을 수 없게 된다. 도대체 어떤 명령을 받았기에 그 배고픈 사람들은 자기가 가진 그 적은 것까지도 본능적으로 남에게 제공하는 것일까, 나는 스스로에게 이렇게 물었다. 그것은 어쨌든 우리들보다 이 굶주린 사람들이 더 익숙한 고결하고 관대하고 강력한 계율이었다.

에르베 신부가 옳았다. 작은 도서관은 프랑스어 도서를 최소 200권 이상 소장하고 있었다. 바뵈프와 보쉬에, 뤼펜, 엘리포르, 르네 그루세, 《강베타의 일생》, 그리고 완곡 어구("보병부대는 별다른 열의 없이 싸우다가 후퇴를 하고자 하는 그 성향에 굴복하였다……")가 드문드문 나오는 우아하고 아름다운 문체를 볼 때 페르시아어 원문을 번역한 듯한 드 수비즈 원수의 서한집 등, 놀라울 정도로 도서를 분야별로 골고루 잘 갖추고 있었다.

나는 그루세의 《대초원의 제국》에서 서西러시아의 칸으로부터 구혼을 받은 중국 공주에 관해 언급한 글귀를 발견했다. 사자들이 15년씩이나 걸려가면서 호의적인 대답을 얻어온 덕분에 결국 혼사가 이루어졌다……. 그 다음 세대에. 나는 느린 걸 좋아한다. 게다가 공간은 마약과도 같은 것인데, 이 이야기는 인색하게 굴지 않고 그 마약을 나눠주었다. 점심을 먹으며 이 얘기를 티에리에게 해주었더니 그의 얼굴이 길쭉하게 늘어났다. 여자친구인 플로에게서 편지를 받은 그는 혼사를 한 세대나 미룰 생각은 없다며 결혼 생각을 완전히 굳혔다. 요컨대 나의 공주는 환대를 못 받은 것이었다.

조금 뒤에 목욕탕에서 돌아와보니 티에리는 폭발하기 일보 직전이었다. 그가 원상태로 돌아갈 시간을 주기 위해 차를 끓여 돌아왔지만, 그는 여전히 흥분을 가라앉히지 못한 채 "더 이상 이 감옥을, 이 함정을 견뎌낼 수가 없어"라고 소리쳤다. 이기주의에 눈이 멀어있던 나는 처음에는 그가 왜 이번 여행에 관해서 "8개월씩이나 여행을 했는데, 지금 우리가 어떤 상황인지 보라구! 우린 지금 함정에 빠진 거야!" 하고 말하는지 이해가 되지 않았다.

그는 이미 평생 그려도 다 그리지 못할 만큼 많은 걸 보았다. 특히 그녀의 부재로 인해 애착이 한층 더 깊어졌고, 이 애착은 기다림을 고통스럽게 했다. 나는 허를 찔렸다. 배가 부른 상태에서 이 문제에 접근하는 게 더 나았다. 우리는 '드자한 노마'로 갔고, 산적 요리를 먹으면서 그 다음해 여름에 헤어지기로 합의를 보았다. 플로는 인도로 그를 만나러 오기로 했다. 나는 나중에 델리와 콜롬보 사이 어딘가에서 치러질 그들의 결혼식에 참석할 것이다. 그러고 나서 두 사람은 알아서 그곳을 떠나기로 했다.

좋다. 사실 나는 병이나 사랑 때문에 우리의 모험이 중단될 수도 있으리라는 생각은 하지 못했다. 하지만 그게 병 때문이 아니라 사랑 때문이라니, 차라리 나았다. 티에리는 자신의 삶을 앞으로 나아가게 한 것이다. 나는 내 삶이 예를 들면 중앙아시아의 어느 변두리(지리적으로 가까운 이곳이 나를 강하게 유혹한다)에서 길을 잃고 헤매도록 하고 싶었다. 잠을 자기 전에 우체부가 내게 선물한 그 낡은 독일 지도를 자세히 살펴보았다. 카프카스 산맥의 지맥들, 카스피 해의 차가운 푸른색, 우리가 지금까지 지나온 것을 다 합친 것보다 더 넓은 키르기스 대초원의 황록색. 그 광대한 공간이 내 살을 콕콕 찌르는 듯했다. 부호가 있고, 등고선이 있고, 물결무늬가 있고, 길과 새벽과 더 외딴 곳에서의 또 다른 겨울나기와, 납작한 코를 하고 색깔 있는 숄을 두른 여인들이 판잣집이 늘어선 마을의 골목 한가운데서 생선을 말리는 장면이 상상되는(처녀지를 향한 이같은 욕망은 좀 순진하지만, 낭만적이지는 않다. 처녀지에 대한 상상은, 우리의 정신을 고양시켜줄 강렬한 뭔가를 성취할 수 있으리라는 희망을 갖고 운명과 도박해 보라고 재촉하는 오랜 본능에서 비롯된다고 볼 수 있다) 이 커다란 접이식 지도야말로 정말 사람을 유쾌하게 만들어준다.

그런데도 나는 어찌할 바를 몰랐다. 우리는 완벽한 팀이었으며, 나는 언제나 우리가 함께 완전한 원을 이루어왔다고 생각했다. 나는 그도 그렇게 합의했다고 생각했지만, 그 합의는 이 일과는 더 이상 관련이 없는 것 같았다. 우리가 여행을 하는 것은 무슨 일인가 일어나서 자신을 변화시키도록 하기 위해서다. 그렇지 않다면 그냥 집에 있는 게 차라리 낫다. 그런데 그에게는 어떤 변화가 일어났고, 그래서 그는 자신의 계획을 바꾸었다. 어쨌든 우리는 아무런 약속도 하지 않았다. 그런데 약속에는 현학적이며 쩨쩨한 것이, 어쨌든 성장과 새로운 힘, 예상치 않았던 것을 부정하는 뭔가가 있다. 이 점에서 이 도시는 마치 부화기孵化器와도 같다.

다른 할 일이 너무나 많은 타브리즈는 다소 예술을 무시했으며, 그래서 이 도시의 유일한 화가인 바그라미안 노인은 동업자를 만나게 된 걸 몹시 기뻐했다. 무성영화에 등장하는 바람둥

이처럼 장갑을 끼고 각반을 차고 모자를 쓴 그는 이따금씩 찾아와서 티에리가 작업하는 것을 둘러보며 격려의 고함을 몇 번씩 내질렀다. 바그라미안은 레닌그라드에서 꽃 데생을 가르치며 30년 동안 근근이 생활하다가 이곳으로 이민을 왔다. 이곳에서 제자들도 몇 명 생겼고, 늦긴 했지만 그에게 흰 실크 스카프와 키드 가죽 장갑을 선물로 줄 수 있을 만큼 지참금을 넉넉히 들고 온 아르메니아 여성과 결혼도 했다. 이처럼 좋은 조건으로 결혼하자, 그는 더 이상 거의 그림을 그리지 않고 편안하고 안락한 생활을 즐겼다. 겨울 내내 식당의 식탁에 앉아 복숭아술을 홀짝거리거나, 누가과자를 조금씩 갉아먹거나, 아니면 그에게 홀딱 빠져서 고개를 끄덕이며 감탄스런 표정으로 그의 말에 귀 기울이는 아내에게 이런저런 이야기를 해주며 피스타치오 열매를 와작와작 씹어 먹었다. 우리가 찾아가면 그는 우리를 붙잡아놓고 유창한 러시아어로 소련에 관한 긴 글을 읽어주었지만 우리는 단 한 마디도 이해하지 못했다. 하지만 그의 아내는 그의 술잔을 채워주면서 어깨를 다정하게 쓰다듬거나 칭찬을 하고 박수를 쳤다. 자신의 예술가를 너무나 사랑한 나머지 그녀의 두 눈은 꼭 브로치처럼 반짝반짝 빛났다. 이따금씩 그녀는 그의 말을 중단시키고 이렇게 번역했다.

"그는 말한다…… 절대 그곳에 가지 말라고…… 크고 어두운 나라…… 당신은 사라질 것이다, 당신은 모든 걸 다 잊어버릴 것이다…… 레테 강……."

바그라미안은 '레테 강'이라고 몇 번 힘주어 말하더니 자신의 말을 설명하기 위해 작은 오렌지 껍질을 끓고 있는 차 속에 떨어뜨렸다.

사실 그는 아직 이혼하지 않은 첫번째 아내를 완전히 잊어버렸으며, 오직 두 번째 부인만이 그 첫째 부인의 존재를 모르는 척한다고 한다. 물론 그것을 알고 있는 동네 사람들은, 비록 엉뚱한 행동을 하기는 하지만 바그라미안이 따뜻한 곳에서 늙어가고 싶어 하는 교활한 여우처럼 행동하는 것이라고 봐준다고 생각했다. 이런 식으로 요령 있게 행동하는 것은 존경을 받을 만하다. 어쨌든 그걸 꼬투리 잡아서 그를 난처하게 만들려는 사람은 아무도 없었다. 사람들은 이 노인이 쾌활하게 지내는 것을 질시하지 않았고, 아르메니스탄에서의 삶은 무익한 중상모략을 일삼기에는 너무 힘들었다.

우리가 찾아갈 때마다 그가 보여주었던 그림들은 그 자신만큼 행복해 보이지는 않았다. 그의 그림에는 항상 태양이 등장했고 정원도 공들여 그렸지만 왠지 생기가 느껴지지 않았다. 벨벳 레이스를 입고 손에 손수건을 들고서 냉혹한 미소를 짓고 있는 귀부인들, 훈장을 주렁주렁 달고 눈 속에서 말 위에 앉아있는 장군들. 그들의 뺨은 왁스를 칠해놓은 것처럼 반들거렸다. 티에리는 마음에 안 드는 듯 입을 삐죽거렸고, 무슨 일이 있어도 당황하지 않는 바그라미안은 자신의 전통적인 스타일을 정당화하기 위해 티에리를 회화에 관한 열띤 토론으로 끌어들였다. 물론 그건 몸짓이 동원된 토론이었다. 그는 자기가 존경한다는 것을 보여주기 위해 손을 상당한 높이까지 뻗으며 어떤 화가의 이름을 큰 소리로 외치곤 했다. 그리고 티에리는 거기에 응답했다. 그들의 의견이 일치하는 경우는 드물었다. 티에리는 밀레를 마룻바닥으로 끌어내렸고, 반면에 밀레를 자기 어깨 높이에 위치시키고 30년 동안 베껴온 바그리미안은 의자에서 몸을 뒤로 젖히며 얼굴을 감추었다. 그들은 이탈리아 원시주의 화가들에 대해서는 허리 정도에서 서로 의견을 일치시켰다가, 서로에게서 눈을 떼지 않고서 자신들이 가장 좋아하는 후보자를 따로 남겨두고 몇몇 확실한 승자들(앵그르, 다 빈치, 푸생)을 서서히 끌어올렸다. 이런 종류의 입찰에서는 각자가 마지막으로 결정적인 승부수를 던져서 상대의 입을 봉하려 한다. 티에리가 팔을 쭉 뻗어서 자신이 가장 좋아하는 화가를 키 작은 바그라미안이 손을 내뻗을 수 있는 범위 밖에 위치시키면, 바그라미안은 나무 의자 위로 올라가서 결국은 전혀 알려지지 않은 러시아 작가를 내세워

장 프랑소와 밀레(1814~1875) 유명한 〈만종〉을 그린 프랑스 화가.
장 A. D. 앵그르(1780~1867) 19세기 고전주의를 대표하는 프랑스 화가.
레오나르도 다 빈치(1452~1519)
니콜라 푸생(1594~1665) 17세기 프랑스를 대표하는 화가. 고전주의적인 주제와 색채를 많이 사용했다.

떳떳하지 못한 승리를 거두곤 했다.

그의 아내가 통역을 했다.

"시슈킨…… 위대한 화가랍니다. 눈에 덮인 자작나무 숲을 그렸지요."

우리는 그러고 노는 게 즐거웠다. 그러는 사이 식탁은 술병과 흰 치즈, 오이로 덮였다. 우리가 가장 관심을 갖는 건 먹는 것이었다. 우정도 자양분을 섭취해야 한다. 그리고 바그라미안 역시 우정을 그런 식으로 이해하고 있었다.

2월

도시는 우리에게 익숙해졌고, 우리는 더 이상 의심을 받지 않았다. 딸이 스위스 로잔의 사립 기숙학교에 다니기를 원하는 아르메니아인들과 백러시아인, 고위 경찰, 공무원들이 불이 지나치게 환히 밝혀진 응접실로 우리를 종종 초대했다. 이곳의 거울과 카펫, 조잡한 장신구가 달린 가구들은 그들이 부유하다는 걸 보여주는 명백한 증거였다. 그들은 그같은 느낌을 확실히 불어넣으려는 듯 우리 음식접시를 계속 채워주었다. 그들은 우리가 어떻게 살아가고 있는지 신중하게 물었다. 물론 자신들의 도시를 은밀하게 좋아하기는 하지만, 그렇다고 해서 우리가 한 달에 150토만의 돈을 가지고 자기들처럼 이 도시를 좋아할 수 있으리라고 생각하지는 않았기 때문이었다. 그들은 마음을 탁 터놓고 이 나라와 이 나라의 문제를 말할 만큼 우리와 오래 전부터 알고 지내지는 않았지만, 우리가 이곳 사정에 너무 환하기 때문에 페르시아인들이 여행객을 위해 마련해놓은 공식적인 낙관론을 그대로 받아들이지는 않을 거라는 사실 정도는 알고 있었다. 거북스러웠다. 빠져나갈 구실에서 진지한 호의로, 망설임에서 세심한 주의로 흐르던 대화는 결국 중단되었다. 그러자 티에리가 아코디언을 집어들었다. 여자들이 춤을 추도록 하기 위해서였다. 이따금씩 우리가 끈질기게 조르면 검은 드레스를 입은 풍채 좋은 부르주아 여성이 방 한가운데 떡하니 자리를 잡고서 두 눈을 얌전하게 내리깔고 피를 토할 것 같은 목소리로 사야트 노바(18세기에 인기 있었던 아르메니아 방랑시인으로, 그의 노래들은 지금도 유행하고 있다 - 글쓴이 주)의 아르메니아 속요俗謠나 이 세상 것이라고는 생각되지 않는 아제리 비가悲歌를 불렀다. 창유리가 금방이라도 산산조각 날 것처럼, 타브리즈가 표현할 수 있는 강렬하고 열정적이고 독특한 것들이 느닷없이 방 안으로 쏟아져 들어올 것처럼 느껴졌다. 두 눈이 축축해지고 술잔들이 부딪쳐 쨍그랑거렸다. 노랫소리가 잦아들었다. 그리고 마음이 따뜻해진

이반 이바노비치 시슈킨(1832~1898) 러시아의 화가로 러시아 숲의 다양한 모습을 세심하게 묘사한 작품이 많다.

사람들은 체호프의 희곡들을 가득 메우고 있는, 모호한 욕망으로 가득 찬 친근하고 시골티 나는 권태에 다시 빠져들었다.

그 이상한 목소리와 하품, 그리고 고기 튀김의 한가운데서 우리는 당황스럽고 혼란한 상태에 사로잡혔다.

"자, 자(Allez-y), 먹어요(mangez-y), 마셔요(buvez-y)." (프랑스어에서 Allez-y는 '자, 해보세요'나 '자, 가세요'라는 뜻을 가진 관용적 표현이다. 그러나 '먹어요'나 '마셔요'라고 말할 때는 y를 붙이지 말아야 한다 – 옮긴이 주)

우리를 초대한 집주인은 테헤란의 수녀들에게서 배운 프랑스어를 다 까먹고 이렇게 소리쳤다. 이처럼 간곡한 권유가 일종의 솜 같은 걸 통해서 우리 귀에까지 들려왔다. 우리는 술잔 너머로 서로를 바라보았다. 우리가 지금 여기서 뭘 하고 있는 거지? 왜? 바그라미안의 말이 느닷없이 귓가에서 울렸다. 이곳 역시 레테 강인 것이다. 밖으로 나왔다. 여전히 눈이 내리고 있었다. 우리는 관자놀이를 물어뜯는 것 같은 추위 속에서 배가 부를 대로 불러 서로를 뚫어지게 쳐다보았다.

"음식이 기름지더군."

우리에게는 더 이상 다른 기준이 없었다.

당연했다. 몸이 바들바들 떨릴 정도로 완전히 지쳐버렸다. 몸무게가 줄어들었다. 이제 우리의 꿈은 잘 먹는 게 아니라 기름지게 먹는 것이었다. 라 나누 식당에서는 그럴 수 있었다. 그곳은 꼭 생쥐처럼 생긴, 무슨 죄를 지은 것 같은 표정을 짓고 있는 두 노파가 운영하는 학생식당으로, 이들은 검은색 숄과 검은색 두건을 단단히 동여매고 기름이 둥둥 떠다니는 온갖 종류의 수프를 끓여냈다. 두 사람 중에서 나이가 더 많은 나누는, '자유 공화국'을 웅변적으로 옹호했다가 페르시아인들이 돌아오자 하마터면 교수형을 당할 뻔했으나 간발의 차이로 살아남은 피셰바리 체제의 요리사였다. 실제로 피셰바리가 이따금씩 식당을 찾아와서 구석에 겸손하게 앉아 코를 쿵쿵거리며 수프 냄새를 맡았다고 한다. 그가 음식 값을 내는지는 모르겠지만, 어쨌든 음식은 나왔다. 그가 권력을 가지고 있었을 때 그녀에게 잘 대해주었는지는 알 수 없다. 하지만, 좋거나 나쁜 관계는 존재들을 영원히 결합시킨다. 그래서 그는 거기, 뜨거운 수프와 꽉 찬 배가 불러일으키는 마비 상태에 머무르면서 손님들이 정부를 조롱하는 소리에 귀를 기울인다. 아니면 수프를 한 입 떠넣으며 문 가까이 앉은 늙은 경찰 두 명이 기계적으로 흥얼거리며 수첩에 받아적는 체제전복적인 시의 대구對句에 귀를 기울인다.

조롱으로 점철된 이 시들은 타브리즈와 테헤란 간의 오래 묵은 불화를 언급한다. 대학은 소련의 지원으로 '공화국' 때 설립되었다. 대학은 '진보적'이었다. 다시 돌아온 이란인들은 민주주의자들이 소요를 일으킬 것을 두려워한 나머지 대학을 폐교시키려고 했다. 하지만 타브리즈에서는 대학의 폐교를 정당화할 만큼 소요가 자주 일어나지는 않았다. 대학생들은 무기를 들고 일어나 논쟁에서 이겼으며, 나중에는 모사데크를 지지했다가 후회했고, 여기서 이야기하기에는 너무나 노골적인 생생한 레퍼토리를 통해 자신들의 감정을 표현했다고 한다. 이 가게의 단골이면서 우리 식탁에서 자주 식사를 하는 만수르는 우리를 위해 그 정수를 몽마르트의 속어로 번역해 주었다. 아버지가 마슈하드에서 교사를 하는 만수르는 술책을 써서 여권을 구해 파리에서 3년간 머무르며 의학공부를 마쳤다. 겨울의 침묵이 더 이상 견디기 힘들어 스트레스가 쌓일 때마다 그는 우리에게 그것을 풀었다. 그의 프랑스식 공산주의는 그가 여기에서 다시 발견한 현실에 의해 압도당했다. 이 거칠고 완고한 도시는 공산주의 교리와 잘 맞지 않는 게 분명했다. 그는 무척 당황했다. 저항과 능률의 모델인 억압받는 자들을 믿었던 것이다. 하지만 완전히 달랐다. 이곳에서는 너무나 많은 거지들이 날씨가 엄청나게 추운데도 여전히 무사태평했으며, 마마를 앓으면서도 여전히 빈정거렸다. 그들은 마치 그가 다른 모든 사람들이랑 다를 바 없다는 듯 악착같이 그에게 손을 내밀었고, 누가 주던 아랑곳하지 않고 역겨우리만큼 즐거워하며 돈을 받았다.

그는 우리 작은 방에서 더 편안해했다. 그의 확신은 우리 서구의 변증법 속에서 더 잘 동화되었으며, 여기서 자신의 이론을 우리들에게 장황하게 설명할 수 있었던 것이다. 확실히 우리는 현기증이 날 만큼 지나치게 세세하고 사실적인 그의 프랑스 연애담보다는 정치를 더 좋아했기 때문에 완만한 반론을 폈다. 컨디션이 좋은 날이면 그는 자신의 뇌리를 떠나지 않는 이 두 가지 주제를 조화시키는 데 성공하여, 결국은 뒤 바리의 성관계를 '잉여가치'의 모순과, 예카테리나 여제의 색정증色情症을 제국주의의 발달과 연관시키기까지 하였다. 우리는 이란이 집단농장으로 바뀐다는 상상을 할 수가 없었기 때문에 대략적으로나마 이미 준비가 된 이런 계획과 그의 유토피아적 이념, 논리가 빈약한 그의 논증을 트집잡았다. 하지만, 우리가 그랬던 건 그냥 가만히 듣고만 있기 뭐해서였다. 이 '조립품들'과는 별도로 그의 혼란과 반항은 전적으로 합법적인 것이었기 때문이다. 많은 학

마슈하드 이란 북동부 호라산 주의 주도. 타브리즈와는 서쪽과 동쪽 끝으로 떨어져 있고 이 두 도시의 중간쯤에 테헤란이 있다.
뒤 바리 백작부인(1743~1793) 프랑스 국왕 루이 15세의 마지막 정부. 국왕 생존시 사치와 향락을 일삼았으며 그녀의 아름다움은 당대 예술가들의 찬미 대상이었다. 그러나 프랑스혁명 후 단두대에서 처형된다.
예카테리나 2세(1729~1796) 러시아 제국의 황후이자 여제. 지능이 모자랐던 남편 표도르 3세를 축출하고 자신이 황제가 되었다. 귀족들과의 협력체제 강화, 영토 확장, 문치주의 등에도 기여해 대제라고 불린다. 프랑스혁명이 일어나자 프랑스와의 국교를 단절했다.

생들이 비밀스럽게 그것들을 공유했다. 자헤디 체제에서 이같은 견해를 가진 사람들은 곧장 감옥으로 끌려갔으며, 이란 감옥은 결코 유쾌한 곳이 아니었다. 그들이 할 수 있는 가장 신중한 일은 아마도 계속해서 잠을 자는 것이리라. 왜냐하면 이 도시는 손이 무거워서(엄한 벌을 내린다는 뜻 – 옮긴이 주) 잠도 더 깊이 들기 때문이다. 하지만 젊음은 (아무리 열심히 부추겨도) 절대 계속해서 잠만 자지는 않는 법이다.

이미 꽤 오래전에 캔버스와 물감이 다 떨어진 티에리는 스위스에 주문했던 물건들이 드디어 도착했다는 내용의 통지서를 우체국에서 받았다. 그는 단번에 우체국으로 달려가서 이것저 것 서식에 기입한 다음 양도 전표에 서명하고 관세를 지불했다. 그러고 나서 그는 세관으로 가서 소화물을 갖고 돌아와 세관원이 포장을 푸는 걸 지켜보았다. 아무 이상이 없었다. 하지만 그가 캔버스와 물감을 들고 가려 하자, 담당자가 잽싸게 채가더니 그걸 자기 손으로 직접 전하고 싶어하는 우체국장이 지금 잠깐 부재중이라고 말하는 것이었다. 티에리는 히터와 담배, 포도, 차가 비치된 작은 방으로 안내되어 우체국장을 기다리다가 깜빡 잠이 들었다. 그리고 한 시간가량 뒤에 깨어나 우리의 친구 우체국장을 만나러 갔다.

"이런, 세상에, 내가 도대체 누굴 기다리고 있는 거죠?"

"우리 우체국장님이지요. 아주 매력적인 분이랍니다."

"그 양반이 언제 돌아온다는 거요?"

"파르다(내일) 오실 겁니다!"

"네?"

"손님은…… 오늘은 소포를 보셨고, 가져가시는 건 내일 가져가시는 겁니다. 두 번에 걸쳐 즐거움을 누리게 되는 거죠."

그 노인은 이렇게 상냥하게 말하며 티에리를 문까지 배웅해 주었다.

'파르다'라는 말은 항상 인용되는 말이다. '파르다'는 약속으로 가득 차 있으며, '파르다'가 되면 삶이 더 나아질 것이다…….

3월

그렇지만 겨울은 우리에게 끈기를 가르쳐주었다. 겨울은 아직까지도 타브리즈를 무겁게 짓누르고 있다. 하지만 남쪽에서는 추위가 벌써 누그러졌다. 산들을 뛰어넘는 시리아의 뜨거운 바람이 눈을 녹이고, 눈이 녹으면 쿠르디스탄의 시냇물이 불어난다. 어떤 날 밤에는, 누르스름한 하늘이 끊임없이 변화하면서 이미 봄을 예고했다.

자혜디 49쪽 '무함마드 모사데크' 설명 참고.

도서관에서 쿠르드 설화집(레코 선교회가 디아르베키르 지역에서 수집한 설화집 - 글쓴이 주)을 찾아냈다. 나는 그 참신한 내용에 흥분했다. 참새 한 마리(물론 쿠르드 참새다)가 자신에게 무례하게 대하는 페르시아 대왕에게 깃털을 부풀리며 대꾸한다.

"당신 아버지 무덤에 오줌을 갈길 거예요."

당나귀 귀에 키가 꼭 장화만큼이나 작은 정령들이 깜짝 놀랄 만한 전언을 전하기 위해 한밤중에 천둥소리를 내며 땅 속에서 뛰쳐나온다. 그리고 랑슬로나 튀르팽의 얼굴이 창백해질 만큼 치열한 전투를 벌인다. 각자 돌아가면서 한 대씩 때리는데, 첫번째 가격이 상대를 어깨까지 땅속에 파묻으면, 이 상대는 껑충 뛰어올라 몸을 빼내고 흙을 털어낸 다음 이번에는 자기가 있는 힘껏 내려친다. 묘지에서 몽둥이나 창으로 그렇게 싸우는 것이다. 이 싸움에 그 지방 전체가 울리고, 여기서 손 하나가 날아오르면 저기서 코 하나가 날아오른다. 그럴 때마다 원한이(뿐만 아니라 이렇게 있는 힘을 다해 싸우는 데서 생기는 쾌감도) 점점 더 커진다.

지평선상에 잠시 비치는 햇빛과 이 유쾌한 문학이 그곳을 조금 더 가까이에서 보고 싶은 욕구를 불러일으켰다. 쿠르디스탄의 상황이 긴박했으므로 반드시 통행증을 발급받아야 한다. 쿠르드인들은 순혈 이란인이며 제국의 충성스런 신민들이었지만, 이들이 제멋대로 행동했기 때문에 중앙권력은 항상 불안해했다. 이미 1700년 전에 아르사시드 제국의 군주인 아르타바누스 5세는 반란을 일으킨 봉신封臣 아르다시르(사산 왕조의 창시자. 알트하임, 《저녁과 아침의 얼굴》에서 인용 – 글쓴이 주)에게 이렇게 썼다.

그대는 한계를 넘어서 불행한 운명을 자초하였다. 그대, 쿠르드족의 막사에서 자라난…….

이같은 경고 이래로 아랍인들은, 심지어는 몽고인들조차도 이라크와 이란의 경계를 이루는 무척이나 시적詩的인 목초지 고원지대에서 쿠르드족 목동들을 쫓아낼 수가 없었다. 쿠르드인들은 여기를 편하게 느끼고 자기들 나름의 방식대로 일을 진척시키려고 한다. 그래서 쿠르드인들이 자신들의 관습을 지키거나 자기네 방식으로 불화를 해결하려고 일단 결심하면 테헤란의 목소리가 기병총 소리를 억누르는 건 무척 힘들어진다. 그러다가 상황이 악화되면 도로를 차단하고 지나다니는 사람이나 차량을 인질로 잡고 돈을 요구하는 일이 벌어지기도 한다. 이런 일이 일어나지 않도록 하기 위해 정부는 국경에 있는 작은 마을

랑슬로 〈짐수레를 타고 가는 랑슬로〉라는 프랑스 전래 이야기 속의 주인공. 랑슬로가 숱한 위험과 모험을 물리치고 납치된 여왕을 구하고 마침내 여왕의 마음도 얻는다는 기사 이야기.
튀르팽 〈롤랑의 노래〉에 나오는 용감한 군인 대주교. 〈롤랑의 노래〉는 십자군의 무용담을 수도원 전설과 버무려 만든 무훈가.

에 다수의 군 병력을 주둔시키는데, 봉급이 거의 지불되지 않는 탓에 이들은 얼마 지나지 않아 결국 약탈자들을 약탈하는 지경에 이르게 된다. 이렇게 해서 균형이 이뤄지고 정부의 권위가 서게 되지만, 그것은 선거가 가까워지면서 늘 그렇듯이 음모와 압력과 거래가 이어지고 혼란이 한층 더 심해지고 나서야 가능한 일이다. 이같은 집안의 수치는 밖으로 드러나지 않았고, 통행증을 신청하기에는 때가 안 좋았다. 하지만, 우리로서는 달리 방법이 없었다. 행정당국도 경찰도 우리를 만족시키고 싶은 생각이 별로 없어 보였다. 하지만 이제 우리는 이 도시 사람들과 좋은 관계를 유지하고 있었으므로, 각 관청은 우리에게 안된다고 말하는 귀찮은 일을 다른 관청에 미루기만 했다. 2주일 동안 우리는 이 관청, 저 관청 쫓아다니며 통행증 발급을 제외한 모든 이야기에 정중하게 귀를 기울이며 약속을 계속 연기하는 고위공무원들과 차를 마셔야 했다. 우리는 날마다 그들을 찾아가 약속을 상기시키며 우리의 초조함을 보여주지 않으려 애쓰고, 우리에 대한 그들의 믿음을 절대 무너뜨리지 않을 것이라고 몇 번씩 다짐했다. 우리는 극도의 긴장상태에서 가장 끈기 있는 자가 이기는 해묵은 게임을 배워나갔다. 결국 그들은 우리가 이기도록 내버려두었다.

출발하기 전날 밤에 폴루스가 우리를 찾아왔다. 그는 얼마 전에 도로를 이용했는데, 미안도아브[28]까지는 아무 문제가 없으며 그 너머의 도로는 침수되기는 했지만 다닐 만하다고 전했다. 이 구간에서 그날 아침 지프 한 대가 공격받았다. 남부지역에서 밀수품을 몰래 싣고 오던 운전사는 자기 몫을 챙기기 위해 길을 뚫고 나왔고, 그 바람에 차문이 총탄에 벌집이 되고 허파에 구멍이 나서 타브리즈에 도착하였다. 폴루스는 총탄을 제거하면서 이제 막 이 일의 진상을 알게 되었다고 했다. 폴루스는 미안도아브의 시아파나 아니면 쿠르드족으로 변장한 탈영병이 공격을 했을 거라고 말했다.

"터번을 두르는 거야 식은 죽 먹기지요…… 어쨌든 지금 이 계절에 쿠르드족의 머릿속에 다른 생각은 없으니까. 가축들이 우리 밖으로 나오기 시작하고 있어요. 이동 방목이 가까워지고 있거든요. 그들이 거칠고 자기네들끼리도 싸우는 건 사실이오. 하지만 아무리 그래도 굶어죽기 전에는 여행자들을 습격하지 않아요. 그런 이야기들이 떠도는 건 그들의 나쁜 면만을 강조하기 위해서지요. 그런 일은 언제 어느 때건 일어날 수 있습니다. 그게 알라의 뜻이라면 말이지요. 하지만 이곳에서는 그게 예외입니다. 생활하는 데 꼭 필요한 돈은 가져가되 무기는 절대 휴대하지 마세요. 그들이 가장 필요로 하는 건 무기니까 말이오. 그걸 엄청 좋아하지. 아마도 열대여섯 명이 우르르 몰려와 당신들에게서 그걸 빼앗아갈 거요. 그렇다고 해서 어쩌겠소? 허허 웃는 수밖에 없지."

폴루스 말이 옳았다. 권총을 들고 남을 찾아간다는 건 상식에서 벗어나는 일인 것이다. 더더구나 우리는 그걸 잘 사용하지도 못하는데 말이다. 우리는 세상을 보기 위해 떠나는 것이지 거기 대고 총을 갈기러 떠나는 건 아니다.

그것은 끔찍하고 모욕적이지만 너무나도 강렬한 삶이었다. 나는 슬리핑백 속에서 나와 그 수다스런 여자를 꼭 껴안아주었어야 했다. 하지만 만일 그랬다면 한 마디도 놓치지 않으려고 손바닥을 깔때기 모양으로 해서 귀에 갖다대고 문을 지키던 보초는 무척 난처했으리라.

라일락 향기를 맡으니
미쳐버릴 것만 같네

다섯 번째 이야기 **교도소에서**

미안도아브[28] 가는 길

차도가 깊은 협곡에 잘려나갔다. 그래서 차를 모는 게 힘들어졌고, 더구나 여섯 달 동안 한곳에 머물러 생활 했더니 우리 두 사람 모두 운전 실력이 줄었다. 차는 여러 차례 보닛까지 진창 속에 빠졌고, 우리 힘만으로는 거기서 빠져나올 엄두를 내지 못했다. 이런 경우에 가장 좋은 방법은 짐마차가 지나가기를 기다리며 무릎을 꿇고 앉아 풍경을 바라보는 것이다. 풍경은 감상할 만했다. 습기가 있었지만 멀리까지 볼 수 있었다. 북쪽으로는 과수원이 있었는데, 가지가 갈퀴손톱처럼 생긴 나무가 눈에 덮여 타브리즈와 겨울을 향해 끝없이 펼쳐져 있었다. 그 뒤쪽으로는 사발란 산맥이 하얀 능선을 안개 위로 살그머니 내밀고 있는 게 눈에 들어왔다. 서쪽으로는 습지로 이루어진 사막이 우리를 우르미아 호수의 씁쓸한 물과 떼어놓았다. 봄이 오고 있는 방향인 남쪽으로는 여기저기 포플러나무가 한 그루씩 서있는 평원 너머로 쿠르디스탄 최초의 작은 언덕이 펼쳐졌는데, 소나기가 내리며 김이 모락모락 피어오르고 있었다. 주변에 파편처럼 흩뿌려진 눈 사이에서 땅이 한숨을 내쉬는 듯했다. 혹은 땅이 마치 스펀지처럼, 영롱하게 반짝거리는 수천 개의 가느다란 물줄기를 뿜어내며 움직이는 듯했다. 물이 너무 많았다. 우리는 배까지 물에 젖은 낙타들과 마주쳤다. 여울목의 수위가 높아진 것이다. 그 바람에 이미 빨라진 강물 속에서 옷을 벗어부치고 자동차가 지나가기 가장 좋은 길을 찾아야만 했다.

마하바드 가는 길

강도는 만나지 않았다. 대신 예닐곱 명 되는 무리가 희망으로 가득 차서 여러 차례나 우리 차를 세웠다. 쿠르드족이 볼 때는 엔진과 네 바퀴를 가진 건 무조건 버스일 수밖에 없었고, 그래서 그들은 차에 올라타려고 애썼다. 엔진도 너무 약하고 스프링도 견디지 못할 것이라고 설명해 봤자 아무 소용없었다. 그들은 소리를 지르면서 우리 등을 두드려주고, 아무 문제없을 것이다, 불편한 건 얼마든지 감수할 수 있다, 어쨌든 겨우 50킬로미터만 가면 된다……는 것을 보여주기 위해 짐을 든 채 흙받기나 발판, 범퍼 위에 자리잡았다. 내리라고 하면(신중을 기해야만 했다. 다들 무장하고 있기 때문이다) 그들은 돈을 달라는 줄로 생각하고 슬그머니 허리띠에서 1토만을 꺼냈다. 그들은 자동차의 크기나 수용 능력은 생각하지 않았다. 자동차를, 가능한 한 많은 사람을 싣고 가다가 재난을 당하면 죽을 운명을 타고 난 철제 당나귀 정도로 생각할 뿐이었다. 하지만 우리가 볼 때 우리 차는 기껏해야 어른 한 명이나 아이 두 명밖에는 더 태울 수가 없었다.

마하바드 변두리에서 우리는 온몸이 진흙투성이가 된 한 노인을 태웠다. 그는 목청껏 노래를 부르며 녹은 눈 속을 힘들게 걸어가고 있었는데, 조수석에 앉자마자 바지 속에서 고물 총을 꺼내더니 티에리에게 정중하게 맡겼다. 이곳에서는 무기를 휴대하고 남의 집에 들어가는 게 예의바른 행동이 아니었던 것이다. 그리고 나서 그는 우리를 위해 굵은 궐련을 말아주더니 다시 아주 흥겹게 노래를 부르기 시작했다.

무엇보다도 내게 가장 깊은 인상을 남긴 것은 그의 쾌활함이었다.

마하바드[29]
벽토로 지어 푸른색으로 문을 칠한 집들, 이슬람 사원의 뾰족탑,

사모바르 주전자에서 솟아오르는 김, 그리고 강가의 버드나무. 3월 말의 마하바드는 다가오는 봄의 금빛 레몬색에 잠겨 있었다. 대마 부스러기를 연상시키는 검은 구름 사이로 흘러나온 빛이 황새들이 부리를 딱딱거리며 둥지를 튼 평평한 지붕에 스며들었다. 중심가는 챙 달린 검은색 모자를 쓴 시아파와 챙이 없는 사발을 엎어놓은 모양의 펠트모자를 쓴 자르도슈티파(우르미아 지역에 아직도 많이 사는 자르도쉬 즉, 조로아스터 신봉자들로, 인도의 파시교도도 이들과 같은 신앙을 가지고 있다 – 글쓴이 주), 작달막한 키에 머리에 터번을 쓰고 쉰 목소리로 격론을 벌이며 이방인을 빤히 쳐다보는 쿠르드족이 줄 지어 지나다니는 웅덩이에 지나지 않았다. 급한 일이 없는 사람들은 상체를 앞으로 약간 기울이고 뒷짐을 진 채(그들은 항상 뒷짐을 졌다. 입고 있는 바지에 호주머니가 달려 있지 않았기 때문이다) 몇 걸음 떨어져 우리 뒤를 따라왔다.

우리는 그 강렬한 시선들이 함께하는 가운데 이렇게 에스코트를 받으며 깊이가 족히 30센티미터는 될 웅덩이를 건너다니기도 했고, 노점에서 차를 마시기도 했고, 뭐든지 다 받아들이는(얼굴이 비쩍 마른 경찰 두 명은 예외였다. 이들은 하찮은 권위나마 세우고 싶어서 우리 뒤를 졸졸 따라다니며 아무런 해도 끼치지 않는 군중들을 손바닥으로 때리는 시늉을 해서 해산시키려고 애썼다) 신선한 공기를 들이마시기도 했다.

제복을 입은 사람들이 너무 많다는 것, 그것이 바로 마하바드의 어두운 면이었다. 이란 경찰의 감청색 제복이 있었고, 누더 기나 다름없는 군복을 걸친 병사들은 꼭 위험한 부랑자처럼 멍한 표정으로 서너 명씩 짝을 지어 사방으로 몰려다녔다. 장교는 별로 눈에 띄지 않았다. 그런데 정말 우연히도 우리는 도착한 날 밤에 산책을 하다가 장교 열두어 명이 강물이 범람해서 위험하게 된 다리 초입에서 토론을 벌이는 광경을 보게 되었다. 그들은 얘기를 멈추고 우리 신분증을 꼼꼼히 들여다보더니 "쿠르드족을 만나 가진 것 다 빼앗기기 전에" 시내로 돌아가라고 쌀쌀맞은 어조로 충고하고, 다시 입씨름을 시작했다. 강물이 천둥치는 소리를 내며 흐르고 있었으므로 각자 차례대로 자기가 하는 얘기를 상대가 알아들을 수 있도록 크게 소리를 질렀고, 그동안 연락병 한 사람이 수첩에 이름과 숫자를 써넣었다. 잠시 뒤에 우리는 그들이 다리가 무너질 것인가 아닐 것인가를 두고 돈내기를 했다는 것을 알아차렸다. 무너진다는 쪽에 돈을 건 사람들이 이겼다.

마하바드에는 쿠르드족 강도는 없고 오직 불평불만을 가진 사람들뿐이었는데, 군대는 이들의 입을 막는 일을 맡고 있었다. 하지만 강도 이야기는 대규모의 군 병력을 계속 주둔시키기 위한 좋은 핑곗거리를 제공했다. 공무원들은 일부러 그런 이야기

파시교 8세기 이란의 조로아스터교 박해 때 남아시아로 이주해 만들어진 인도와 파키스탄의 조로아스터교 공동체.

를 퍼뜨렸고, 필요할 경우에는 임의 구금을 통해 그것을 뒷받침 했다. 군대가 이곳에 안 좋은 기억을 남겨놓았기 때문에, 쿠르드 족들은 외견상으로만은 아무런 문제가 없어 보이는 이 점령 상 태를 더더욱 잘 견뎌내지 못했다. 마하바드쿠르드 공화국, 즉 쿠 르디스탄 공화국은 1948년 무력에 의해 붕괴되었다(비슷한 시기 에 태어난 쌍둥이라고 할 수 있는 아제르바이잔민주공화국도 같은 운명을 맞았다 - 글쓴이 주). 온당한 요구조건을 내걸었던 쿠르드 자치주 의자들은 대부분 처형당했고, 당국은 그들의 우두머리 카지 무 함마드를 죽이지 않겠다고 공식적으로 약속했으면서도 결국은 교수형에 처해버렸다. 마하바드 사람들은 변함없이 그의 무덤 에 꽃을 바치고, 전혀 호의적이지 않은 눈길로 군대가 지나가는 것을 노려보았다.

교통부 장관을 지낸 적이 있는 길란호텔 주인은 불행한 카 지보다는 난관을 잘 벗어났다. 페르시아인들로부터 사형선고 를 받았다가 마을 여러 곳을 바친 대가로 아슬아슬하게 사면된 그는 일흔 살의 나이에 삶에 대한 사려 깊고 활기찬 열정을 다시 발견했고, 이런 활기는 그의 호텔을 환하게 밝혀주는 듯했다. 그 호텔은 벽의 두께가 거의 2미터나 되며, 종달새와 흰털발제비들 이 엄청나게 큰 들보 사이에 짚으로 둥지를 틀고 사는 건물이었 다. 하늘색 페인트를 칠해놓은 철제 침대 두 개, 식탁 하나, 그리 고 색이 바랜 쿠르드산 카펫이 우리가 그날 밤 물에 빠진 생쥐

꼴로 돌아간 방의 가구 전부였다. 우리 옷가지가 화로 위에서 김을 모락모락 피우며 마르는 동안 우리는 담요를 뒤집어쓰고 침수된 길거리에서 올라오는 묵시적인 불빛을 받으며 주사위놀이를 했다. 저녁을 날라온 주인도 끼어들어 게임을 지켜보며, 우리에게 도움을 주기도 하고 아니면 팔꿈치로 슬쩍슬쩍 찔러서 우리가 미처 눈치 채지 못한, 간단해 보이는 이 게임을 흥미롭게 만들어주는 수많은 속임수들을 우리에게 알려주기도 했다.

　시장에서 일하는 쿠르드족 이야기꾼 한 사람도 우리와 함께 식사했다. 그는 많은 전설과 전원시를 알고 있으므로 우리는 그것을 녹음했다. 그는 같은 층에 사는 사람들이 다 모여들 만큼 일종의 끈질긴 유쾌함을 발휘하며 미친 듯이 노래를 불렀다. 이웃들이 한 명씩 한 명씩 우리 방문을 두드리더니 그의 노래를 들으려고 침대에 한 줄로 죽 자리잡았다. 우르미나 호수 주변에 사는 뚱뚱하고 근육이 툭툭 튀어나오고 족제비처럼 생기 있는 이 아랍인들은 자기네들 소유지는 엄중히 감시되도록 놓아둔 채, 선거전의 이면공작을 좀 더 가까이서 지켜보기 위해 마하바드에 모였다. 술장식이 눈 위까지 내려와 있는 짙은 색깔 천으로 된 터번과 폭이 넓은 면직綿織 허리띠, 쿠르드 단도를 제외하면 그들의 옷차림은 서양식이었다. 영국산 소모사 천으로 만든

아제르바이잔민주공화국 13쪽 '아제르바이잔' 설명 참고.
카지 무함마드 29쪽 '쿠르디스탄' 설명 참고.

양복 한 벌을 차려 입은 이 15세기의 건장한 제후들은 이 이상한 방 안에서 거리낌 없이 굴면서 쿠르드족 특유의 강렬한 시선으로 우리와 우리 짐을 꼼꼼하게 살펴보기도 하고, 노끈을 꼰 모양의 문양이 새겨진 코담배갑을 우리에게 내밀기도 하고, 작은 조끼 호주머니에서 꺼낸 대형 금딱지 회중시계를 귀에 갖다대고 웃으면서 차임을 울리기도 했다.

"좀 들어가도 될까요(May I come in)?"

경찰서장이 미처 대답할 틈도 주지 않고 불쑥 들어왔다. 감미로운 목소리, 째진 눈, 알랑거리는 미소를 지으면 드러나는 이빨. 그는 권총과 물에 젖은 모자를 탁자 위에 올려놓더니 방 안의 사람들에게 인사를 하고 우리가 그날 낮에 뭘 했는지 정중하게 물었는데, 그렇다고 해서 그렇게 많은 쿠르드인들이 우리 방에 모여있는 걸 발견했을 때의 곤혹스런 표정을 감추지는 못했다. 그는 우리가 일부러 페르시아 말을 못 알아듣는 척한다고 생각했다. 우리가 음모를 꾸미러 왔다고 확신하며 좀 더 일찍 와서 처음부터 다 듣지 못한 걸 내심 후회하고 있었다.

이곳 마하바드에서는 영국과 러시아, 미국, 쿠르드 분리주의자들, 동일한 목표를 추구하지는 않는 군과 경찰 등이 각자 은밀한 영향력을 미치고 있다는 말을 해야겠다. 각자가 어떤 분파에 속하며, 누가 어디 속하는지를 아는 게 중요했다. 그래서 이 도시에 부임한 지 얼마 되지 않는 서장은 어디다 줄을 대야 할지 몰라 곤혹스러워하고 있었다. 그는 수감자들의 고소와 익명 투서를 통해 해임된 성공한 전임 교도소 소장 대신 이곳으로 전속되어, 감시인이라는 직무를 내키지 않는 마음으로 받아들여 여러 가지 조건들을 개선시킴으로써 자신의 이름을 널리 알렸다. 서장은 별달리 할 일도 없고, 우리에게 우의를 느꼈기 때문에, 그러면서도 우리를 수상하게 생각했기 때문에, 우리를 계속 찾아와서 함께 산책 나가자고 간청하기도 하고, 심지어는 우리가 무슨 생각을 하고 있는지 알아내기 위해 현 정부를 비판하기까지 했다. 이런 식으로 끊임없이 감시를 받자 우리는 짜증이 날 대로 났지만, 그가 너무나 능수능란하게 일을 했기 때문에 면전에 대고 문을 쾅 닫을 수가 없었다. 게다가 그는 영어를 잘해서 우리를 찾아온 손님들이 한 말 중에서 가장 신랄한 발언을 우리들에게 그대로 옮겨주는가 하면 이야기꾼의 시를 한줄 한줄 번역해 주기도 했다.

비가 내리네
구름 자욱하고 만물이 비에 젖었네
봄꽃들이여, 뭘 기다리니?
……
그리고 떨어지고 또 떨어지는 그 모든 물
그것은 내 눈에서 흐르는 눈물이어라……

우리 상황에 딱 맞는 노래였다. 호텔은 처마 물받이 소리에 맞추어 마치 방주처럼 떠다녔고, 쉴 새 없이 내리면서 다리를 하나씩 휩쓸어가는 비 때문에 우리는 도시 안에 꼼짝없이 갇혀 있을 수밖에 없었다. 돈도 다 떨어졌다. 길란호텔 주인은 우리 인상만 보고도 기꺼이 방을 내줄 것이다. 하지만 우리가 이 도시에 머무는 기간이 길어질수록 우리를 더 엄격하게 감시하면서 배려가 점점 더 신경질적으로 변해간 서장은 교도소에서 우리에게 환대를 베풀겠다고 했다. 그것은 상냥하지만 단호한 제의였다. 우리로선 선택의 여지가 없었다.

마하바드 교도소

창살을 통해 흘러들어오는 동틀 무렵의 빛은 먼저 푸른색 벽에 걸려있는 구리단추 달린 제복을 비추고, 다음에 메달을 목에 건 경찰 몇 명(이들은 메달을 받을 만한 자격을 갖춘 사람들이었지만 안타깝게도 이미 고인이 되었다)을 이란을 상징하는 색깔로 그려놓은 포스터를 비추고, 마지막으로 잠옷 차림으로 계속 목을 헹구는 서장의 실루엣을 비추었다. 우리는 슬리핑백을 바닥에 깔고 그 위에 누워서, 그가 무릎을 열두 번 굽혔다 폈다 하고 숫자를 세며 숨을 내쉬고 제복을 입고 거울을 보며 웃음 짓고 컨디션이 좋다며 혼자 만족스러워하는 모습을 뚱한 눈으로 바라보았다. 그러고 나면 그는 아침 소나기가 내리는 밖을 향해 창문을 연 다음 공기를 정화시키기 위해 향을 피우고, 마치 눈에 보이지 않는 과묵한 대화자를 설득이라도 하려는 듯 털투성이 손을 천천히 비비며 사무용 책상 앞에 자리잡았다.

"저희 오늘 외출할 수 있을까요?"

그는 진심으로 미안한 표정을 지으며 그건 곤란하다고 말했다. 선거 때문에 도시 분위기가 너무나 어수선해서…… 우리가 봉변을 당할지도 모르는데 자기가 책임자이기 때문에 어렵다는 것이다. 게다가 그는 마침 우리와 같이 아침식사를 하고 싶다고 했다. 검은색 버터를 넣은 회향풀 새싹은 쿠르드족의 특별요리인데, 자기가 그걸 일부러 준비하겠다는 것이다. 그가 벨을 누르자 담당 경찰이 느릿느릿 들어오더니 보초를 서는 동안 짠 편물을 왼손에 감추고 경례를 한 다음 쇼핑백을 들고 시장으로 출발했다.

서장이 숨을 깊이 들이마시며 덧붙였다.

"회향풀은 몸에 아주 좋아요……. 이뇨 작용을 하고 내장을 튼튼하게 해주지요."

계속해서 식이요법에 관한 충고가 이어졌다. 소화를 잘 시키고 영양 섭취에 관해 잘 이해해야 한다는 것이 바로 이 인물이 장기로 삼는 이야깃거리였다. 물론 건강을 유지하는 건 좋은 일이다. 하지만 매일 아침 그걸 실연하는 모습을 봐야 하다니! 우리는 몇 분만이라도 더 자려고 돌아누웠다. 결국 교도소도 잠을 자도록 만들어진 곳이고, 이 교도소는 우리에게 첫번째 휴식을 주었다.

아홉시가 되면 교도소는 활기를 띠었다. 감방에서 하품을 하고 콧노래를 흥얼거리는 소리가 들려왔다. 식당 소년이 보초들이 마실 차를 머리에 이고 왔다. 그러고 나면 이발사가 면도날 가는 가죽을 어깨에 걸치고 교도소 안을 한 바퀴 돌았다. 고소인들은 서장실로 가려고 우리를 뛰어넘었다. 불쌍할 만큼 겸손한 죄수의 친척들, 직업 밀수업자들, 타고 온 당나귀를 문 앞에 내버려두고 연신 굽신거리며 신자들을 위해 중재하러 오는 시골의 뮐러들. 우리는 바닥에 누워 눈을 반쯤 감은 채 이 행렬을 관찰했다.

어느 날 아침, 진흙투성이의 가죽신발을 신은 두 남자가 내 코를 스치며 지나갔고, 곧 크고 날카로운 여자 목소리에 소스라치게 놀라 잠에서 깼다. 작달막하고, 단단하면서도 유연한 체격에 짙은 화장을 한 창녀였다. 그녀는 아제리 말을 했으며, 나도 그때쯤에는 그녀가 잠을 자놓고 화대를 주지 않는 병사들에 관해서 서장에게 불평을 늘어놓고 있다는 것 정도는 알아들을 수 있었다.

그가 대답했다.

"군인들이 그랬기 때문에 나로서는 어떻게 해볼 도리가 없소. 앞으로는 군인들이랑 하지 말고 내 밑에 있는 경찰들이랑 하시오. 지금도 경찰들이 그렇게 할 수 있다면 말이오. 그런데도 무슨 문제가 생기면 그때 날 찾아와서 말해요."

그는 그녀에게 담배를 권하고 차도 대접했다. 그녀는 꽃무늬가 있는 차도르를 쓰고 책상 모퉁이에 앉아서 담배연기를 연이어 내뿜으며 쾌활한 태도로 서장과 계속 설전을 벌였다. 그녀는 서장을 조금도 두려워하지 않는 게 분명했다. 두려워하면 목소리가 작아지고 눈을 내리깔게 되므로 곧바로 알 수 있다. 그러나 정반대로 징이 박힌 구두를 규칙적으로 흔들며 쉬지 않고 말했다. 조롱과 불평, 시장 사람들에 대한 험담이 이어졌다. 그녀는 정말 굉장하다 싶을 만큼 격렬하고 활기차게 말하다가 어쩌다 한 번씩 입을 다물고 웃음을 터뜨리거나 쉰 목소리로 우리에게 음담패설을 몇 마디 늘어놓기도 했다. 발목에는 흙이 잔뜩 묻어있었고, 두 눈은 누구에게 맞았는지 멍이 들었으며, 입 주위에는 물린 자국도 남아있었다. 그렇지만 그녀는 혼자서 깊고 힘차게 흐르는 진흙투성이의 강이 될 수 있을 것 같았다. 그녀는 집게손가락을 들어올리고 농담조로 서장을 다시 한번 위협하고서는 들어왔을 때처럼 순식간에 사라져버렸다. 그는 몹시 재미있어 했다.

아제리어 아제르바이잔 지역의 투르크인들이 쓰는 아제리 투르크어.

"저 여자는 당분간만이라도 시골로 돌아가고 싶어하는군요……. 시골마을에서도 그 짓을 하니까요. 향수가 든 배낭을 행상처럼 짊어지고 쇠가 박힌 지팡이를 짚고 걸어 다니면서 말입니다."

그것은 끔찍하고 모욕적이지만 너무나도 강렬한 삶이었다. 나는 슬리핑백 속에서 나와 그 수다스런 여자를 꼭 껴안아주었어야 했다. 하지만 만일 그랬다면 한 마디도 놓치지 않으려고 손바닥을 깔때기 모양으로 해서 귀에 갖다대고 문을 지키던 보초는 무척 난처했으리라.

우리의 지위는 과연 손님인지 아니면 죄수인지 명확하지 않았다. 오후가 되면 우리는 우리를 다시 데리고 들어올 책임을 맡은 두 경찰과 함께 시내로 나갈 수 있었다. 엷은 갈색 턱수염을 가진 이 나이든 수행원 둘은 우리가 걸음을 빨리할라치면 거친 숨을 몰아쉬며 불쌍한 표정으로 우리를 소리쳐 불렀다. 사실 우리는 그들에게 아무 감정도 없었다. 그러나 경찰들에게 둘러싸인 채 정말 유순하기 짝이 없는 사람들 사이를 돌아다닌다는 건 결코 보기 좋은 광경이 아닐 뿐만 아니라 그들이 우리 옆에 붙어있다는 사실만으로도 쓸데없는 오해를 살 우려가 높았다. 그들을 확실하게 떼어내는 유일한 방법은 그들이 사소하지만 부당한 요구를 몇 가지 했기 때문에 쉽사리 그 안으로 들어갈 엄두를 못내는 시장 안으로 모습을 감춰버리는 것이었다. 그럴 때면 그들은 이 위험한 지역의 변두리 찻집에서 대기했고, 우리는 그들이 징계를 받지 않도록 돌아갈 때 다시 합류했다.

　그것은 장난꾸러기 같은 바람에 시달리는 작은 시장이었다. 붉게 빛나는 진흙탕을 향해 열린 노점들, 물웅덩이 속에 웅크리고 앉아있는 거무스레한 눈가의 물소들, 소낙비에 퍼덕거리는 벽걸이 천, 흉안惡眼을 보호하기 위해 푸른색 구슬로 이마를 덮어 가린 낙타들, 묶어놓은 양탄자들, 통에 담긴 쌀, 렌즈콩, 또는 화약이 있었고, 차일 위에서는 황새들이 야단법석을 피웠다. 이 동물들 속에서 시아파 가게 주인들이 흑단으로 만들어진 주판알을 엄청나게 빠른 속도로 굴리며 계산을 했다. 노새 주인들은 뿔이 불에 타고 불똥을 튀기며 냄새를 피우는 가운데 노새의 편자를 박거나, 아니면 이라크의 쿠르디스탄 지방에 사는 사촌들 앞으로 가게 될 밀수품을 실었다(굳이 비밀로 하려고 하지도 않았다). 그리고 지체하지도 않았다. 계절적 실업이 존재하고 통제가 되지 않는 국경이 가까이 있어서 경쟁이 무척 치열했기 때문이다. 아이들 역시 많이 모여서 시간 가는 줄 모르고 술래를 정할 때 부르는 노래를 큰 소리로 부르거나, 아니면 구경꾼들(엄숙하고 인상이 험악한 어른들)을 둥글게 둘러싸고 원무를 추었다. 이곳에서 원무를 올바르게 감상하기 위해서는 일반적으로 원 안에 자리를 잡아야 한다. 무엇을 하든 쿠르드식 방법이라는 게 있으며, 이곳에서 내 가슴을 찌른 것은 일종의 희극적이고 우애에 찬 정신이었다.

밤이 되자 과연 이런 식으로 우리를 가두어놓을 권리가 자신에게 있는지 확신이 가지 않았던 서장은 죄수들 중에서도 엘리트라 할 수 있는 사람들을 초대해 우리들과 대화를 나누도록 했다. 그가 그들을 상냥하게 대하는 것은 반쯤은 진정한 인도주의적 정신에서였고, 또 나머지 반쯤은 그들의 가족으로부터 총을 맞을까 봐 두려워서였다. 세상을 만들어나가기 위해서는 이 두 가지 동기가 다 필요한 법이다. 이렇게 해서 우리는 하산 메르모크리를 만나게 되었다. 감방에서 덮는 담요를 어깨에 걸치고 연락병을 따라 들어온 그는 만사에 관심이 없다는 듯 건성으로 인사를 하더니 서장이

"하산, 살모니 차이 다르 친("하산, 자네는 미용사가 필요할 것 같은데." 본래는, "하산, 자네는 미장원의 차茶가 필요할 것 같은데"라는 뜻이다. 미장원에서 손님이 참고 기다리도록 하기 위해 차를 제공하기 때문이다 - 글쓴이 주)이라고 말하자 미소를 지으며 덥수룩한 머리카락을 흔들어댔다. 모자를 쓰지 않은 맨 머리, 가축이 풀을 뜯어먹는 동안 목동이 뜨개질한 요란한 색깔의 양말, 발목에 묶어놓은 너덜너덜한 바지, 소맷부리가 길어서 손목 아래까지 늘어진 와이셔츠, 그리고 평야 지역의 쿠르드족이 입는 러시아식 칼라

의 상의. 그러나 촌스러운 외모와는 달리 그는 페르시아어를 제대로 구사할 줄 알고(농민들은 파르티아 시대의 팔라비어와 매우 유사하며 파리와 런던, 레닌그라드의 대학에서 가르치는 이란어인 쿠르드어밖에는 하지 않는다 - 글쓴이 주), 웃옷 호주머니 위로 펜이 비죽 솟아나와 있었다.

그는 레자이에 지역 출신의 젊은 아르밥으로서 열여섯 살 때 말다툼을 벌이다가 자신을 위협하는 백부를 칼로 찔러 죽였다. 이런 일은 종종 일어났다. 증인들도 그의 편이었으므로 그는 불안해하지 않았다. 그러나 4년 뒤에 그가 소유한 마을의 소작료를 탐낸 사촌이 음모를 꾸미고 뇌물을 쓴 끝에, 그를 살인 혐의로 고발하는 데 성공했다. 사건이 일어날 당시에는 너무 어려서 사형선고를 받을 수 없었던 하산은 100년 형을 받았는데, 이 종신형은 오직 신의 영역에 속할 뿐이란 형법에는 존재하지 않았다. 그는 이곳에 갇힌 지 10년째이며, 여기서 나가기 전에는 머리를 깎지 않겠다고 맹세했다. 그래서 머리를 움직일 때마다 허리까지 흘러내리는 덥수룩한 머리카락이 그의 초록색 눈을 가렸다. 그는 손바닥으로 찻잔을 감싸 덥히면서, 서장이 자기 말을 통역할 수 있도록 나직한 목소리로 아주 느릿느릿 이야기했다.

하산은 쿠르드족의 타르구아르 씨족에 속하는데, 이들의 목초지는 레자이에 남서쪽에서 터키 국경에 있는 산맥까지 펼쳐져 있었다. 하급 귀족인 그의 가문은 늘 충실하게 이란에 봉사했으나, 어느 정도의 자유는 누려왔다. 그리하여 그의 조상 중 한 사람은 사파비 황제의 딸을 납치하여 함께 모험을 벌이다가 죽었다. 반대로 또 다른 조상은 오스만 제국 사람들과 싸우다가 손 한쪽을 잃었는데 샤 아바스로부터 순금으로 된 3파운드짜리 손을 하나 받아서 잃어버린 손을 대체할 수 있었다. 그리고 양 몇 마리와 뽕나무 묘목 세 그루, 복숭아와 호두, 멜론, 포도나무가 마치 마술을 부린 듯 싹을 틔우는 우르미아의 부유한 과수원 너머에서 물 한 줄기(겨우 팔뚝 굵기밖에 안되는) 때문에 살인을 저지른 선조들은 그보다 훨씬 더 많다.

우리가 자기를 주목하지 않는다고 생각한 서장이 날카로운 목소리로 덧붙였다.

"레자이에는…… 약속의 땅이지. 하산은 여러분께 거짓말을 하지 않아요. 게다가 하산은 착하고 말 잘 듣고 내 충고를 따르는 소년이지요. 날 좋아하고 존경해요. 내가 책도 빌려줍니다. 나 같은 교도관 본 적 있어요?"

나는 하산 같은 죄수는 생전 본 적이 없었다. 그는 숙명론적인 평온함으로 자신의 불운을 받아들였다. 자신을 배신한 사촌 생각이 나도 그는 침착함을 잃지 않았다. 광범위하고 갈래가 복잡한 이 쿠르드족 가문이라면 꼭 한 명씩 끼어있게 마련인 나쁜 녀석 이상도 이하도 아닌 것이다. 그는 백부보다는 사촌을 처치

해야 했을 것이다. 그는 선견지명을 충분히 발휘하지 못했던 자신을 나무라며 자신이 태만한 대가를 치르는 것이라고 생각했다. 무엇보다도 그는 시대착오적인 범죄를 저질렀다. 왜냐하면 쿠르디스탄을 너무나 오랫동안 피로 물들였던 이 전통적인 복수법과 대대로 이어지는 복수, 씨족 간의 숙원 등은 이미 구시대의 유물이 되어가고 있었던 것이다. 이런 사건은 점점 더 드물어지고 있었으며, 한번 일어났다 하면 엄청난 물의를 일으켰다. 3년 전 부칸 계곡에서 일어났던 사건이 아직도 인구에 회자될 정도였다. 몇 세대 전부터 대립해온 분쟁을 해결하기 위해 라이벌 관계인 두 가문의 남자들 전부가 각 가문의 뮐러와 함께 마을의 한 집에 모였다. 오후 내내 양쪽은 맛있는 음식을 배불리 먹고 담배를 피우고 차분한 목소리로 이 문제에 관해 토론했으나 해결책을 찾지 못했다. 그러자 뮐러들과 열다섯 살이 되지 않은 어린아이들을 내보낸 이들은 문과 창문을 잠그고 서로의 얼굴을 알아볼 수 있게 등을 켜놓은 다음 다툼을 단도로 해결했다. 서른다섯 명 중에서 여섯 명만 살아남았다. 많은 사람이 죽은 이 두 가문은 더 이상 양떼를 감시할 수가 없어서 얼마 안 있어 모두 도둑맞고 말았다. 세상 살아가는 방법을 아는 부탄 계곡의 쿠르드족은 이 사건에서 교훈을 얻어 그 뒤로는 덜 과격한 방법을 이용하게 되었다.

교도소 주변의 어둠이 한층 더 짙어졌다. 빗소리와 더불어

강물이 흐르는 소리가 점점 더 크게 들려왔다. 이 지역의 주요 씨족들이 살고 있는 위치를 지도상에서 우리에게 가르쳐주고 난 하산이 자신은 무척 재미있게 생각하는 듯한 질문을 끈질기게 던졌다. 하지만 우리는 그 질문을 이해할 수가 없었다. 침대에 누운 서장이 하품을 하며 말했다.

"그건 수수께끼요. 문이 없는 성, 그게 뭐겠소? 문이 없는……."

이렇게 저렇게 생각해 봤지만 도저히 해답을 알 수가 없었다. 하지만 해답을 알려면 기다려야 했다. 우리 서장께서 하산이 자기 발로 감방에 돌아가도록 내버려둔 채 잠이 들어버렸던 것이다.

돈이 돌고 돈다고 말하는 건 잘못이다. 돈은 위로만 올라갈 뿐이다. 제물로 바쳐진 고기 냄새가 세력가들의 콧구멍까지 흘러가듯이 자연스러운 성향에 따라 상승하는 것이다. 물론 이란이라는 나라가 이 보편적인 속성을 독점하고 있는 것은 아니다. 하지만, 마하바드 교도소에서는 그것이 적나라하게 드러난다. 그러므로 경찰이 되기 위해서는 열정만으로는 충분하지가 않다. 400토만을 부서장에게 바쳐서 이 영예로운 직위에 어울릴 만한 자격을 갖추어야 한다. 하지만 이 돈을 받아도 부서장에겐 남는 게 전혀 없다. 자신의 직위에 어울리는 자격을 갖추려면 그

두 배의 액수를 서장에게 갖다 바쳐야 하기 때문이다. 한편 서장은 자신이 그 지방 경찰국 총경에게 빚진 것을 잊는다면 경솔한 사람이라는 얘기를 듣게 될 것이며, 총경 자신도 테헤란에서 수많은 의무를 이행해야 한다. 이같은 관례는 전혀 공식적인 것이 아니다. 꼬치꼬치 따지는 사람들은 이같은 사실을 개탄하고 자제심이 강한 사람들은 그런 일을 하지 않으려 애쓰지만, 낮은 봉급 때문에 그렇게 하지 않을 도리가 없는 데다가 그렇게 하지 않는 것은 조직 전체를 마비시키는 튀는 행동이기 때문에 따가운 눈총을 받지 않고는 이같은 관행에서 벗어날 수 없다. 게다가 이같은 관행은 사회 전반에 널리 퍼져 있다. 돈은 경쾌한 상승을 계속하며, 무릇 뭐든지 일단 한번 올라간 것은 언젠가는 다시 내려가야 하는 법, 결국은 스위스 은행이나 경마장, 혹은 리비에라 해안의 카지노에서 다시 단비가 되어 내린다.

일개 경찰에게 400토만은 큰돈이다! 빚더미에 올라앉지 않고는 이 돈을 모을 수가 없으며 게다가 제복도 자기 돈을 주고 사야 한다. 봉급으로는 겨우 입에 풀칠이나 할 수 있을 정도고, 죄수들에게 도움을 줘봤자 사례로 받을 수 있는 돈은 쥐꼬리에 불과하다. 게다가 말단공무원이기 때문에, 보호해 준다며 돈을 우려내거나 상상력과 재능을 발휘해서 갖가지 명목으로 상납을

리비에라 해안 니스, 칸, 몬테카를로 등 휴양도시가 연이어 있는 지중해의 프랑스와 이탈리아령 해안. '리비에라'라는 말은 관광지들이 마치 목걸이의 구슬처럼 줄지어 있다는 뜻에서 유래했다.

받아서 뇌물로 받친 액수를 메워넣을 수 있는 대상은 농민들 말
고는 거의 없다. 제복과 곤봉은 이런 일을 하는 데 도움이 된다.
농민들로 말하자면 탓할 수 있는 대상이라고는, 자기 집 당나귀
나 결코 대답을 해주지 않는 하늘 말고는 아무것도 없다.

오후 끝 무렵. 비가 내렸다. 기분이 우울했다. 열린 창문을
통해 진흙탕 속을 철벅철벅 걸어가는 낙타들의 발소리와 마치
스펀지를 쥐어짜듯 목소리를 쥐어짜며 부르는 화물트럭 운전사
의 노랫소리가 들려왔다. 한 문장, 한 번의 휴지休止, 한 번의 거
친 아우성……

"왜 저렇게 큰 소리로 고함을 질러대는 겁니까?"

그러자 서장이 웃으며 대답했다.

"뭔가를 기대하는 거지요. 뭐라는지 한번 들어봐요."

……어디를 가나 누에콩과 야생 튤립

정말 아름다워…… 태양은 빛나고

라일락 향기를 맡으니 미쳐버릴 것만 같네.

나는 꼭 아랍 동화에 등장하는 고관처럼 기쁨으로 마음이
녹아내리는 것을 느꼈다. 바로 이것이 쿠르드인이다! 이같은 도
전, 이런 수선스런 유쾌함, 그들을 시종 몰두시키는 이 경이로운

일종의 효모酵母. 쿠르드인은 기분전환할 수 있는 기회가 생기면 절대 놓치지 않는다. 마하바드 사람들 역시 그같은 기회를 절대 흘려보내지 않으며, 얼마 전에 시작된 선거는 더할 나위 없이 좋은 기회를 제공했다. 이 도시에 있는 모든 가게에 큰 소동을 일으켰던 이야기 한 가지를 들어보자. 뮐러 한 사람이 투표함 앞에 엎드려있는 농부 두 사람에게 말을 걸었다.

"도대체 무슨 연유로 그 상자를 숭배하는 것인가, 신앙심 없는 자들이여?"

"존경하옵는 뮐러시여, 이 상자가 이제 막 기적을 일으켰습니다요. 동네 사람들이 모두 다 저 안에 카셈쎔을 집어넣었는데 나오기는 유세프가 나왔다니까요."

그러자 웃음이 폭풍처럼 터져나와 정치와 파렴치함을 일소해버렸다.

이처럼 익살스러운 기질이 만들어진 데에는 계절도 한몫했다. 물난리가 나고 안개비가 내리고 돌풍이 불어닥치면 목초지가 비옥해지고, 도시에서는 부글부글 넘쳐 흐르는 듯한 봄날의 도취감이 교도소에까지 스며든다. 신소리와 짤막짤막한 노래, 음탕한 농담이 이 감방 저 감방을 어지러이 날아다녔다. 어쨌든 전임 서장 때 이 불쌍한 사람들은 갖가지 방법으로 구타와 몽둥이질, 고문을 당했다고 한다. 타박상과 골절상, 산酸에 의한 화상. 비참한 목록이었다. 서장은 분홍색 꽃장식이 그려진 검정색

금고 안에 전임자가 저지른 이같은 가혹행위에 관한 보고서를 보관했는데, 그 내용이 너무나 참혹해서 과연 상부에 넘겨야 할지 어떨지 아직도 망설이고 있었다. 그는 이따금 이 종이뭉치를 꺼내어 깊은 생각에 잠긴 채 톡톡 두드리다가 원래 자리에 다시 넣고서는 수감자들에게 담배와 이집트콩, 진통제 등을 나눠주며 잡담을 나누었다. 그것이야말로 가장 현명한 해결책이었다.

방금 얘기한 금고 속에는 검은색으로 장정된 책 한 권이 서류뭉치 밑에 감춰져 있었는데, 어느 날 그는 좀 곤혹스런 표정을 지으며 그 책을 내게 내밀었다. 영어판 성경이었다. 그는 이 나라 반대편 끝에 있는 작은 교도소 소장을 지낼 때 알게 된 사형수에게서 이 책을 받았다. 아시리아 출신이었던 이 기독교인(아시리아 제국이 멸망한 뒤 아제르바이잔 북부로 피신했던 마지막 공동체의 후손 중 한 명. 이들은 대부분 단성론을 믿는 기독교인이다. - 글쓴이 주)은 사형이 집행되기 전날 그에게 이렇게 말했다.

"오늘 밤 시내에서 할 일이 있으니 좀 내보내주세요. 이 성경책에 걸고 반드시 내일 다시 돌아오겠다고 맹세하겠습니다."

그러자 서장은 대답했다.

"다녀오시오. 하지만 내일 와서 교수형을 당하지 않으면 내가 교수형을 당하게 될 거요."

이 말은 사실과는 거리가 멀었다. 만일 사형수가 돌아오지 않는다 해도 기껏해야 몇 개월 감봉으로 그쳤을 테니 말이다. 하지만 그는 밤새 한숨도 자지 못했다. 사형수는 시간에 맞추어 돌아왔고, 성경책을 서장에게 남겼다. 어쨌든 그는 스스로 흐뭇해하며 그렇게 말했다. 그런데 과연 정말로 일이 그렇게 진행되었을까? 서장이 너무나 고독한 자신의 삶을 그럴듯하게 꾸미기 위해 터무니없는 이야기를 꾸며내고, '완벽한 존재'의 유령을 만들어낸 건 아닐까? 물론 그건 그다지 중요하지 않다. 그래도 그럴듯해 보이니까. 테헤란에서 나오는 신문들은 이런 종류의 이야기로 넘쳐난다. 이란에서는 불가능이란 게 없다. 영혼들은 최고에 관해서든, 최악에 관해서든 상당한 여유를 가지고 있으며, 당신은 완벽함에 대한 이 지속적이고 광신적인 열망을 참작해야만 한다. 가장 태평스런 사람조차도 이 열망을 이기지 못해 가장 극단적인 결정을 내릴 수 있다.

큰비가 내리고 강물이 불어나면서 이 도시에는 이미 2000명의 이재민이 발생했고, 수많은 건물과 더불어 교도소 서쪽 담도 붕괴되어버렸다. 감방 벽이 여러 곳 무너지자 서장은 수감자들이 도망치지 못하도록 지붕에 보초를 세웠다. 보초들이 우리 머리 위에 있는 황새 둥지 사이를 왔다 갔다 하면서 하품을 하고 라이터를 켜는 소리가 다 들려왔다.

날이 어두워졌다. 서장은 바쿠 방송을 들으려고 라디오를 만지작거렸고, 티에리는 갓도 없이 줄 끝에 매달려있는 전등 아래서 그림을 그렸다. 나는 시간 가는 줄 모르고 그 아시리아인의 성경책을 훑어보았다. 이곳에 남아 틀어박혀서 이 책을 처음부터 끝까지 꼼꼼하게 읽고 경이로운 봄이 만개하는 것을 보고 싶다는 욕망이 뇌리를 한두 번 스쳐 지나갔다. 구약과 거기 나오는 그 벼락 같은 예언들, 그것의 신랄함. 구약에 등장하는 서정적 계절들, 우물과 막사와 가축을 놓고 벌이는 다툼, 우박처럼 쏟아지는 가계家系들, 이 모든 것은 본디 이곳에 있어야 한다. 《신약성서》로 말하자면, 이곳에서 깡그리 빼앗겼던 현기증 날 정도의 대담함을 되찾았다. 하지만, 애덕愛德은 쉽게 구현되지 않았고, 죄를 용서하는 일도 여전히 이루어지지 않고 있었다. 오직 조역들(백인대장, 세리稅吏, 막달레나)과, 피해갈 수 없는 골고다만 있을 뿐이다. 오른쪽 뺨을 때리면 왼쪽 뺨도 내밀라는 것은 마하바드에서는 관례가 아니어서, 이런 방법은 불행한 결말로 이어질 뿐이다. 만일 그리스도가 갈릴리에 나타났던 것처럼 이곳에 나타난다면 노인들은 나뭇가지에 올라앉아 그분이 지나가는 것을 바라볼 것이다. 왜냐하면 쿠르드족은 용기 있는 자를 존경하기 때문이다. 하지만 얼마 안 있어 다시 권태로워질 것이다. 어디를 가나 상황은 마찬가지이리라. 십자가에 못 박히는 것이다. 그것도 금방. 어쩌면 예언자나 순교자를 믿지 않는 우리 합리적인 나라에서라면 그는 그냥 감옥에 갇히고 말 것이다. 어쩌면 공원을 떠돌거나, 아니면 사람들이 관심 없어 하는 싸구려 잡지를 힘들게 발행하면서 살아가게 될지도 모른다.

만구르

강물은 계속해서 불어났고, 강 옆의 집들은 한 채씩 차례로 붕괴되었다. 교도소도 위험에 처했다. 그래서 더 이상 아무도 우리에게는 신경을 쓰지 않았다. 우리는 그 틈을 타서 동틀 무렵에 슬그머니 교도소를 빠져나와 쿠르드족 중에서도 가장 고집 세고 가장 불결하고 가장 장난치기 좋아하는 만구르족의 영토가 있는 남쪽을 향해 계곡을 거슬러올라갔다. 길란호텔의 가수가 우리와 동행했다. 그는 군 초소를 피하기 위해 언덕을 직선으로 가로질러 멈추지 않고 곧장 기어올라갔다. 우리는, 물을 흠뻑 머금어 한 걸음씩 내디딜 때마다 철벅철벅 소리를 내며 푹푹 꺼지는 광활한 목초지를 통과했다. 태양이 떠오르자 만년설이 환하게 빛났고, 또 우리 등뒤에서는 도시를 둘러싸고 있는 진흙층이 반짝반짝 빛났다. 우리 앞에는, 작은 반점이 움직이듯 말을 타고 능선을 따라가는 사람 말고는 아무도 없었다. 대기에서 상큼한 냄새가 나는 걸로 보아 맑은 하루가 될 것 같았다.

정오가 되어갈 무렵, 하늘을 배경으로 서있는 작은 마을이 눈에 띄었다. 계곡이 훤히 내려다보이는 산의 돌출부에 다진 진흙으로 지어진 작은 보루가 서있고, 그 주변에 오두막 열두어 채가 옹기종기 모여있었다. 이 마을의 가장 높은 지붕 위에서 작달막한 사람의 실루엣 하나가 우리가 다가오는 것을 망원경으로 보고 있었다. 우리가 산봉우리 기슭에 닿았을 때쯤 망을 보던 사람이 지붕에서 내려오더니 우리를 맞으러 작은 길을 구르듯 달려 내려왔다. 그는 우리에게서 20미터가량 떨어진 곳에서 걸음을 멈추더니 손으로 햇빛을 가리며 쉰 목소리로 인사를 하고 가까이 오라고 손짓했다. 아르밥이었다. 노인은 키가 크다기보다는 어깨가 딱 벌어진 체형으로, 검은색 옷을 입고 귀에까지 진흙이 묻어있었다. 왼손의 집게손가락과 가운뎃손가락이 없었고, 과립성 결막염에 걸려 눈은 부풀어올랐지만 즐거운 표정으로 눈을 번득이며 우리를 뚫어지게 응시했다.

쿠르드족과 거래할 때는 절대 시선을 돌려서는 안된다. 그들이 이런 식의 접촉을 필요로 하기 때문이다. 시선, 그것은 상대방의 의중을 헤아리고 접점을 찾기 위한 그들 나름의 방법이다. 말을 할 때 그들은 상대에게서 눈을 떼지 않으며 상대도 그렇게 하기를 기대한다. 더더구나 왼손을 사용해서 악수를 하거나 뭘 주고받아서는 안된다. 왼손은 코를 풀거나 밑을 닦는 부정탄 손인 것이다(중동에서는 커다란 단지가 화장실의 유일한 기물이다 – 글쓴이 주). 그래서 아무 말 없이 뚫어지게 쳐다보면서 오른손을 내밀자 아르밥은 우리 어깨를 툭툭 치더니 점심을 먹자며 자기 집으로 데려갔다.

"단도는 형제이자 총이자 사촌이다"라는 쿠르드족 속담이 있다. 이 아르밥은 자신의 성城에 해당하는 하나뿐인 방 안에 가족처럼 보이는 것들을 가지고 있었다. 허리띠에는 최소한 50센티미터는 될 형제를 차고 있었다. 사촌들로 말하자면, 사모바르 주전자 위로 보이는 두 개의 총구멍 사이에 파여진 벽감 속에 숨어있었다. 조준경이 달린 사냥총, 반들반들하게 닦아놓은 브르노 권총 네 정, 오래 써서 방아쇠가 낡은 파라벨룸 총 여러 정, 그리고 그가 방금 제자리에 가져다놓은 포병용 쌍안경. 이 무기고는 그의 유일한 사치였다. 그의 마을은 가난했고 그의 아이들은 헐벗었으며 그의 식탁은 수수했다. 맑은 차를 끼얹은 쌀밥, 파리들이 이미 한번 맛을 본 요구르트, 그리고 레자이에산 포도주 한 병(독실한 이슬람교도인 그는 술을 입에 대지 않았다). 하지만 그는 이 소박한 밥상을 정중하게 권했다. 심지어는 포도주도 그렇게 권했다. 포도주는 그의 종교 밖에 있는 동시에 우리의 종교 안에 있기 때문이다. 만구르 사람들은 광신과는 거리가 너무나 멀기 때문에 지금도 아르메니아인들이 4세대 전에 자신들을 도와준 것을 기념하여 팬케이크에 십자가 모양을 긋는다.

이 아르밥은 이란의 기독교인은 좋게 생각하는 반면, 토지 소유에 관한 성명을 발표하여 쿠르디스탄에서 최초로 농민 봉기를 일으켰던 모사데크에 대해서는 그다지 호의적이지 않았다. 1953년 봄, "이란의 땅을 이란 국민에게 주겠다"고 약속하는 연설이 있은 직후, 봉건적인 토지소유제도에서 살던 쿠르드족 농민들은 자신들의 권리를 인정받기 위해 쇠스랑과 도리깨를 움켜쥐었다. 한편, 땅 주인들은 벽에 걸려있던 사냥총을 떼어내어 손에 들고 그들을 향해 나아갔다. 부칸 지역에서는 충돌이 벌어져 쉰 명이나 되는 사망자가 발생했다. 심지어 아르밥들은 몇몇 지도자들의 귀에 못을 박아 농장 문에 매달기까지 했다가, 테헤란측에서 자기들끼리의 불화를 부추기고 그것을 핑계삼아 군대를 주둔시키려고 한다는 사실을 알게 되자 그 다음날 그들의 엉덩이를 발로 한 번씩 걷어차고 나서 평화협정을 맺었다. 이 협정은 지금까지 파기되지 않았다. 모사데크의 손에 놀아났다고 확신한 쿠르드족은 자헤디 장군의 쿠데타에 동조했으며, 기병 수천 명을 집결시켜 왕정에 적대적인 강력한 카슈카이족을 물리침으로써 자헤디가 성공을 거두는 데 일조했다. 원칙적으로, 왕국과의 관계는 아주 좋아서 이 아르밥은 찢겨진 제복에 왕이 친히 달아준 훈장을 두 개나 달고 있었지만, 지역 차원에서 보면 마하바드에 주둔한 군인들의 행동 때문에 상황이 전혀 다르다. 아르밥은 군복을 입은 군인들이 자신의 계곡에 들어오는 것을 원치 않았고, 군인들 역시 이곳에 발을 들여놓는 위험을 무릅쓰지 않았다.

여행자들은 달랐다. 환대의 법칙이 그들을 보호했으므로 즐겁게 지낼 수 있었다. 평야지대에서는 평판이 안 좋아서 찾아오는 사람들이 별로 없었기 때문에 더더욱 그랬다. 아르밥은 입 안에 밥을 가득 집어넣었다가 사방에 밥알을 튀겨가며 우리들에게 이것저것 캐물었다. 가수가 쿠르드어를 페르시아어로 통역했지만 우리는 여섯 단어 중에 한 단어밖에는 이해할 수가 없었다. 그러나 그가 창의성이 풍부한 몸짓과 표정으로 아주 잘 표현해 준 덕분에 대화는 일사천리로 진행되었다. 그의 몸짓이 잘 이해되지 않을 때는 티에리가 칼끝으로 양철 접시 아랫부분에 그림을 그렸다. 에르주룸에서부터 우리가 거쳐온 도로와 자동차, 교도소의 창살. 아르밥은 그림을 보자 몹시 재미있어 하면서 무슨 말인지 알아들었다는 것을 보여주기 위해 손뼉까지 쳤다. 특히 그는 교도소 이야기에 흥미를 보였다.

"교도소! 멋져!"

그는 폐가 떨어져나갈까 봐 걱정스러울 정도로 우리 등을 손바닥으로 팍팍 두드려가며 즐거운 시간을 보냈다.

그로서는 잘된 셈이었다. 그의 계곡에는 내놓을 만한 게 별달리 없었다. 가지마다 눈이 터져서 붉게 물든 과수원, 가시나무 담장 안의 낙타 네 마리, 햇빛 비치는 산기슭에서 풀을 뜯는 물소 떼, 어린 사냥개들, 털이 긴 염소 몇 마리와 주인처럼 애꾸눈인 당나귀 한 마리. 매년 작은 성의 지붕 위에 둥지를 틀며 길조를 전하는 황새 핫지 락-락(순례자 락-락이라는 뜻. 이 의성어는 부리를 탁탁 부딪치는 소리를 모방한 것이다 - 글쓴이 주)도 잊어서는 안된다. 마을 아래를 흐르는 급류는 버드나무와 개암나무, 아시아포 플러나무 사이를 헤집고 폭포처럼 철철 넘쳐흘렀다. 여기에 앉아 있으니 회색 두루미 한 쌍이 강 한가운데서 꼼짝하지 않고 물고기를 노리는 모습을 볼 수 있었다. 아르밥은 이따금씩 정적을 깨뜨리기 위해 돌을 던지기도 하고, 끄윽끄윽 트림을 하거나 만족스런 한숨을 내쉬기도 했다. 날이 푸근했다. 산은 정적에 싸여 있었다. 고양이 꼬리처럼 생긴 5월의 꽃차례, 연하고 어린 가지, 새로 생긴 나뭇가지, 다시 되살아나는 작은 관목 숲. 빈약한 에덴동산이기는 하지만 그래도 에덴동산은 에덴동산이다.

필요할 경우 아르밥은, 양탄자와 아편, 카스피 해에서 생산되는 보드카를 싣고 이라크의 키르쿠크 시장이나 모술 시장으로 가서 다시 무기와 옷감, 영국산 담배를 싣고 돌아오기 위해 이 계곡을 이용하는 평야의 밀수꾼들에게 통행료를 받아 자금을 보충했다. 그것은 베이타스 사람들이 개입하지만 않으면 최고로 안전한 길이었다. 그렇지만 그들은 끼어들었고, 어쨌든 밀수꾼들이 밤중에 예고 없이 가로질러가는 것은 그들의 영토였다. 만구르 사람들은 자기네들이 우세할 때는 돈과 무기, 짐바리 짐승을 비축해놓았다. 쿠르드족들이 절제해가며 피우는 아편에 관해서 말하자면, 만구르 주민들은 중개인을 통해 마하바드에 주둔한 군인들에게 아편을 되팔면서 그런 식으로 그들을 잠재울 수 있다는 사실을 너무나 다행스러워했다. 그러나 무장을 하고 경계를 게을리 하지 않는 이 밀수꾼들과의 사업이 항상 순조롭게 이뤄지는 것만은 아니었다. 그래서 아르밥은 손가락 두 개와 아들을 잃었지만 그 정도 하찮은 일로 자기 권리를 포기하지는 않았다.

그들은 바로 그날 밤에 마을에 들르게 될 사람들을 기다리고 있었던 게 틀림없었다. 산보를 마치고 돌아와보니 말이 여러 마리 문 앞에 매여 있었고, 성에서는 혈기 넘치는 덩치 큰 사내들이 탄창에 총알을 끼우고 기름으로 총의 개머리를 닦느라 정신없었다. 가까운 마을에서 온 친절한 친척들이 그들을 도왔다. 결혼식을 준비하는 듯한 분위기였고, 나는 사방에서 난무하는 농담의 뜻을 이해할 수만 있다면 만금萬金이라도 주고 싶은 심정이었다. 오후 네시경에 우리는 가족들이 준비하도록 내버려두고 길을 떠났다. 아르밥은 우리를 강까지 배웅해 주었다. 강만 따라가면 마하바드까지 갈 수 있었다. 중간쯤 내려갔을 때 우리는 군데군데 남아있는 눈과 회향풀과 아니스 향기를 풍기는 산비탈 위로 어둠이 밀려오는 것을 바라보면서 강물에 발을 씻었다.

다시, 마하바드[29]

우리는 우리와 헤어지고 싶어 하지 않는 서장과 작별인사를 나누었다. 선거가 끝났고, 우리는 아무에게도 강도짓을 하지 않았다. 그로서는 더 이상 자신의 '호의'를 강요할 이유가 없었다. 하지만 한편으로는 동무가 없었고, 또 한편으로는 우리가 자신에게 여행의 진짜 동기를 감추고 있다고 확신했기 때문에, 그는 모든 게 분명하게 밝혀질 때까지 우리를 붙잡아두려고 했다. 그는 작별인사를 질질 끌면서 북쪽으로 이어지는 도로는 다닐 수 없다는 것을 증명하기 위해 사방에 전화를 해댔다. 쉽지 않은 일이었다. 레자이에 쪽으로는 전화선이 다리와 함께 끊겨버렸다. 미안도아브 쪽으로는 연결이 되지 않자 그는 시골 전화기를 저주해가며 몸을 일으켜 움직여야 하는 다이얼을 돌리면서 송화기에 대고 온갖 욕설을 다 퍼부어댔다. 반대로 우리는 한물간 그전화기와 메꽃처럼 생긴 그 수화기를 보며 감탄했다. 게다가 우리는 전화를 안 한 지가 8개월이나 되었다.

서장이 수화기를 내려놓으며 말했다.

"자, 보다시피 전화 연결조차 안돼요. 버스도 더 이상 안 다니고…… 절대 돌아갈 수 없을 거요. 우리가 오늘 밤에 다시 만난다는 쪽에 10토만 걸지요."

10토만이면 꽤 많은 돈이다. 우리는 이 기회를 이용해서, 그에게 40토만을 빌렸다. 그리고 그가 계속 그러자고 하기에 손을 마주쳤다.

타브리즈[27] 가는 길

도로를 가로막고 있는 물웅덩이는 깊이가 1미터 이상, 너비가 40미터나 되었다. 엷은 황록색 버스 한 대가 물웅덩이 한가운데서 옆으로 나자빠져 있었다. 그나마 다행스럽게 나머지 한 대는 강둑까지 후진할 수 있었다. 지프차들은 견인하기에는 너무 무거워서 유턴을 해야 했지만, 물소와 낙타, 바퀴가 높은 짐마차는 별다른 어려움 없이 지나갈 수 있었고, 사람들이 정신없이 왔다 갔다 하는 그 분주한 분위기에서 시골 특유의 우수를 살짝 불러일으키는 구리로 만든 사이드 램프와 바람을 맞아 펄럭이는 검은색 포장이 달린 사륜마차도 아슬아슬하게 지나갔다. 우리는 한 시간 동안 짐과 배터리, 시트를 끄집어낸 다음 전기 기기들을 떼어내고 엔진을 솜 지스러기로 감싸야만 했다. 그리고 한 농부에게서 크고 건장한 얼룩말을 얻어 자동차에 매다는 데 또 한 시간이 걸렸다. 그리고 난 우리는 얼음처럼 차가운 물속에서 채찍질을 하고, 밀고, 끌며 타브리즈와 겨울을 향해 천천히 돌아갔다.

나는 추잡스런 농담을 몇 가지 덧붙였다. 우리는 몹시 거칠어졌다. 유감스럽지만 할 수 없는 노릇이었다. 추위와 강요된 자비심의 계절인 겨울이 되돌아온 것이다. 그리고 잔인하며 혼잡한 이 도시로 다시 돌아온 것이다. 저속한 속어는 우리에게 최소한 따뜻하다는 환상을 불러일으켰다. 봄이 되어 새 잎사귀가 돋으면 그때 품위를 되찾을 수 있게 되리라.

이 세상처럼 오래되고
이 세상처럼 매혹적인 도시

여섯 번째 이야기 **타브리즈Ⅱ**

서장은 우리가 자기에게 빌린 돈을 갚을 수 있도록 이곳 주소를 하나 알려주었다. 그것은 고독에 찌들고, 근시고, 신중하고, 일부 영국 선교회 종파 특유의 것으로 보이는 삐뚤삐뚤한 치아를 가진 선교사의 주소였다. 그는 우리의 방문 목적을 오해하고 우리를 보자마자 자기는 이슬람교도들과 해결해야 할 골치아픈 일이 너무 많기 때문에 기독교인들에게는 신경 쓸 여유가 없어서 성탄절 때나 만날 수 있으며, 어쨌든 어떤 경우에라도 자기를 믿지 말 것이며 자기로서는 그야말로 단 한 명도 재워줄 수 없다는 말부터 꺼냈다(앉으라고 권하지도 않았다). 그의 말을 중단시키기 위해 우리는 이 여인숙 주인에게 서장이 빌려준 돈을 내밀었고, 그의 안경이 번득이는 걸 보니 그는 이미 내막을 알고 있는 게 분명했다.

그가 돈을 세며 물었다.

"40토만 아닌가요?"

"그랬지요…… 하지만 서장은 우리와 10토만이 걸린 내기를 해서 졌습니다."

"확실한가요?"

그는 모욕감이 느껴질 만큼 경건한 어조로 이렇게 물었다. 꼭 우리가 눈물이라도 쏟기를 기다리는 사람처럼 말이다.

우리는 우리에게 너무나 많은 충고를 해주었던 그 경찰에게 아무 충고도 해주지 않은 대가로 최소한 100토만을 받을 자격이 있었다. 우리는 직접 마하바드에 가서 알아보라고 목사에게 말했다. 그리고 그를 거기에 그대로 세워둔 채 나왔는데, 그의 앞을 지나치면서 보니 그의 바지 앞섶에 목사님에게는 도저히 어울리지 않는 얼룩이 여기저기 묻어있었다. 우리는 화가 나서 씩씩거리며 눈 쌓인 골목길로 나섰다. 티에리가 말했다.

"열차가 충돌하는 걸 보고 자위 하는 친구들이 있더라구."

나는 추잡스런 농담을 몇 가지 덧붙였다. 우리는 몹시 거칠어졌다. 유감스럽지만 할 수 없는 노릇이었다. 추위와 강요된 자비심의 계절인 겨울이 되돌아온 것이다. 그리고 잔인하며 혼잡한 이 도시로 다시 돌아온 것이다. 저속한 속어는 우리에게 최소한 따뜻하다는 환상을 불러일으켰다. 봄이 되어 새 잎사귀가 돋으면 그때 품위를 되찾을 수 있게 되리라.

그날 밤 미망인의 집으로 돌아간 나는 우리가 없는 동안 누군가 우리 방에 들어와 난장판을 만들었다는 걸 알게 되었다. 돈은 없어지지 않았지만, 벽감에 넣어두었던 유럽에서 온 편지들은 뒤죽박죽, 우표가 다 뜯겨나가고 없었다. 우표야 붙어있든 안 붙어있든 상관없지만, 여행중에 받는 편지는 도움이 될 수도 있고 다시 읽을 수도 있다. 하지만 가위로 조급하게 잘라냈는지, 우리에게 이런저런 환상을 마구잡이로 불어넣어주고 다시 읽으면 너무나 신나는 구절들(마지막 부분의 구절들)이 거의 사라져버렸다. 이 동네의 모든 부엌에서 아이들이 그토록 오랫동안 기다려온 말을 덧붙여서 그 우표들을 앨범에 풀로 뒤죽박죽 붙여놓은 게 틀림없었다. 미망인이 아직 집에 돌아오지 않았으므로 나는 하소연이나 할까 해서 할머니를 찾아갔다.

아르메니스탄에서 벌을 내리는 것은 나이든 사람들의 일이다. 왜냐하면 그들은 더 많은 시간적 여유와 더 질긴 피부, 더 공정한 영혼을 가졌으며, 어린애의 빰을 때릴 때도 신중을 기하기 때문이다. 할머니는 헌 신발을 신고 이웃 마당을 지배하는 잔소리 심한 다른 할머니들에게 미리 알린 다음 개구쟁이들한테 전광석화처럼 덤벼든다. 아이들이 하나씩 죄를 자백할수록 흐느낌은 점점 더 가까이 들려오고, 작은 까까머리들이 굳은 살이 박

흰 손바닥에 맞아 자지러지게 우는 소리도 들려온다. 한 시간도 채 되지 않아 검은 솔 아래서 눈이 타오르는 하르피아이아(새의 몸에 여자 얼굴을 한 괴물 - 옮긴이 주)의 행렬이 눈물에 젖은 우표를 한 움큼씩 우리들에게 가져왔다. 하르피아이아들은 스스로 흡족해하는 듯했다. 아르메니아인들이 숭배하는 신들의 귀가 어둠 속에서 점점 더 약해지는 회개의 울부짖음에 속아넘어갔나보다. 기독교를 믿는 이 이방인들도 따져보면 다들 친구 사이였다. 그래서 물건을 살 때 흥정도 안 하고 값을 치렀다. 이 할머니들이 수호하는 동네의 법은 지켜지지 않았다. 이 법은 특히 일상사와 품행의 영역에 속하는 사소한 것들에서 정직할 것을 요구한다. 사람들은 운명에 속하는 보다 큰 것들 속에서 오히려 더 많은 자유를 누릴 수 있다.

테헤란으로 이어지는 도로를 자동차로 달리기에는 아직 눈이 너무 많이 쌓여있었다. 우리는 기술자인 로버츠가 친절하게도 마음대로 쓰라고 내준 '포인트 Ⅳ' 자동차 정비소에서 자동차를 수리하면서 시간을 보냈다. 우리는 그를 자주 만났다. 그러나 그는 예전 같지 않고 어쩐지 침울해 보였다. 어느 날 저녁, 나는 무슨 문제가 있느냐고 그에게 물었다.

"모든 게 다…… 이 나라는 어디 한 군데 제대로 돌아가는 데가 없어요."

그는 마을 한 곳을 시찰하고 돌아왔다. 한 달이 지났지만 공사는 조금도 진척되지 않았고, 농민들도 그를 반가워하지 않았다.

그 당시 이란의 미국 회사 '포인트 IV'는 서로 다른 두 가지 일을 하는 2층집에 비유되었다. 정치를 다루는 1층에서는 경멸받고 부패했지만 우익인 정부가 (약속과 압력, 선전 등 전통적인 외교적 수단을 동원하여) 계속 권력을 잡도록 만들어서 공산주의의 위협에 대항하는 일을 했다. 기술을 다루는 2층에서는 대규모 기술자 집단이 이란 국민들의 생활수준을 개선하는 데 몰두했다. 로버츠는 이들 중 한 명이었다.

그는 정치에는 관심이 없었다. 그의 관심을 끄는 건 전자공학과, 그의 말에 따르면 천사들인 도리스 데이나 파타슈의 노래, 그리고 학교 건설이었다. 그는 과학자이기도 했지만 또한 그런 보람 있는 일을 하는 데서 큰 즐거움을 느끼는 개방적이고 인정 많은 사람이었다. 그래서 그렇게 실망한 것이었다.

"생각해 보세요. 난 학교를 지어주려고 그곳에 갔는데, 아이들은 나를 보자마자 돌을 집어들더라니까요."

그는 웃으며 다시 한 번 같은 말을 되풀이했다.

"학교를 지어주러 갔는데 말입니다!"

이 미국인은 학교를, 특히 가장 민주적인 초등학교를 상당히 존중한다. 내가 보기에 그는 인간의 권리 중에서 교육받을 권리를 가장 중요하게 생각하는 것 같다. 기본적인 권리가 충분히 잘 보장되어서 더 이상의 권리는 아예 요구할 생각을 하지 않을 만큼 시민생활이 충분히 발달된 나라에서는 그게 당연하다. 그래서 미국인에게는 행복을 보장하는 방법 중에서 학교가 가장 중요한 역할을 하며, 학교가 없는 나라는 후진국의 전형 그 자체로 상상하게 되는 것이다. 그러나 행복의 비결은 일단 조정을 거친 다음 수출되어야 한다. 그렇게 하지 않았기 때문에 미국인들은 학교가 잘 이해되지 않는 이란에서 그들의 학교를 적응시키는 데 실패하였던 것이다. 바로 이것이 그들이 처한 어려움의 근본적인 원인이다. 왜냐하면 학교가 없는 나라보다 더 나쁜 것, 즉 정의가 없거나 희망이 없는 나라도 있기 때문이다. 그리하여 풍부한 물자와 관대한 계획을 가지고 도착한 이곳 타브리즈에서 로버츠는 날마다 이 도시의 현실에서 좌절을 맛보고 있었다.

로버츠의 학교 문제로 되돌아가보자. '포인트 Ⅳ'는 다음과 같이 일을 진행한다. 곧 부지와 자재, 설계도, 전문가의 견해를 무료로 제공한다. 한편 모두가 웬만한 목수 부럽지 않게 손재주가 좋은 마을사람들은 노동력을 제공하고 미국식 모델에 따라 열심히 그 지역에 학교를 지어 교육의 특권을 누린다. 바로 이것이 핀란드나 일본의 지역사회에서 완벽하게 기능하는 시스템이다. 하지만 이곳에서는 달랐다. 왜냐하면 마을사람들은 미국인들이 섣불리 기대했던 그 시민정신을 조금도 갖추고 있지 않았기 때문이다.

한두 달이 그냥 지나갔다. 자재는 쥐도 새도 모르게 사라져 버렸다. 학교는 건설되지 않았다. 학교가 세워지는 걸 원치 않는 것이다. 선물을 줘도 전혀 반가운 기색이 아니었다. 온통 기부자를 낙담시키는 일들뿐이었다. 그래서 로버츠는 낙담했다.

마을사람들은 어쨌을까? 그들은 너무나 가난하고 여러 세대 전부터 가혹한 봉건적 소작제도에 복종해온 농민들이었다. 그들이 기억하는 한 누구도 그들에게 그런 선물을 준 적은 없었다. 이란의 농촌 지역에서는 서구 국가들이 어리석고 탐욕스럽다는 평판이 늘 있어왔기 때문에 더더욱 수상쩍어 보였다. 무슨 수를 써도 그들이 산타클로스 할아버지를 믿도록 만들 수는 없었다. 무엇보다도 그들은 경계를 게을리하지 않고, 함정이 있다는 것을 직감적으로 눈치 채고, 외국인들이 어떤 숨겨진 목적을 가지고 일을 시킨다고 의심한다. 가난이 그들을 교활하게 만들었으며, 그들은 자신들을 교육시키려고 하는 것을 방해함으로써 그런 계획을 좌절시킬 수 있다고 생각한다.

게다가 학교는 그들의 관심을 끌지 않는다. 학교의 이점을 깨닫지 못했기 때문이다. 이란인들은 아직 그런 단계에 도달하지 못한 것이다. 그들이 관심을 갖는 건 조금 더 먹는 것, 더 이상 경찰들을 피하지 않아도 되는 것, 덜 고되게 일하는 것, 그래서 자신이 노동한 대가를 더 많이 얻는 것이다. 그들이 받는 교육도 하나의 새로운 경험이다. 그것을 이해하기 위해서는 거기에 관해 깊이 생각해봐야 하겠지만, 말라리아나 이질, 혹은 빈 속에 아편을 복용했을 때의 현기증에 시달리다 보면 뭔가를 깊이 생각하기가 힘든 법이다. 만일 우리가 그들의 입장에서 생각해 보면, '농노'라는 그들의 사회적 지위가 근본적으로 바뀌지 않는 한 읽고 쓰기를 배운다고 한들 결코 큰 도움이 되지 못한다는 것을 알게 되리라.

결정적으로는 뮐러가 학교에 반대한다. 읽고 쓸 줄 안다는 것은 그만의 특권이요, 그의 독점적인 권리인 것이다. 그는 계약서를 작성하고, 탄원서를 받아쓰고, 약사의 처방전을 해독한다. 그는 이런 일을 해주고 달걀 반 꾸러미와 말린 과일 한 움큼을 받으며, 이 보잘것없는 수입을 잃지 않으려 한다. 그는 워낙 신중해서 이 계획을 공개적으로 비판하지는 않지만, 밤이 되면 문턱에 서서 자신의 의견을 내놓는다. 그리고 사람들은 그의 말에 귀를 기울인다.

마지막으로, 이슬람 사원과 터키탕, 빵집 화덕 등을 보수하기 위한 벽돌이나 모르타르 등이 필요한 마을에 새로운 건축자재를 쌓아놓는 데에는 위험이 뒤따른다. 사람들은 며칠 동안 망설인 끝에 쌓여있는 자재에서 필요한 만큼 가져다가 보수를 시작한다. 그 뒤로 마을사람들은 양심의 가책을 느끼고 미국인이 돌아오는 것을 불편하게 된다. 그들이 자기 입장을 설명만 할 수 있어도 모든 게 간단해질 것이다……. 하지만 그러기가 힘들다. 외국인이 되돌아가면 그 사람은 학교나 건축자재나 그가 기대하고 있던 감사의 표시가 아니라, 아무것도 모른다는 듯한 표정 없는 얼굴과 회피하는 눈길, 자기네 부모들의 얼굴 표정을 읽을 줄 알기 때문에 그가 지나가면 돌을 주워드는 소년들과 마주치게 된다.

　그것은 메워야 할, 그러나 워낙 깊어서 메우기가 힘든 간극이다. 자비를 실천하기 위해서는 무한한 재치와 겸손함이 필요하기 때문이다. 어떤 마을의 관습을 바꾸는 것보다는 불만을 가진 사람들을 그곳에서 몰아내는 게 더 쉽다. 그리고 물론 아라비아의 로렌스 같은 사람과 선동가들을 찾아내는 게, 훌륭한 심리학자이기도 한 기술자들을 찾아내는 것보다 더 쉽다. 심리학자이자 기술자인 로버츠는 이제 곧 보고서에 학교는 포기하고 예를 들면 전염성이 강한 질병의 근원지인 오래된 터키탕의 물 공급을 개선해야 한다고 쓰게 될 것이다. 그리고 얼마 뒤에 그의 미국인 상사들은 그가 옳다고 인정할지도 모른다. 그런데 '포인트 IV'가 계속되려면 신규자본이 계속 유입되어야 한다. 그리하여 로버츠의 문제(상징적인)는 미국의 납세자들에게까지 도달할

토마스 에드워드 로렌스(1888~1935)　영국의 고고학자이자 영국·아랍 연합군 장교로 아랍군을 지휘하여 아랍전쟁을 승리로 이끌었다. 아랍민족을 위해 헌신적으로 활약해서 아랍인들로부터 '아라비아의 로렌스'라는 칭호를 받았으며, 그의 생애를 기린 영화 〈아라비아의 로렌스〉가 만들어졌다.

것이다. 우리는 이 납세자가 세계에서 가장 관대하다는 사실을 안다.

우리는 또한 이 납세자가 잘못된 정보를 흔히 갖고 있으며, 모든 것이 자기 방식으로 이루어지기를 바라고, 자신의 감상적 성격을 만족시키는 결과를 높이 평가한다는 사실도 안다. 자신에게 너무나 행복한 기억을 준 학교와 흡사한 학교를 건설해서 공산주의를 궁지에 몰아넣을 수 있다고 어렵잖게 납세자를 설득할 수 있을 것이다. 자기 나라에서 좋은 것이 다른 곳에서는 그렇지 않을 수도 있다는 사실을, 그리고 이 이란이라는 나라가, 삶에 관해 뭐든지 다 알고 있었지만 많은 것을 잊어버린, 이 나이든 귀족이 보통의 약에는 알레르기 반응을 보여 특별치료가 필요하다는 사실을 인정하기는 쉽지 않을 것이다.

'아이들' 나이가 산타클로스보다 5000살이나 더 많을 때는, 선물을 준다는 게 항상 쉬운 일은 아니다.

4월

추위가 조금 가셨다. 내 학생 중 한 명이 생각을 하기 시작했다 (다른 학생들도 물론 생각을 하기는 했지만, 자기들이 생각한다는 사실을 드러내지 않는 것이 더 신중한 행동이라고 판단했다). 그녀는 《미친 사랑의 노래》(미국 출신 프랑스 작가 쥘리앵 그린의 소설 - 옮긴이 주)를 읽고 있었는데, 어떻게 해서 그렇게 되었는지는 모르겠지만, 이 작품이 자신의 이야기를 써놓은 것이라 믿고 마음이 동요된 것이었다. 그녀는 심지어 밤중에도 이 책을 생각했다. 생각이 꼬리에 꼬리를 물어 그녀는 온갖 것에 관해 별의별 생각을 다하느라 현기증이 날 정도가 되었으나 도대체 어떻게 해야 멈출지를 알 수가 없었다. 그것은 일종의 출혈이자 공포였다. 그녀에게는 새로운 책과 보충수업, 질문에 대한 대답이 계속 필요했다. 프랑스 여성도 이처럼 불행해질 수가 있나요? 선생님의 턱수염도 실존주의적인 것인가요? 부조리라는 게 무슨 뜻인가요? 그녀는 이 단어를 테헤란에서 발행되는 한 잡지에서 발견했다.

내가 턱수염을 기른 건 좀 더 나이 들어 보이게 하기 위해서였다. 몇 명 안되는 내 반 학생의 절반이 40대였던 것이다. 하지만 부조리…… 부조리는! 나는 당황했다. 스위스에서라면 그렇게 대답을 못해 쩔쩔매지는 않았으리라. 하지만 그 어떤 철학적 범주에도 포함될 수 없는 도시인 이 타브리즈의 삶을 넘어서는 것을 도대체 어떻게 설명할 수 있단 말인가? 이곳에는 부조리라는 게 존재하지 않는다…… 삶이 도처에서 마치 어둠 속의 레비아탄˙처럼 모든 것을 밀어낼 뿐이다. 고함소리를 가슴 밖으로 밀

레비아탄 《구약성서》에 등장하는 바다의 괴물. 딱딱한 비늘이 있는 거대한 뱀의 모습으로, 등에는 방패와 같은 돌기가 일렬로 늘어서 있고 코에서는 연기, 입에서는 불을 뿜는다.《환상동물사전》(2001, 들녘)에서 인용.

어내고, 상처를 향해 파리들을 밀어내고, 몇 주일만 지나면 언덕을 덧없는 아름다움으로 뒤덮을 수백만 송이의 아네모네와 야생 튤립을 땅 위로 밀어내는 것이다. 이곳에서는 세상사에 초연하게 살아간다는 게 불가능하다. 이따금씩 그러고 싶을 때가 있더라도 말이다. 겨울은 으르렁거리고, 봄은 사람 마음을 흠뻑 적시고, 여름은 별똥별을 쏟아부으며, 가을은 마치 하프의 현처럼 일렬로 늘어선 포플러나무들 속에서 떨려 울린다. 이곳에서 그 음악소리를 듣고 감동하지 않는 사람은 아무도 없다. 사람들의 얼굴은 환하게 빛나고, 먼지는 날아다니고, 피는 흐르고, 태양은 많은 사람들이 분주하게 움직이는 어두컴컴한 시장 한복판을 기분 좋은 곳으로 바꿔놓으며, 도시의 풍문(거미줄처럼 얽힌 비밀스런 공모)은 사람을 살리기도 하고 죽이기도 한다. 하지만 그 누구도 거기서 벗어날 수 없으며, 바로 이 운명론 속에 일종의 행복이 자리잡고 있다.

마하바드 교도소에서 지낸 뒤로 나 역시 한 가지 의문을 품고 있었다.

"말해 보세요……. 문이 없는 흰 성이라는 게 도대체 뭔가요?"

그녀가 곧바로 대답했다.

"달걀이죠. 모르셨나봐요? 삼척동자라도 알 만큼 쉬운 건데……."

그러더니 그녀는 자기 대답의 의미심장함을 음미하려는 듯 의자에 깊숙이 몸을 파묻었다.

달걀이라고? 나는 어떻게 그게 답이 되는지 알 수가 없었다. 데 키리코라도 해답을 맞히지는 못할 것이다. 하지만 내가 가르치는 학생 중에서 가장 수준이 낮은 학생도 단번에 그런 식의 연상을 할 수 있었다. 그들의 달걀이나 성이 우리의 그것들과 크게 다르지는 않으므로 다른 건 그들의 상상력일 것이다. 그런데 나는 상상력이 부족하다고 그들을 비난했었다! 전혀 아니었다. 그들의 상상력은 내 상상력과는 다른 세계에서 발휘되고 있었다.

무싸와 기를 쓰고 공부하는 그의 친구 사이디, 유누스(투르크멘 출신 뮐러의 아들), 그리고 항상 우산을 들고 그들의 뒤꽁무니를 따라다니는 퀴트취크. 이들은 정말 이상한 동무들이었다! 방학이 시작된 뒤로 이들은 항상 우리 방에 들이닥쳐 강아지들처럼 장난치고, 아무것도 아닌 것에 낄낄대고, 우리 담배를 피우며 캑캑대고, 영어 문장을 고쳐달라고 부탁하고, 단음계로만 탱고를 연주해줄 것을 우리에게 청했다. 사이디는 팔레비 거리에서 여자들이 지나갈 때 그 자신을 도취시키는 콧소리로 "타-라-

---

조르조 데 키리코(1888~1978) 이탈리아의 초현실주의 화가.

라-라아아아아" 라고 눈을 감고 흥얼거리며 노래하기 위해 탱고곡을 음악 공책에 꼼꼼하게 베끼기까지 했다. 그가 어떻게 스페인을 상상해냈을까 놀라웠다. 사이디는 제목을 두 가지 색깔로 정성들여 썼는데, 철자를 잘못 써서 우리를 재미나게 만들었다. 예를 들면 '죽기 전에(avant de mourir)' 라고 써야 될 것을 '익기 전에(avant de mûrir)' 라고 쓰는 식이었다.

사이디는 우리가 떠나기 전에 악기를 들고 밤에 자기 집으로 한번 와주기를 간절히 원했다. 박봉에 누추한 집에서 살며 먹고 살기 빠듯한 이 공무원 가족은 아들에게 좋은 점수를 준 데 대한 감사의 표시로 살진 송아지를 잡고, 양탄자를 걷어낸 가장 좋은 방을 우리에게 내주었다. 레몬을 집어넣은 보드카와 흰 멜론, 구운 양고기, 낡은 전축에서 돌아가는 가수 불불의 음반. 그들은 잔뜩 취했고, 우리는 우리가 가진 레퍼토리 중에서 가장 우울한 노래를 최소한 열 번은 연주해야 했다. 그것은 독한 술과 소화가 잘 안되는 음식이 넘쳐나는 가슴 훈훈한 파티였다. 석유등을 켜놓아 후끈후끈한 방을 나설 때 보니 퀴트취크는 외투를 덮고 양탄자 위에서 자고 있었다. 다른 사람들은 잔뜩 흥분해서 흐트러진 차림으로 모자를 삐딱하게 쓰고 양쪽 볼이 빨개져서 경쟁이라도 하듯 트림을 해대는 중이었다.

어린 당나귀가 눈 쌓인 마당 한 구석에 서있었다. 마당을 가로질러 가던 우리는 사이디의 어머니가 꼭 거동이 굼뜬 유령처럼 느릿느릿한 걸음으로 우리가 싹싹 갉아먹은 수박 껍질을 당나귀에게 가져다주는 것을 보았다. 우리는 그녀에게 감사했다.

"무척이나 즐겁고 유쾌한 시간이었고, 아드님은 우수한 학생입니다."

그녀는 쉰 목소리로 밤길 조심하라고 말했는데, 아름다운 눈에 불만이 서려있는 듯 했다. 그러고 나서 사이디의 어머니는 아들과 아들의 친구들이 난리법석을 피우고 있는 방으로 다시 올라갔다. 하늘의 별들은 희미했고 달은 뿌옇게 보였다. 하지만 우리는 술을 거의 마시지 않았다. 그렇다면 결국 봄이 온 것인가?

타브리즈 사람들이 정치에 열광하는 건 사실이지만 이번 선거는 별다른 관심을 불러일으키지 않았다. 총독이 무슨 일이 일어나든 관계없이 자신이 내세운 후보자들만 당선될 것이라고 공언해서 사람들 기를 미리 꺾어놓았기 때문이다. 물론 그가 약속을 지키는 인물이기는 했지만 그래도 몇몇 아웃사이더들(병원 의사도 그중 한 명이었다)은 가망이 없는 걸 알면서도 일단 부딪쳐 보기로 했다. 그래서 투표함 앞에 돗자리를 깔고 잠까지 자며 지켰다. 하지만 소용없는 일이었다.

우리 이웃에 사는 M노인은 그가 땅을 좀 갖고 있는 길란이라는 큰 동네에서 재선되었다. 합법적으로 당선된 것이었다. 그는 자신을 너무나 존중해서 선거에서 부정행위를 하려야 할 수가 없는 인물이었다. 그는 자기보다 나이가 어린 후보자(진보주의자 교사)가 광장에 모인 농민들에게 먼저 연설을 시작해서 테헤란의 부패와 아르밥들의 탐욕을 공격하고, 실현 불가능한 약속을 하도록 내버려두었다. 그리고 자기 차례가 되자 이 노인은 겨우 이렇게 말하고 말았다.

"여러분이 방금 들으신 말은 하나도 빠짐없이 사실입니다요……. 저로 말하자면 그렇게까지 훌륭한 사람은 아니올시다. 하지만 여러분은 저를 잘 알고 계시지요. 곧 저는 여러분에게서 거의 빼앗아가는 것 없이 저보다 더 탐욕스런 인간들로부터 여러분을 보호해 준다는 말이올시다. 만일 저 젊은이가 자기 말대로 정직하다면 그는 어떻게 해야 테헤란에 있는 자들로부터 여러분을 지켜줄지 그 방법을 알려야 알 수가 없을 겁니다. 그건 분명한 사실입니다요. 설사 그렇지 않다 하더라도 여러분은 그가 이제 막 인생을 시작해서 금고가 텅텅 비어있다는 사실을 상기해야 할 겁니다. 반면에 저는 제 인생을 끝내고 있는지라 금고가 꽉 차 있지요. 여러분이 생각하기에 누구를 뽑아야 위험이 덜하겠습니까?"

그러자 농민들은 그의 말이 맞다고 생각해서 그에게 표를 던졌다.

이곳에서는 M노인처럼 탁 까놓고 얘기하는 게 오히려 잘

통한다. 그렇다고 해서 이곳 사람들이 다른 곳 사람들보다 더 나쁘다는 얘기는 아니다. 그냥 덜 위선적일 뿐이다. 서양 사람들은 이 위선을 아주 교묘하게 이용하는 반면, 이들은 오히려 냉소주의를 훨씬 더 선호한다. 이 세상 어디서나 그렇듯 이곳에서도 역시 정말 꼭 속여야 할 때는 가까운 사람에게도 거짓말을 하지만, 그렇다고 해서 자기 자신의 동기나 추구하는 목표에 대해서까지 스스로를 기만하지는 않는다. 그렇기 때문에 목표가 달성되면 몇몇 친구들과 함께 마음껏 기뻐할 수 있다. 절차는 덜 음흉하고 덜 꾸며지는 대신 그만큼 더 명확하다. 게다가 거짓이 끼어들 여지도 적다. 다른 사람들은 속일망정 자기 자신은 속이려 하지 않기 때문이다. 그래서 우리는 헤로도토스 이래로 페르시아 사람들이 거짓말하는 걸 얼마나 싫어하는지 잘 알고 있는 것이다.

이란에는 위선자들은 거의 없지만 아첨꾼은 꽤 있다. 그리고 일부 외국인이 아첨꾼을 보면서 분노하는 척하는 것은 그들의 위선을 보여주는 또 다른 증거다.

나는 노인을 찾아가서 겨울 동안 차고를 빌려준 데 대해 감사하고, 당선을 축하했다. 그는 갤러리 한쪽 구석에서 시계 고치는 사람들이 쓰는 돋보기를 이마에 올려놓고, 자신이 30년 동안 중동의 시장을 돌아다니며 모은 그리스와 세파비드 왕조 시대의 음각보석 수집품을 분류해서 낡은 담배상자 속에 집어넣는 데 몰두하고 있었다. 유리처럼 생긴 돌로 만든 산홋빛 또는 꿀색을 띤 펜던트와 반지에 얹은 보석에 아리온과 그의 돌고래, 마슈하드 이슬람 사원, 헤르메스 트리스메지스토스, 고대 아라비아 문자로 쓰인 알라후 악바르(신은 위대하시다) 같은 것이 투명하게 나타나는 것이 보였다. 우리 두 사람은 우리의 두 세계가 가까이 있는 것을 보며 즐거워했다. 그는 늘 그랬듯이 차분하면서도 빈정거리는 듯한 말투로 잡담을 하며 최소한 서른 개는 될 것 같은 보석을 하나씩 내게 보여주었다. 내가 걱정스런 표정으로 테헤란으로 가는 도로에 관해 묻자 그는 보석을 옆으로 치워놓더니 웃기 시작했다.

"좀 이르기는 하지만 틀림없이 테헤란에 도착할 수 있을 거요. 그리고 설사 도로를 지나가지 못한다 하더라도 굉장한 걸 보게 될 거요……. 지난번에 내가 갔을 때는(아마 10년 정도 된 것 같은데) 물이 불어나는 바람에 키질우줌 강의 다리가 떠내려가고 말았소. 강을 건널 수 있는 방법은 전혀 없었지요. 하지만 언젠가는 강물이 낮아진다고 생각해 버스와 트럭들이 계속해서 동쪽과 서쪽에서 몰려왔고, 강둑의 지반이 비 때문에 약해지자 수많은 버스와 트럭들이 다리 양쪽 끝부분의 진창에 빠지고 말았소. 나 역시 마찬가지였다오. 우리는 아예 거기 자리를 잡았는데, 강둑은 이미 캠핑카와 가축 떼로 뒤덮여있었소. 그런데 남쪽으로 내려가는 카라치족(주로 음악가와 대장장이로서 페르시아 북부에 사는 집시 유목민들 — 글쓴이 주)이 소형 용광로를 설치하더니 짐을 버릴 수 없는 트럭 운전사들을 위해 간단한 수리를 해주기 시작했어요. 자영업을 하는 운전사들은 얼마 지나지 않아 근처 농민들에게 이런저런 상품을 주고 대신 야채를 받아 여기서 팔기 시작했소. 일주일 만에 다리 양쪽 끝에는 마을이 하나씩 생겨나 텐트가 세워지고, 동물 수천 마리가 울어대고, 연기가 피어오르고, 닭들이 꼬꼬댁거리고, 나뭇가지와 두꺼운 판자로 지은 찻집도 몇 군데 생겨났지요. 빈 트럭의 덮개 아래에 자리를 빌려서 신나게 주사위놀이를 하는 가족도 있었고, 환자에게서 악령을 쫓아낸다며 주문을 외는 이슬람 금욕파의 수도사들도 있었지요. 그리고 거지들과 매춘부들은 뜻하지 않은 횡재를 놓칠 새라 달려들었다오. 정말 엄청난 혼란이었지요…… 그러다가 풀이 푸르러지기 시작했다오. 없는 건 이슬람 사원뿐이었소."

"강물이 낮아지자 모든 게 꼭 꿈속에서처럼 흩어졌지요. 그런데 그 모든 건 무너져서는 안되는 다리와 우리의 무질서, 그리고 실력 없고 태만한 공무원들 때문이었소(그가 열을 올려가며 말했다). 페르시아가 아직도 경이의 나라라는 건 정말 딱 맞는 말이오."

키질우줌 강 앞과 마찬가지로 케젤오잔 강을 의미하는 듯하다.

이 단어를 듣고 나는 깊은 생각에 잠겼다. 우리나라에서 '경이'라는 것은 도움이 되는 예외를 가리킨다. 유용하거나, 아니면 최소한 유익한 것이다. 반면에 이곳에서는 경이가 망각과 죄로부터도 생겨날 수 있고, 습관의 정상적인 흐름을 깨뜨림으로써 예기치 못했던 영역을 삶에 제공하여 언제 어느 때라도 그것을 즐길 준비가 되어있는 눈들이 지켜보는 가운데 그 호사스러움을 과시하는 어떤 재난으로부터도 생겨날 수 있었다.

타브리즈를 떠나다

지붕마다 물이 넘쳐흘렀다. 처마의 물받이, 두껍게 쌓여 얼어붙은 눈 아래에서 물이 성급하게 흘러내리는 소리가 들려왔다. 태양이 우리 뺨을 덥혀주었고, 포플러나무는 다시 가벼워진 하늘을 향해 우지끈 소리가 나도록 기지개를 켰다. 머리와 뼈, 심장이 천천히 새싹을 밖으로 밀어냈다. 계획들이 형태를 갖추었다. 봄이었다.

아르메니아 식당에서는 비밀경찰이 제복 단추를 끌러놓은 채, 어떤 손님이 숯을 가지고 프랑스어로 "왕, 엿 먹어라!"라고 써놓은 푸른색 벽에 기대어 꾸벅꾸벅 졸고 있었다. 시장에서는 문이 닫힌 가게 앞에서 사람들이 농담을 나누었다. 이 가게는 마지막까지 남아 아직도 저항하고 있는 유대인 상인의 것이었다.

이 가게 주인은 얼마 전 둘둘 말아놓은 양탄자에 깔렸다. 다른 유대인 상인들은 벌써 이곳을 떴다. 6개월도 채 되지 않아 파산하고 궁지에 몰리고 탄압받는 것이었다. 그들을 도와주는 사람은 아무도 없었다. 아니, 그 반대였다. 이 도시는 너무나 냉혹해서 어떤 선물도 일체 나눠주지 않았다. 이 세상처럼 오래되고 이 세상처럼 매혹적인 도시. 그것은 백 번도 더 구운 빵 같았다. 그곳에서는 모든 것을 다 볼 수 있으며, 화를 내봤자 아무 소용없다. 단 1센티미터도 움직이지 않기 때문이다. "그대가 물어뜯을 수 없는 손에 입을 맞추고, 그 손이 부러지기를 기도하라"라는 속담이 있다. 사람들은 이 속담을 따른다. 그렇다고 은총과 희열, 혹은 즐거움의 순간이 오지 않는 것은 아니다.

까마귀들이 새로 돋아난 나뭇가지 꼭대기에서 까악까악 시끄럽게 울어댔다. 경이로운 햇빛 속에서, 금빛 진흙의 연무 속에서, 서쪽에서 온 거대한 트럭들이 시장 앞에서 끼익 소리를 내며 멈추어 섰다. 우리는 야외시장에서 올라오는 클라리넷 소리를 들으며 길거리에서 차를 마셨다. 우리는 누가 그걸 부는지 알고 있었다. 아르메니아 출신의 소목장이며 무척 꼼꼼하고 온화한 이 사람은 배나무로 짠 아름다운 악기함에 클라리넷을 넣어가지고 다녔다.

그들의 피 속에서 끓고 있는 순무와 레몬향 케이크

모자와 곤봉

종이로 만든 카네이션을 귀에 꽂은 말이 끄는 마차

검은색 창문

별들이 그려진 꽁꽁 언 창유리

하늘로 이어진 진흙탕 길

타브리즈.

마주치는 눈길, 물소에게서 풍기는 음침한 냄새, 불을 환히 켜고 강으로 나 있는 방, 긴 나선 모양을 이룬 모기들. 죽음이 전속력으로 나를 덮쳤다. 이 여행? 엉망진창이다……. 이 지구상에는 우리들 각자에게 이런 풍경이 대여섯 개씩 존재한다.

만져지지 않는 이 길
어디에도 도달하지 않는 이 강

일곱 번째 이야기 **샤흐라**

샤흐라 : 하이웨이(highway)
그러나 이란에는 높든, 높지 않든 도로가 없다.
C. D. 필로트 대령, 《영어-페르시아어 사전》

미야네 가는 길

군인들이 이런 판단을 내리다니! 물론 이란에는 도로가 있다. 그리고 그것이 더 나을 수도 있다는 점을 인정해야 한다. 예를 들어 타브리즈에서 미야네까지 20여 킬로미터가량 되는 도로는 트럭들이 지나다니는 바람에 움푹한 길로 바뀌어버렸다. 바퀴자국 두 개가 깊이 패였고 한가운데에는 흙과 잡석이 높이 쌓여있었다. 우리 차의 바퀴 사이 거리와 이 바퀴자국 사이의 거리가 달랐으므로 우리는 자동차의 왼쪽은 가운데의 경사지 위에 올려놓고 오른쪽은 바퀴 자국 안에 집어넣어야만 했다. 그렇게 기울어져서 달리다 보니 자동차가 도랑 가장자리를 긁고 지나갔다. 게다가 보닛이 진흙과 돌더미를 밀고 가면서 이것들이 앞에 쌓이는 바람에 우리는 50미터에 한 번씩 차를 멈추고 삽으로 돌을 퍼내야만 했다. 날씨는 푸근했고, 우리는 우리를 둘러싼 거대한 산비탈에 우박이 어지러이 쏟아지는 것을 바라보면서 이마에 땀을 흘리며 일했다. 하지만, 동쪽으로 이어진 길로 다시 접어드니 무척이나 즐거웠다.

우리는 또, 트럭들이 지나갈 수 있도록 자동차를 들어올려 길 밖으로 옮겨야 했다. 마치 성채처럼 거대한 트럭들은 웅장한 풍경과 잘 어울렸다. 그런 트럭들을 장식과 푸른색 구슬로 만든 부적이나 "타브박칼토 알 알라(운전을 하는 건 나지만, 책임은 신께 있네)" 같은 기원문이 뒤덮고 있었다. 그들은 꼭 짐수레 말처럼 속도를 내어 때로는 몇 주일에 걸쳐 오지의 시장이나 군사기지로 나아갔고, 뿐만 아니라 그들의 발을 오랫동안 묶어놓는 고장과 파손을 향해서도 나아간다. 그때 트럭은 집이 된다. 트럭을 고정시키고 개조하면, 일행은 이 고정된 난파선 주위에서 필요한 만큼의 시간을 살게 된다. 잿더미 속에서 구운 둥근 빵과 카드놀이, 종교의식의 일부인 목욕재계…… 그것은 대상隊商의 연장이다. 나는 이 괴물들이 마을 한가운데에 꼼짝 않고 있는 것을 여러 차례 보았다. 암탉들이 트럭 바퀴의 그늘에서 알을 깠고, 암고양이들은 거기서 새끼를 낳았다.

미야네[30]

이 세상의 모든 곤충학자들은 미야네라는 마을 이름을 들어보았을 것이다. 한번 물리면 치명적이라는 미야네 빈대 때문이다. 이런 식으로 알려진 것과는 달리, 미야네는 사실 매혹적인 마을이며 푸른색 감촉이 느껴지는 황토와 둥근 청록색 지붕이 4월의 안개 위를 미끄러지듯 움직이는 것처럼 보이는 이슬람 사원으로 유명하다. 하지만 마치 아무 해도 끼치지 않는 빨랫줄처럼 찻집의 발코니를 지나가는 고압 전선은 조심해야 한다.

미야네는 또한 두 언어의 경계가 되는 지역이기도 하다. 1, 2, 3, 4, 5를 한쪽에서는 아제리어로 비르, 이키, 위트크, 되르트, 베크라고 말하는 반면, 다른 편에서는 페르시아어로 에크, 도, 세, 차르, 펜즈라고 말한다. 이것만 봐도 귀가 얼마나 즐겁게 한 언어에서 다른 언어로 넘어갈 수 있는지 이해할 수 있다. 아제리어는 타브리즈의 나이든 부인네들이 노래를 부를 때 특히 아름다움이 느껴지는데, 사실은 돌풍과 눈을 위해 만들어진 거친 언어다. 거기에는 태양이 없다. 반면에 페르시아어는 따뜻하고 섬세하고 정중하며, 권태의 기운도 살짝 느껴진다. 여름을 위한 언어인 것이다. 이란 쪽으로는 사람들의 얼굴 표정도 더 풍부하고 어깨도 더 가냘퍼 보이며, 경찰들은 체구는 작지만 더 위협적이고, 여관 주인들은 더 약삭빨라서 손님을 더 잘 우려먹는 경향이 있다. 우리는 여관 주인이 보여주는 계산서를 아예 싹 무시해버렸다. 금액이 터무니없을 정도로 많이 나왔던 것이다. 우리를 숙맥으로 여겼던 모양이다. 웃음을 터뜨렸지만 아무런 효과도 없었다. 우리의 웃음이 솔직하지 않았기 때문이다. 그렇다면 화를 내야 하나? 내가 한 가지씩 꼼꼼히 따져보는 동안 티에리가 어디론가 사라졌다가 잔뜩 화난 얼굴로 돌아왔다. 금방이라도 두 눈이 튀어나올 듯 잔뜩 흥분한 티에리가 지폐 몇 장을 집어던지자 여관 주인은 어안이 벙벙한 표정이었다. 여관 주인은 여전히 어리둥절해 했지만, 우리가 정말로 화가 났다고 믿지는 않았다. 하지만 그로서는 머뭇거린 게 결정적인 실수였다. 그가 정신을 되찾은 듯 소리를 지르며 계단을 성큼성큼 뛰어내려올 때, 우리는 이미 모퉁이를 돌아서고 있었다.

카즈빈^{31.} 가는 길

카즈빈으로 이어자는 도로는 우선 버드나무가 심긴 계곡을 따라간다. 산은 둥글고 무척이나 가깝게 느껴지며 강은 시끄럽고 여울은 건너기가 힘들다. 그러고 나면 계곡이 나팔 모양으로 벌어지면서 아직 여기저기 눈이 남아있고 땅이 질퍽질퍽한 넓은 고원이 나타난다. 강은 거기서 사라지고, 시선을 어디에 고정시켜야 할지 알 수가 없다. 첫번째 기복은 20여 킬로미터 떨어진 곳에서부터 시작되었고, 눈은 기복이 지평선까지 열두어 개가량 더 펼쳐져 있는 것을 구별해냈다. 태양, 넓은 공간, 침묵. 꽃은 아직 피지 않았지만, 어디서든 들쥐와 마멋들은 꼭 악마들처럼 그 기름진 땅을 샅샅이 파헤쳐놓았다. 그 길을 지나가면서 우리는 잿빛 왜가리와 노랑부리저어새, 여우, 붉은색 자고새를 만났다. 그리고 때로는 자기만의 시간을 보내는 산보객처럼 유유자적 걷는 사람들을 만나기도 했다. 그런데 그건 배경이 워낙 거대해서 그렇게 보이는 것이었다. 이런 광활한 풍경에서는 말을 타고 전속력으로 달리는 사람이라도 게으름뱅이처럼 보이리라.

테헤란,[32] 4, 5월

육로를 이처럼 느리게 여행할 때의 즐거움이 있다면, 그것은 (이국정서가 일단 사라지면) 세세한 것에 민감해지고, 그 세세한 것들을 통해 그 지방에 민감해진다는 것이다. 6개월 동안 동면을 하고 나자 우리는 아무것도 아닌 일에도 놀라워하는 타브리즈 사람이 되어있었다. 여정마다 우리는 모든 걸 바꿔놓는 그 미세한 변화들(바라보는 방식, 구름의 형태, 모자의 기울어진 정도)을 찾아냈으며, 꼭 파리에 올라간 오베르뉴 사람처럼 눈이 휘둥그레진 시골뜨기가 되어, 친절한 술꾼이 식탁 위에서 괴발개발 써서 기대할 것이라고는 오해와 시간낭비뿐인 추천장들을 호주머니 속에 집어넣고 수도에 도착했다. 이번에는 한 번뿐이었다. 우리는 아제리 출신 유대인에게 보여줄 추천장을 갖고 있었는데 그를 금방 찾아냈다. 그는 자기 어머니라도 팔아넘길 것처럼 보였지만, 사실은 우리 일을 해결해 주겠다는 혼란스런 욕망으로 가득 찬 썩 괜찮은 사람이었다. 아니다, 그는 우리 같은 외국인이 시장에 있는 여관에서 묵을 수 있으리라고는 생각하지 않았다…… 아니다, 그는 신문사 쪽으로는 아는 사람이 아무도 없었다…….

"하지만 놀라운 일을 해줄 경찰서장과 저녁식사는 하고 싶지요?"

그의 말에 우리는 꼭 그러고 싶었고, 그래서 태양이 쨍쨍 내리쬐는 속에서 잠옷 차림으로 우리를 맞은 한 노인과 함께 요구르트를 넣은 양머리 요리를 먹었다. 대화는 지루했다. 이 노인은 이미 오래전에 은퇴했고, 옛날에 남쪽에 있는 작은 도시의 경찰서장을 지내서 경찰청에는 아는 사람이 더 이상 없었다……. 게다가 그는 모든 걸 다 잊어버렸다. 대신 그는 체스를 두어 판 두면 정말 좋을 것 같다고 말했다. 그는 느릿느릿 체스를 두다가 잠이 들어버렸다. 하루가 그렇게 지나갔다.

시장 변두리의 파르스 여관. 방이 너무 좁고 어수선해서 침대에 드러누워 일을 해야만 했다. 'BP' 석유 양철통을 모자이크처럼 붙여 천장을 올리는 바람에 달빛이 새어들었다. 벼룩도 있었다. 쿠르드족, 양 냄새를 풍기는 카슈카이족 유목민, 온화한 미소를 보내주는 농부들이 이 여관의 손님이었고, 옆방에는 아주 적은 액수의 돈이라도 반드시 세고 또 세는 아시리아 출신 상인이 묵었다. 여관방들은, 옛 이란 음악을 구성하는 아르페지오의 조용한 음계가 라디오에서 계속 흘러나오는 찻집과 나무 통로로 연결되어 있었다. 왼쪽 창문 아래로는 일렬로 늘어선 벌레 먹은 기둥들이 시장 입구 쪽으로 내리막을 이루었다. 그보다 더 아래쪽에는 위성류渭城柳 덤불이 자라고 있었으며, 흙을 뭉쳐 만든 벽돌로 집을 지은 교외마을의 벽은 무너져 서로 뒤섞이면서 시골로 뻗어나가고 있었다.

오른편으로는 투프칸 광장의 낡은 대포와, 부자동네를 향해 완만한 경사의 오르막을 이루는 랄레자르 대로의 네온등이 눈에 들어왔다. 아래쪽에 있는 두 곳의 떠들썩한 선술집에서는 시퀸(원형으로 된 작은 금속편 – 옮긴이 주)으로 장식된 짧은 발레용 치마를 입은 말라깽이 소녀 둘이, 큰 소리로 떠들며 아라크술을 마시는 남자들 속에서 균형 잡는 연습을 하고 있다. 무허가 노점상들도 있어서 빗과 샌들, 성화聖畵, 호각, 콘돔, 제비꽃향 비누를 판다. 그 다음에 극장이 있는데, 페르시아어로 각색된 몰리에르의 〈덤벙거리는 남자〉를 예고하고, 사산 왕조의 바흐람 구르가 자신의 불쌍한 신하를 괴롭히는 장교들을 혼란에 빠뜨리기 위해 변장을 하고 신하의 집에 묵는다는 내용인 페르도우시의 《샤나메》(왕들의 책)를 각색한 작품을 공연한다. 우리는 이 작품을 보러 갔다. 과장된 연기, 만들어 붙인 빨간색 수염, 시대에 맞지 않는 터번들, 따귀 때리기, 재주넘기, 죄인에 대한 징벌. 완벽했다. 회색 정장을 입은 세련된 남자들과 와이셔츠 바람의 짐꾼들이 이 일종의 익살극을 보며 떠나갈 듯 박수갈채를 보내다가 이따금씩은 킬킬거리곤 했다. 지금 통치자가 경찰의 호위를 받지 않고는 그 어디에도 가지 않기 때문이다. 지금 시대에는 그런 식으로 불시에 시찰이 이뤄지지는 않으며, 더구나 그같은 결말은 상상하기 힘들다. 공연을 보고 나서 우리는 한 신문사의 편집국을 찾아갔다. 세련된 재단사도 몇 명 만났다.

네온등은 더 부드럽고 나무들은 더 무성하며 목소리들은 더 섬세하다. 모자처럼 생긴 그 전설적인 케이크는 아르메니아 찻집의 색전구 불빛에 타오르듯 반짝거린다. 더 높이 올라가서 샤 레자 거리와 체메란 언덕 사이에서는 캐딜락 자동차들이 부르릉거리는 소리가 들려온다. 이곳에는 연한 색을 띤 긴 벽이 있고, 푸른색 에나멜로 현관에 광택을 낸 귀족들의 집이 있고, 넓은 공간이 있으며, 돈이 있다. 바닥에는 피스타치오 껍질이 어지러이 늘려있고, 누더기를 입은 나이든 몽상가들이 운전하는 노란색 택시가 밤을 누비며, 마지막 정원이 있는 곳에서 북쪽으로 30킬로미터가량 가면 엘부르즈 산맥에 수북이 쌓인 눈이 봄 하늘 아래 반짝거린다.

우리는 여관 발코니에 팔꿈치를 괸 채 테헤란 전역을 볼 수 있었다. 식탁의 아래쪽 끝, 접시 가장자리에 앉아있었지만, 몇 입만 먹고 말기로 단단히 결심했다. 우리 나이 때는 도시를 아래쪽에서부터 공략하는 게 좋다. 진한 냄새, 이를 드러내는 미소, 친근감이 드는 곱추들. 좋다! 그렇지만 인도까지 가는 데 필요한 돈은 여기서 벌어야 한다.

나는 타브리즈에 관해 이런저런 고찰을 했다.

"들어봐요. 저 사람이 하는 얘기를 들어보라고요. 정말 다 재미있다고요!"

이 말을 한 사람이 식탁에 앉아있는 사람들더러 입을 다물라고 말하더니 나더러 다시 한번 말해줄 것을 부탁했다. 눈빛은 반짝거렸지만, 그는 전혀 귀를 기울이지 않았다. 혹시 그가 기적적으로 귀를 기울인다 해도 아마 그는 오늘 밤이 가기 전에 깡그리 잊어버리고 말 것이다.

그는 우리 친구 갈렙이었다. 갈렙은 얼마 전부터 이 도시에서 가장 큰 신문사의 편집국장을 맡아 성공을 거두었다. 예를 들면 수소폭탄에 관한 기사에서는 알솝 형제로부터 표제를 빌려왔고, 릴케에게서는 공포에 대한 탁월한 인용문을 빌려왔다. 그는 시를 읽고 강렬한 느낌을 받아 그 전문을 기꺼이 인용할 수도 있었다. 하지만, 지면이 부족했다. 그는 다른 많은 것을 이런 식으로 자기 것으로 만들 준비가 되어있었다! 그가 잘못한 건 아니다. 그 역시 시인이었고, 다른 사람들의 시는 어느 정도는 그의 것이었기 때문이다. 그가 자신의 시를 쓰지 못하고 있는 것은 시간이 없어서였다.

"태평양이라고 불리는 넓은 바다", 이거 좋은 기사입니다, 그렇지요? 어쨌든 우리 사장은 아주 맘에 들어 하고 있어요. 당신의 현장 탐방 기사들은, 엄청 마음에 듭니다. 바로 우리가 요즘 필요로 하는 것이니까 말이오. 우리는 그중에서 최소한 네 편을 고를 겁니다."

이 말은 과연 무슨 뜻일까? 딱 한 편만 싣겠다는 것일까, 아니면 전체를 다 거절하겠다는 것일까? 나는 그들의 언어 관습에 아직 익숙해지지 않았다. 두고 봐야 할 것 같다. 그 사이에 갈렙이 1면에 우리 사진을 싣고 침소봉대된 설명을 붙여놓는 바람에 우리는 도시 어디를 가든 수염이 덥수룩한 낯선 사람들이 과장된 동작으로 모자를 벗으며 인사하는 걸 보고 놀라워해야만 했다. 재미는 있었지만 그걸로 먹고 살 수는 없는 노릇이었다. 그래서 나는 그루지야 출신의 이민자가 운영하는 유수프-아바드 거리의 선술집에서 정기적으로 갈렙을 만나 글을 실어달라고 졸랐다.

세 개의 계단을 통해 이곳으로 내려가 어슴푸레한 어둠에 눈이 익숙해지면, 상표에 붉은색 독수리가 그려진 마크수스 보드카를 앞에 놓고 앉아, 현기증이 나는 걸 막으려고 오이나 훈제

된 생선을 아기작아기작 씹어 먹으며 술을 마시는 사람들의 모습이 눈에 들어온다. 그동안 태양은 길거리와 황궁 난간, 벽돌담 뒤편에서 부유하고 안락하게 사는 아르메니아 출신 상인들의 저택 위를 물결이 천천히 밀려가듯 지나간다. 갈렙은 가장 더운 시간이 되면 기꺼이 이곳에 자리를 잡고 앉아 신문 편집을 하거나, 아니면 식탁보 위에 이런 시를 쓰며 연모하는 여인들을 기다렸다.

……그저께 : 하루

어제 : 이틀

오늘 : 사흘

그대는 돌아오지 않고

내 가슴은 불타버렸네…….

내가 쓴 글도 불타버렸느냐고 묻자 그는 잉크가 얼룩덜룩 묻은 손을 부비며 이렇게 대답했다.

"그런 건 아니지만…… 뭐라고 설명해야 하나…… 지금 잠을 자고 있지요. 성공할 것 같지가 않아서 말이오. 당신이 내게 명함만 몇 장 주면 일을 다시 시작할 텐데……."

테헤란에서 뭘 하려면 반드시 있어야만 하는 이 명함이란, 바로 우리를 그의 사장에게 추천하는 유력인사의 짧은 편지를 말하는 것이었다. 처음에 우리는 스위스에서 그의 폐를 치료해 주었던 한 상원의원이 써준 짤막한 세 줄짜리 추천사를 그에게 전달했지만, 별다른 영향력을 발휘하지 못한 모양이었다. 일주일도 채 안되어 이 명함은 마치 질 낮은 샴페인처럼 김이 빠져버렸고, 편집국장의 열정도 완전한 건망증으로 바뀌었다. 내가 쓴 글을 가지러 간 날 나는, 사장은 물론 부사장조차 만날 수가 없었다. 낮잠 시간이어서 다들 늘어지게 퍼 자고 있었던 것이다. 결국 나는 푸른색 작업복 차림의 노인을 우연히 만났는데, 그는 한 시간이나 걸린 끝에 내 원고를 찾아 내밀며 이렇게 덧붙였다.

"자, 여기 있소. 별거 아니네 뭐. 어쨌든 당신네 나라 식자공들한테 이란 식자공들이 안부 전한다고 전해 주시오."

이렇게 해서 끝이 났다.

하지만 갈렙은 이런 실패에도 아랑곳하지 않고 계속해서 우리에게 조력과 명함, 실현 가능성 없는 전망을 약속하고 자신의 권한 밖인 인터뷰와 후원을 제안했다. 그것은 순전히 우리를 격려하고 우리에게 용기를 불어넣어주려는 순수한 친절에서 비롯되었다. 반드시 약속을 지켜야만 한다면 약속하는 즐거움을 어떻게 느낄 수 있겠는가? 우리를 환상으로 매혹시키는 것이 우리를 돕기 위한 그만의 방법이었다(환상은 우리들 중에서 가장 회의적인 사람들에게까지도 유용하다). 그리고 그는 우리를 도와주었다. 우리는 강연이나 전시회를 열기 위해 갈렙이 알고 있다고 경솔하게 우쭐대는 인물들을 여러 차례 찾아갔다. 갈렙은 실제로는 그들을 몰랐지만, 가짜 열쇠로도 문을 열 수는 있는 법. 당황스러워하는 건 잠깐이고, 대화는 대부분 우리가 유리한 쪽으로 흘러갔다. 일이 이런 식으로 진행되었다고 얘기해 주면 갈렙은 얼굴이 창백해졌다.

"총장이 당신들을 받아들였단 말입니까? 내가 찾아가보라고 해서 갔는데 말이오? 난 혹시나 해서 그냥 한번 해본 얘기였는데…… 그런데 그게 통했단 말입니까? 이럴 수가! 우리들 사이니까 하는 말인데, 난 2년 전부터 그분을 꼭 한 번 만나보려고 무진 애를 썼다오. 나를 위해서 그분한테 한 마디 해줄 수 있겠소?"

이번에는 그가 믿으려고 하지 않았다. 우리는 그에게 진심으로 고마워했다. 갈렙은 정말 좋은 사람이었다.

테헤란 사람들의 말을 믿는다면 테헤란은 아름다운 도시가 아니다. 현대화 과정에서 시장의 매혹적인 공간 여러 곳이 허물어졌고, 거리는 일직선으로 구획되면서 신비로움을 잃었으며, 옛날에 세워진 성문들도 카자르 시대(1787년에서 1925년까지 페르시아를 지배한 왕조 - 글쓴이 주)의 **벽화**(이 벽화에서는 고비노 백작이 화분에 심긴 오렌지나무를 배경으로 해서, 깃털 달린 터번을 쓴 사람들 속에서 줄무늬 모자를 쓰고 있는 것을 알아볼 수 있다)로 **장식된 오래된**

식당들과 더불어 철거되었다. 옛 정취를 느끼려면 동방박사들이 출발한 남쪽 교외의 레이 거리까지 내려가야 한다. 사람들은 미안해하면서 너무 건조한 날씨와 소용돌이치는 먼지, 도둑들의 민첩함, 그리고 이곳 주민들을 음울하고 신경질적으로 만드는 자류磁流에 대해 말한다. 그러면서 덧붙인다.

"기다려봐요. 이스파한이나 시라즈를 보게 되면 달라질 거예요……."

어쩌면 그럴지도 모른다.

하지만 이곳에는 꿈속에서가 아니면 볼 수 없을 만큼 거대한 포플러나무들이 있어서, 한 그루 한 그루가 당신이 일생을 행복하게 보낼 수 있을 만한 작은 카페 여러 곳에 그늘을 드리우고 있다. 그리고 특히 이 도시에는 푸른색이 있다. 푸른색을 발견하기 위해서는 이곳까지 와야만 한다. 이미 발칸 반도에서부터 눈은 이 색을 받아들일 준비가 되어있었다. 그리스에서는 푸른색이 주조를 이룰 뿐만 아니라 압도적인 영향을 미친다. 그것은 공격적인 푸른색으로서, 바다만큼이나 활동적이지만 또한 긍정적인 사고방식과 모험적인 계획, 일종의 비타협성을 장려한다. 반면에 이곳에서는 어떤가! 가게 문과 말고삐, 값싼 보석 등 어디를 가나 도저히 모방할 수 없는 이 페르시아의 푸른색은 마음을 고양시키고, 가라앉지 않도록 이란을 받쳐주고, 위대한 화가의 팔레트가 환해지듯 시간이 흐를수록 밝아지면서 고색古色을 떤다. 청금색靑金色으로 된 아카드 동상들의 눈, 파르티아 궁궐의 선명한 청색, 더 밝은 셀주크 도자기의 유약, 세파비드 이슬람 사원의 푸른색, 그리고 이제 모래의 황갈색과 나뭇잎의 먼지 자욱한 연한 녹색, 눈, 어둠과 더불어 편안히 노래하고 날아오르는 그 푸른색……

다리 사이에서 닭들이 모이를 쪼고 호기심 많은 사람들 쉰 명이 식탁으로 몰려드는 싸구려 식당에서 글을 쓰니 몸도 마음도 편안하지가 않다. 그림을 전시했지만(갖가지 우여곡절 끝에) 단 한 점도 팔리지 않으니 역시 몸과 마음이 불편하기만 했다. 어깨에 내리쬐는 뜨거운 태양 아래에서 실패에 실패를 거듭하며 이리저리 도시를 돌아다니는 것도 이제 진력이 난다. 하지만 용기가 부족할 때는 언제라도 민속박물관으로 푸른색의 카샨(테헤란 남쪽에 있는 도시로서 양탄자와 도자기로 유명한데, 특히 14세기의 작품들이 널리 알려져 있다 - 글쓴이 주) 도자기를 보러 갈 수 있다. 이곳에서 만들어진 접시와 사발, 물병은 고요와 평온 그 자체다. 오후의 햇빛이 아주 천천히 흔들리다가 곧 관람객의 마음속으로 파고든다.

신문은 믿을 수가 없었으므로 이란-프랑스협회야말로 우리의 계획을 후원해 주는 데 딱 적합할 것으로 보였다. 우리는 면도를 하고 넥타이를 매고 겨울 양복을 입고 땀을 뻘뻘 흘리며 이번에는 무슨 일이 있어도 뭔가를 얻어내리라 굳게 결심하고 그곳으로 갔다. 이리저리 둘러대던 비서는 결국 마치 우리가 거기에 들어가면 잡혀먹기라도 할 것처럼 숨을 죽이고 우리를 회장 사무실 안으로 들여보내주었다. 회장은 건장한 체격에 혈색 좋은 인물로, 문화 정보를 찾는 프랑스인 관광객인 듯한 사람과 전화통화를 하며 짜증을 내고 있었다. 우리를 재빨리 훑어본 그는 우리가 무슨 부탁을 하러 온 사람이라고 판단하고 우리를 단번에 실망시키기로 결심한 듯, 느닷없이 전화기에 대고 고래고래 소리를 내지르기 시작했다. 협회를 무슨 정보를 제공하는 곳쯤으로 생각하는 건 잘못이라는 것, 여기서는 그런 일말고도 할 일이 많다는 것, 페르시아 여행은 미리미리 준비해야 한다는 것…… 이란 사람들한테 물어보면 간단하다는 것. 이같은 돌변의 원인이 무엇인지 알 도리가 없을 상대방 여성은 어안이 벙벙해서, 그가 행여 쓸데없는 소리라도 하면 가만두지 않겠다는 듯 단호하게 화난 어조로 몰인정하게 쏟아붓는 말을 듣고만 있었다. 수화기를 쾅 소리가 나게 내려놓은 그는 얼굴에 경련을 일으키며 우리 쪽으로 돌아서더니 투덜거렸다.

"이건 말도 안돼…… 미친 여자 아냐? 어이가 없어서, 원……."

이렇게 해서 자기가 얼마나 성깔 있는 사람인지 간접적으로 보여준 그는 우리에게 앉을 자리를 가리키더니 목소리를 착

깔아가며 다시 부드러워진 어조로 물었다.

"자, 무슨 일이신가요?"

그의 검은색 상의 한가운데서 장미꽃 장식이 꼭 짓무른 작은 눈처럼 반짝거리고 있었다. 요컨대 그는 노련한 외교관이었다. 그같은 술책을 부린 덕분에 그는 우위를 확보했다. 잠시 동안 우리는 더듬거리며 도와달라는 부탁을 되풀이했고, 그 부탁은 점점 더 조촐해져갔다. 그는 정중하면서도 단호하게 우리의 부탁을 거절했지만, 우리가 새로운 제안을 계속 내놓았기 때문에(우리는 칠판 닦는 일이라도 할 수 있었다) 점점 더 구차해지는 핑곗거리를 내놓아야만 했다. 그래도 우리는 포기하지 않았다. 그역시 지지 않고 계속해서 상냥하게 거절했다. 엄청나게 더웠다. 뱃속은 비어있었고, 실망감 때문에 숨이 막힐 것만 같았다. 이우스꽝스런 상황이 더 꼬이기 전에 해결책을 찾아야만 했다. 신경이 날카로워질 대로 날카로워졌다. 그가 전시회장의 전구가 몇 개 깨졌다는 이유로 반대하자 티에리가 느닷없이 웃음을 터뜨렸고, 나는 꼭 거대한 파도에 휩쓸리는 듯한 두려움에 빠졌다. 자, 이제 회장이 몹시 당황스러워 했기 때문에 우리는 우리가 두 눈에 눈물이 그렁그렁해서 웃는 게 그 때문이 아니라는 사실을 손짓 발짓으로 이해시키려고 애썼다. 다행스럽게도, 잔뜩 거만을 떠는 이 인물에게는 재치가 있었다. 그는 재빨리 선택해야만 했다. 비록 이 작은 소동에서 주도권을 잡지는 못했지만 그래도 최소한 방향을 이끌어가기는 해야 했던 것이다. 그것도 지체 없이. 그리하여 그는 우리들보다 더 큰 소리로 웃기 시작했는데, 처음에는 수위를 잘 조절해가면서 신중하게 웃다가, 그 다음에는 진짜로 웃었다. 놀란 비서가 문을 살그머니 열자 그는 잔을 세 개 가져오라고 손짓했고, 우리가 숨을 돌렸을 때는 모든 것이 달라졌다. 한 줄기 햇살이 양탄자를 환히 비추었다. 티에리는 이곳에서 2주일간 전시회를 열기로 했다. 나는 전시회 개막식 때 강연을 하게 될 것이다. 그리고 원한다면 다른 곳에서 강연을 할수도 있을 것이다. 이 모든 것이 이제는 너무나도 당연하게 느껴졌다. 내가 쓴 글을 읽어도 될까?

"저는 그냥……."

그러자 회장이 내 말을 자르더니 쾌활한 말투로 말했다.

"당신 말이 옳아요. 난 메모된 걸 보며 해야 더 잘할 수 있어요."

그는 완전히 자신감을 되찾았다.

개막식은 무사히 잘 진행되었다. 조명도 훌륭했고 그림 진열도 그럴듯했다.

"프랑스 화파로군 그래."

회장이 우리 아버지라도 되는 듯 한편으로는 다정하고 또 한편으로는 걱정스러운 표정으로 이렇게 말했다. 어쨌든 우리를 발굴한 사람은 그가 아니었던가.

"샤하나스 왕비께서 오실 거요, 여러분. 그분이 도착할 때까지 기다렸다가 '전하, 예하, 신사숙녀 여러분'이라고 말하면 될 겁니다."

5분이 지나자 왕비가 오지 않을 거라는 소문이 떠돌았다. 어쨌든 좀 더 있다가 오리라는 것이었다. 그에 따라 지시사항도 바뀌었다.

회장은 내게 말했다.

"내가 당신을 소개할 테니 듣고 있다가 내가 하는 대로 따라하기만 하면 돼요."

그는 나와 함께 무대로 올라가더니 우리 같은 상황에 놓인 여행자들이 일반적으로 저지르고 싶어하는, 하지만 우리는 아직까지 저지르지 않은 속임수에 관해 몇 분에 걸쳐 자세하게 설명했다. 곧 우리의 신중한 행동은 그가 그날 우리에게 베풀어준 '예외적인' 환대로 보상받은 셈이었다. 내가 보기에 그의 연설은 우리가 그림을 그리거나 글을 쓰는 동기와는 한참 멀게 느껴졌으나, 이란-프랑스협회와 이곳의 훌륭한 도서관이 없었다면 내가 여기서 아무것도 할 수 없었으리라는 건 자명한 사실이었다. 선물받은 말의 입 속까지 들여다볼 수는 없는 노릇이다.

나는 차라리 청중들을 바라보았다. 뒤쪽에는 학생들과 갈렙이 데려온 기자 몇 명, 두건(멋지다!)을 쓴 수녀들(이들은 두 줄을 차지했다), 아나톨 프랑스를 무척 좋아하는 상원의원 두 명, 대포 소리보다는 타르(이란 기타의 일종 - 글쓴이 주) 소리를 더 잘 들을 것 같은 퇴역장군들이 앉았다. 앞쪽에는 사교계 여성들(반지를 낀 손, 가느다란 발목)이 한데 모여 광채를 내고 있었으며, 겉으로 보기에는 정중한 쾌락주의자들처럼 보이지만 사실은 불안해하고 극도로 민감한 매력적인 얼굴들도 여기저기 눈에 띄었다. 타브리즈에서는 이렇게까지 운이 좋지 않았다.

결국 왕비는 나타나지 않았다. 하지만 여성 청중 중 한 명의 무릎을 빠져나온 폭스테리어 한 마리가 끝날 때까지 연단의 내 책상에 몸을 기대고 있었다. 시모로그라는 새(자신의 주검을 태운 재에서 다시 태어난다는)가 내 어깨에 앉아있었다 한들 그렇게 엄청난 효과는 발휘하지 못했으리라. 티에리는 작품을 여러 점 팔았다. 대학에서는 유료 강연을 해줄 것을 내게 부탁했다. 그리고 바로 그날 밤, 새로 사귄 친구들이 도시 북부에 있는 한 건물의 지붕 밑 원룸을 우리에게 제공했다. 집은 뽕나무 정원에 둘러싸여있었다. 정원에 걸쇠가 없었으므로 건물 관리인은 자신의 침대를 문틀에 비스듬히 걸쳐놓았다. 그는 흰 작업복을 입은 노인이었는데, 우리는 늦게 들어갈 때마다 항상 그를 깨워야 했다. 그러면 그는 우리가 미안하다고 말할 때마다 이렇게 대답하곤 했다.

"당신들의 그림자가 더 커지기를."

나는 우리가 웃음을 터뜨렸기 때문에 상황이 우리에게 유리하게 바뀌었다는 사실을 잊지 않았다. 그 뒤로 나는 항상 일이 잘 안되어갈 때면 혼잣말로 중얼거릴 수 있는 우스꽝스런 문장들을 마음속에 기억해두었다. 예를 들어서 기한이 지난 당신 여권을 들여다보던 세관원이 알아들을 수 없는 말로 당신 운명을 결정하고, 몇 차례 발언을 했지만 잘못 받아들여진 끝에 당신이 겨우 발끝에서 눈을 들었을 때 말이다. 그럴 때 어이없는 말장난을 하거나 여전히 우습게 느껴지는 상황을 떠올리면 당신은 용기를 되찾게 되고(심지어 당신이 서있는 모퉁이에서 큰 소리로 웃을 수도 있다), 그러면 이번에는 제복을 입은 사람이 뭐가 뭔지 어리벙벙해서 당혹스러운 눈길로 당신을 바라보고, 눈썹을 치켜올리고, 자신의 바지 앞쪽을 확인해 보고, 얼굴 표정을 바꿔본다⋯⋯. 그러다가 결국은 당신의 앞길을 가로막고 있던 장애물이 치워진다. 왜 그렇게 되는지는 모르지만.

교토나 아테네처럼 테헤란 역시 박학다식한 도시다. 잘 알려진 것처럼 파리에는 페르시아어를 하는 사람이 아무도 없다. 테헤란에서는 파리에 가볼 기회도 없고, 갈 수 있는 방법도 전혀 없는 수많은 사람들이 프랑스어를 완벽하게 구사한다. 그런데 이것은 정치적 영향이나(인도의 영어처럼) 식민 지배의 결과가 아니다. 그냥 이란 문화가 다른 모든 것에 호기심을 가지기 때문이다. 그리고 페르시아인들은 내용이 가벼운 소설이나 폴 부르제의 종교소설부터 읽지 않는다. 이란-프랑스협회의 도서관에 비치된 프루스트와 베르그송, 라르보의 작품집 여백은 주석으로 뒤덮여있다.

어느 날 아침, 랄레자르 거리에서 어느 향수가게의 문 앞을 지나가는데 큰 소리로 꿈을 꾸는 듯한 둔하고 분명치 않은 목소리가 들려왔다.

······당신은 나 없이 가버리는구나
당신은 떠돌고
나는 한 걸음 내딛기를 여전히 기다리는구나
당신은 다른 곳에서 전투를 치르는구나

나는 발소리를 죽이고 걸었다. 뚱뚱한 남자가 샤넬 향수병들이 반사하는 황금빛 속에서 여닫이 뚜껑이 달린 책상에 몸을 기대고는 미동조차 없이 잡지를 앞에 펼쳐놓고 이 시(앙리 미쇼, 〈밤이 움직이네〉 - 글쓴이 주)를 큰 소리로 읽고 있었다. 그는 너무나도 친밀한 것들을 자신이 받아들이도록 도와주려는 듯 이 시를 읽고 또 읽었다. 땀이 방울방울 맺혔으며 몽골 사람처럼 커다란 그의 얼굴 위로 동의와 즐거움으로 가득 찬 기이한 표정이 퍼져나갔다. 그는 가게 안에 혼자 있었으며 시를 읽는 데 몰두하느라 나의 존재를 알아채지 못했다. 나는 그를 방해하지 않으려고 조심했다. 그렇게까지 감동적으로 시를 읊는 모습은 생전 본 적이 없었다. 시를 다 읽고 난 그는 내가 자기 바로 옆에 서있는 걸 보았지만 놀란 기색도 없었고 내가 뭘 원하는지 묻지도 않았다. 그냥 손을 내밀며 자기소개를 했을 뿐이다. 눈물에 젖은 검은 눈, 바다코끼리의 수염 같은 콧수염, 약간 여리게 느껴지는 기품. 그의 이름은 소흐랍이었다.

지적인 사람은 마치 거울처럼 그의 얼굴이 비쳐내는 나이를 가진다. 실제로는 스물다섯인 소흐랍은 때로는 열여섯 살로, 때로는 마흔 살로 보였다. 어떨 때는 마흔 이상으로 보이기도 했다. 그는 존재가 제공하는 것에 놀라워하기를 이미 그만둔 사람의 말투를 가지고 있었다. 그가 향수가게에서 미쇼의 시만 암송한 건 아니었다. 그는 이미 어렸을 때부터 색다른 일들을 많이 겪었다. 열여섯 살 때 독서에 빠져들었고, 몽유병에 시달렸으며, 어린 나이인데도 그를 받아들인 시인 헤다야트(로트레아몽이나 카프카 계열의 작가로서 소설 〈눈먼 올빼미〉로 알려져 있다 - 글쓴이 주)

폴 부르제(1852~1935) 프랑스의 소설가, 비평가.
마르셀 프루스트(1871~1922)《잃어버린 시간을 찾아서》를 쓴 프랑스의 소설가.
앙리 베르그송(1859~1941) 프랑스의 철학자.
발레리 라르보(1881~1957) 프랑스의 작가, 번역가.《페르미나 마르케스》가 대표작.
사데크 헤다야트(1903~1951) 20세기 이란의 최고 작가로 평가된다.
로트레아몽(1846~1870) 인간과 신에 대해 불신과 저주를 퍼부은 산문시집《말도로르의 노래》를 남긴 프랑스의 시인.
프란츠 카프카(1883~1924)《변신》등을 쓴 독일의 실존주의 작가.

의 측근으로, 대마초를 피웠다. 헤다야트는 파리의 지붕 아래 방에서 가스를 틀어놓고 자살했지만, 아직까지도 그의 그림자는 이란 청년문학에 드리워있다. 그는 마약을 복용했다. 많은 사람들이 뒤따라 마약을 복용했다. 그가 스스로 목숨을 끊자 몇 사람이 그 뒤를 따랐다. 그는 조화弔花와 무상無償, 방종을 좋아했고, 죽음과 어둠의 감정 속에 살았다. 그리고 그의 추종자들은 이 모든 것을 따라했다. 경찰이 지배했던 전후의 테헤란에서 거의 은밀하게 이루어진 보헤미안 생활은 5년 동안 계속되었다. 아방가르드 활동의 시도와 화랑, 2호까지만 내고 폐간된 초현실주의 잡지……. 소흐랍은 현실로부터 조금씩 멀어졌다. 확실하게 현실을 초월했다고 생각했지만, 그 현실은 엄청난 무게의 벽돌처럼 그를 덮쳤다. 친구들은 이리저리 흩어졌고, 화랑은 망했다. 그림을 살 만한 사람을 끌어들이기 위해서는 춤을 곁들인 티파티를 열고 예쁜 여자들을 불러와야 했다. 그러다가 예쁜 여자들은 돈을 못 받자 사라져버렸다. 어떻게 해서 그렇게 되었는지는 모르지만, 남은 것은 여전히 그에게 빌붙어 살다가 몇 달 동안 설득한 끝에 겨우 떨어져나간 늙은 여자들뿐이었다. 그렇게 해서 그는 겨우 스물한 살의 나이에 혼자 남겨졌고, 신경이 과민해지고 쇠약해졌다.

그후 그는 마란드 고등학교에서 일년간 교사 생활을 했다. 아제르바이잔 포플러나무들이 늘어선 이 학교에서 어리고 머리

털이 곱슬곱슬한 시골뜨기들(이 둔하고 절망적인 소년들은 자기들이 생각이라는 걸 할 수 있다는 생각을 아예 하지 못했다)로 구성된 학급을 맡았던 것이다. 무감각 상태에 있는 학생들을 격려하고 닦달하다가 결국 각성의 초기 단계에 도달하는 듯했던 그는 결핵에 걸리는 바람에 학교를 그만두어야만 했다. 그러나 그는 병을 앓는 틈을 이용해서 기술자 자격증을 따냈고, 아바단에 있는 영국 정유회사에 들어갔다.

"좋은 시절이었지요. 쿠웨이트가 아주 가까이 있었으니까요. 여권도 필요없었어요. 밀수가 만연했고, 우리는 배를 타고 그곳으로 가서 이것저것 가져왔습니다. 코카인을 채워넣은 라이카 카메라 같은 거 말이에요(그의 목소리가 약간 높아졌다). 그 정도야 용서할 만한 죄지요. 그런데 내가 노동조합을 만들려고 하자 그들은 나를 쫓아냈어요. 당신도 그때 내 옆에 있었으면 좋았을 텐데 말예요. 정말 감명 깊은 연설을 했거든요."

감수성이 예민한 인물로서 조국의 비참한 현실에 분노한 그는 투데당黨(공산주의 경향의 대중 정당으로서 그 당시 활동이 금지당했다 – 글쓴이 주)에 들어가서 이란의 청년들 사이에 널리 퍼져 있던 실험적 마르크스주의를 받아들였다. 많은 사람들이 마르크스주의에 충실했지만 그들이 무조건적으로 맹신한 건 아니었다. 페르시아인들은 러시아인들이 미국인들보다 더 교활하다고 생각했지만, 그들에 대해서 열의 없는 공감만을 느꼈을 뿐이다(구호와 대문자, 평보 행진, 당 노선은 결코 그들의 강점이 아니었다).
절대적인 것에 대한 어느 정도의 향수가 있었으므로, 《오고네크》('작은 불꽃'이라는 뜻. 삽화가 실린 소련 주간지 - 글쓴이 주)의 특집란인 〈집단농장에서의 일요일〉도 항상 억압되지만 늘 현존하는 이 향수를 만족시킬 수는 없었다. 강령으로 말하자면, 정말로 그걸 알고 있는 사람들 대부분은 그것이 개략적이고 지나치게 단순해서 섬세함(세계가 항상 너무나 빨리 잃어버리는, 그러나 이란이 거기 크게 기여한)을 지키는 데는 그다지 적합하지 않다고 생각했다. 그러나 자기 잇속만 차리는 냉혹한 보수주의를 더 이상 원하지 않을 때, 보수주의를 지지하는 서방에 대해 더 이상 아무것도 원하지 않을 때, 젊고 혼자일 때, 중도파 정당이 없을 때, 자유주의자들이 두려움으로 인해 침묵할 때, 사람들은 조금도 주저하지 않고 단번에 선택한다. 어쨌든 얼마 동안은 그렇다. 모사데크가 내쫓기자 소흐랍은 모든 걸 포기했다. 지금 그는 화장품가게를 운영하면서 실제로는 한 번도 나가본 적이 없는 정부기관의 전문가로 일하고 있다. 그는 최근에 마약을 끊었고, 그 때문에 몹시 힘들어하고 있었다.

"전 지금 이 상황을 헤쳐 나가려 애쓰고 있습니다. 정상으로 돌아가려는 거죠. 사람들은 절 떠밀고 격려해줍니다. 여자가한 명 있어요. 그녀를 사랑합니다⋯⋯. 어리석은 행위를 저지르는 시기지요⋯⋯."

하지만 그가 이 말을 너무나 무기력하고 초연하게 했기 때문에, 나는 그가 최소한 천년은 더 된 일을 앵무새처럼 되뇌고 있다는 느낌을 받았다. 우리는 오래된 심란 거리에 있는 카페의 거대한 트럭들 사이에 자리잡았다. 우리를 밝혀주는 방풍등防風燈이 부드러운 쉿 소리를 냈다. 하늘에는 별이 총총했다. 소흐랍은 섬세한 목소리로 천천히 말했다. 굵은 땀을 흘리고 있어서, 땀방울이 모근에 맺혔다가 눈 위로 흘러내렸다. 그래서 우리를 거의 볼 수가 없었으리라. 감청색 정장을 입은 스물두 살의 그는 백색의 아세틸렌 불빛 속에서 자신 속의 괴물들과 두려움에 맞서, 파선破船에 맞서 혼자 싸우고 있었다.

이곳에는 거지가 거의 없지만, 큰길 사거리마다에는 누더기를 걸친 젊은이들이 드주(도로 양쪽에 파여진 깊은 도랑으로, 이곳을 흐르는 물은 온갖 용도로 다 쓰인다 - 글쓴이 주) 가장자리에 앉아서 이런저런 얘기도 나누고, 꽃을 잘근잘근 씹기도 하고, 카드놀이를 하기도 한다. 그들은 신호등에 빨간불이 들어오기를 기다리고 있다. 불이 들어오거나 차가 밀려서 교통이 정체되면 그들은 바로 자동차가 서있는 곳으로 달려가서 헝겊조각으로 유리창을 닦는다(침을 뱉어서 닦을 때도 있다). 그러면 운전자들은 그들에게 몇 푼씩 쥐어준다. 그들에게 적대적이지만은 않은 경찰관들은 그들이 다 끝낼 때까지 시간을 준다. 다른 사람들은 자기 집으로 가는 당신에게 길을 가르쳐주고, 짐을 들어다주고, 잔디밭에 물을 주겠다고 자원한다. 매일 아침 소년들과 실업자들, 노인들이 뒤섞인 일행이 이렇게 적선과 자질구레한 일거리를 찾아 시장에서부터 부자동네를 향해 올라간다. 또한 이따금씩은 경찰이 한 사람에 1토만씩 주고 유동적이지만 언제 어느 때라도 징집해서 이용할 수 있는 군중들을 매수해서, '이란 국민'의 대표자로 만들어 소련 대사관 앞에서 시위를 하라고 시키거나, 아니면 당국이 불만을 가지고 있는 어떤 인물의 호화별장에 돌을 던지도록 시킨다. 일이 끝났는데도 소요가 계속되면(그들은 돈을 줄 것을 요구한다) 소화전으로 물을 뿌려 해산시킨다. 그러면 그 다음날, 바로 이 '국민들'이 대학생들에게 둘러싸여 다시 어제의 대사관으로 가서 앞 층계에 꽃다발을 올려놓는 것으로 불만을 표출할 가능성이 높다. 그러면 같은 경찰이 부랴부랴 나타나서 주동자들(특히 대학생들)을 체포하고, 머리를 박박 깎은 다음 군대에 보내거나, 아니면 남쪽으로 보내어 돌을 깨라고 시킨다. 그것은 서글픈 회전목마지만, 실업자 수를 쉰 명이나 줄일 수 있는 탁월한 방법이기도 하다.

　　그렇지만 이 방법으로는 충분하지가 않다. 자동차를 세웠다 하면 강도나 다름없는 인간들이 우 몰려와서 2분의 1토만만 주면 차를 '지켜주겠다'고 제안한다. 이때는 제안을 받아들이는 게 좋다. 안 그랬다가는 실망한 당신의 감시인이 당신이 없을 때

바퀴를 펑크 내거나, 아니면 스페어타이어를 들고 시장 쪽으로 모습을 감출지도 모르기 때문이다(그러면 당신은 시장에 가서 그것을 다시 사야만 한다). 요컨대 그들은 그들 자신으로부터 당신을 보호해 주겠다고 제안하는 것이다. 처음에 우리는 거절했다. 형편이 빠듯해서 단 1토만도 아쉬웠던 것이다. 그리고 우리는 우리 자동차가 똥차라고 생각했다. 그러던 어느 날 우리는 우리 차가 인도 한가운데 서있는 걸 발견했다. 틀림없이 여섯 명이 덤벼들어 구경꾼들의 도움을 받아 낄낄대고 웃으며 길가의 도랑 너머로 옮겨다놓았을 것이다. 그 사고가 일어날 때까지만 해도 도둑들은 우리 차를 건드리지 않았다. 틀림없이 우리가 왼쪽 차문에 써놓은 하페즈의 4행시 때문에 그랬을 것이다.

비록 그대가 밤을 보낼 곳이 불확실하고
그대의 목적지가 아직 멀지라도
종착점이 없는 길은 없다는 걸 알고
슬퍼하지 말라

몇 달 동안 이 시는 외국인을 좋아할 이유가 별로 없는 이 나라의 모퉁이에서 우리에게 모든 걸 해결해 주는 주문과 안전장치로 쓰였다. 이란에서 500년 이상 된 신비로운 시는 엄청난 영향력을 발휘하며 큰 인기를 누린다. 길 양쪽에 서로 마주보고 있는 가게의 주인들은 자기 가게 앞에 쭈그리고 앉아서 안경을 쓰고 서로에게 시를 읽어준다. 완고한 손님들로 꽉 들어찬 시장의 싸구려 식당에서는 누더기를 걸친 손님이 친구가 귀에 대고 읊어주는 시를 들으며 만족스러운 나머지, 두 눈을 감고 환한 미소를 짓는 모습을 이따금 볼 수 있다. 깊은 산골에 사는 사람도 오마르 하이얌과 사디, 혹은 하페즈의 가잘(18행까지)을 여러 편 외우고 있다. 프랑스에서 라 빌레트의 인부나 푸줏간 주인이 모리스 세브나 네르발의 시에 빠져들듯.

학생들과 예술가, 우리와 동갑내기들 가운데에는 이같은 취향이 흔히 명정酩酊의 경지에 이른 사람이 있다. 그들은 세계를 환히 밝히면서 동시에 그 세계를 파괴하고, 선과 악이 종국에는 서로 일치한다고 조심스럽게 가정하고, 시를 읊는 사람(깨문 손톱, 보드카 잔을 꽉 쥔 가느다란 손)에게 너무도 빈약한 만족감을 제공하는 이런 현혹적인 시연詩聯을 수백 개씩 알고 있다. 그들은, 서로 교대해가며 몇 시간씩 류트의 저음을 내는 현처럼 '감정의 일치'에 몸을 떨다가, 한 사람이 동작을 멈춘 뒤 자기는 스스로 목숨을 끊을 생각이라고 말하고, 또 한 사람은 마실 걸 주문하거나 우리들에게 시를 번역해 준다.

페르시아어는 놀랄 만큼 음악적이며, 비교秘敎적인 수피즘을 자양분으로 삼은 페르시아 시는 전세계에서 최고의 세련미를 보여준다. 그러나 지나치게 섭취하면 위험하다. 결국은 삶을 고양시키는 대신 삶을 대신하고, 어떤 사람에게는 신선한 피를 많이 필요로 하는 현실로부터 도피처를 제공하는 것이다. 많은 페르시아 청년들이 오마르 하이얌의 전례를 따라 "이 세상의 비참한 설계도를 몰래 찢어버린" 다음 거기 그냥 머물러있다.

이맘은 손을 음식 속에 집어넣으면서 동시에 단어 하나하나를 끊어서 또렷하게 말했다.

"아뇨, 남쪽으로 이어진 도로는 위험합니다. 차라리 마슈하드로 가는 길을 이용하세요. 그 성스러운 도시를 봐야만 해요. 그리고 난 누구에게나 소개장을 써줄 수 있어요."

이맘 드주메는 이 도시에서 가장 권위가 높은 종교지도자였다. 그는 궁정의 설교자이며, 이란 왕은 그를 지명하여 자신의 성권聖權을 위임하였다. 그는 뮐러도 아니었지만, 유럽의 대학에서 학위를 받았으며 코란법의 전문가이자 몇 세대 전부터 왕가를 지지해온 유력한 가문의 우두머리였다. 사람들 말에 따르면 그는 영국인들과도 친분이 두텁다고 했다. 때문에 여러 종파의

오마르 하이얌(1048~1131) 페르시아의 시인이자 수학자, 천문학자, 철학자.
무샤리프 사디(1184~1291) 중세 페르시아의 신비주의 서정시인.
가잘 47쪽 '하페즈' 설명 참고.
라 빌레트 파리 제19지구. 파리에서 가장 큰 소 도축장과 가축시장이 있던 곳이다. 1987년 공원이 조성되어 예술, 건축, 과학 시설이 밀집된 복합문화예술 단지로 탈바꿈했다.
모리스 세브(1501~1564) 프랑스의 시인.
제라르 드 네르발(1808~1855) 프랑스의 시인, 번역가.

광신자들이 여러 차례 이 정치적인 고위성직자를 살해하려고 시도했다. 그가 많은 사람들 앞에 모습을 나타내도 폭탄 테러를 당하지 않을 거라고 자신 있게 말할 수 있는 사람은 아무도 없었다. 그러나 그는 매우 용감했고, 여자들에게 존경받았으며, 눈부시게 아름다운 아내에게도 세심하게 신경을 썼다. 그는 식탁 끝에서, 존경에 찬 침묵에 둘러싸여 식사를 했다.

> 당의糖衣를 입힌 멜론 조림
> 잼을 넣고 익힌 쌀
> 박하를 넣고 삶은 닭고기
> 오이와 포도를 넣고 응고시킨 우유

그리고 그는 오고, 가고, 고개를 숙여 절을 하고, 한입 먹고, 사라지고, 다시 절을 하고, 다시 돌아오는 열대여섯 명가량의 조카들과 처남들, 이모들이나 사촌들 위에 군림했다. 그는 흰색 터번을 썼고, 통통한 얼굴에는 목걸이 모양으로 턱수염이 났으며, 대화를 나누는 상대방에게서 절대 눈을 떼지 않는 상냥한 몽테뉴와도 같았다. 우리가 어디어디를 통해 가겠다고 말하자 그는 몹시 근심스러운 표정을 지었다. 이곳에서는 도로 두 곳을 통해 아프가니스탄으로 건너갈 수 있었다. 북쪽으로 이어진 도로는 샤루드에 이어 마슈하드를 거치며, 버스가 정기적으로 운행되었다. 남쪽 도로(우리 마음을 끌었던)는 그보다 훨씬 길고, 이스파한과 야즈드, 케르만을 지나가며, 다슈트-에-루트(대大모래사막)에 이어 발루치스탄 사막을 죽 따라가며 통과한 다음 파키스탄의 퀘타에 도달한다. 우리는 사람들이 이 길로는 잘 안 다닌다는 사실을 알고 있었다. 그런데 이 길이 위험하다고!?

"유목민들 때문에 그런 겁니까?"

"아니, 아닙니다……. 아무도 없어요! 권태와 태양, 뜨거운 태양 때문에 그러는 거지요."

하지만 우리는 이 도로에 관해 너무나 많은 얘기를 들었다. 그리고 그를 보며 테헤란을 한 번도 떠나보지 못한 사람이 여기 또 한 명 있네, 라고 생각했다.

그가 차분하게 말을 계속했다.

"당신들은 태양이 어떤 건지 전혀 모릅니다. 작년에도 오스트리아 사람 두 명이 이맘때쯤 바로 그 길을 이용하려 했지요. 그들은 국경에 도착하기도 전에 죽었습니다."

이렇게 말하고 난 그는 입을 정성스레 헹구고 나더니 수염을 닦은 다음 자기가 기도를 하는 동안 정원을 구경하라고 말했다.

높은 담으로 둘러싸인 정원에는 장미를 심어놓았고, 한가운데에는 장방형의 못이 있었다. 자줏빛 장미, 흰색 장미, 차빛깔의 장미, 사프란색 장미, 과일나무 담, 작은 수풀, 햇빛에 푹 잠

긴 작은 아치 모양의 장미꽃들. 거의 검은색에 가까운 색깔의 꽃
을 피우고 얇은 천으로 둘린 나무들이 향기를 멀리까지 퍼뜨렸
다. 하인 두 명이 모래로 덮인 작은 길을 맨발로 왔다 갔다 하며
물을 뿌렸다. 그것은 부드러운 색깔들의 천국이었다. 물은 잔잔
했고, 정원사들은 침묵 속에서 이리저리 돌아다니며 꽃들을 정
확하게 배열하였다. 그러나 그것은 양을 따질 수 없는 추상적인
정원이었다. 진짜 정원이라기보다는 정원의 반영反影이랄까. 유
럽 정원은 호화롭고 무성하며 자연을 최대한 많이 점령한다. 이
란의 정원들은 그처럼 숨이 막힐 정도의 풍성함을 요구하지 않
는다. 그저 그늘과 정적에 의지할 뿐이다. 땅과 연약한 꽃 사이
에 있는 줄기의 윤곽은 잘 보이지 않는다. 정원은 떠있는 듯 보
인다. 정원은 물의 기적과 가벼운 부유浮遊를 요구받는 것이다.

　　전시회가 끝나자 티에리는 며칠 동안 길란 지방으로 그림
을 그리러 갔다. 나는 마지막으로 한 번 더 강연을 해서 우리 예
산을 보충하려고 테헤란에 남았다. 대학과 이란-프랑스협회가
이미 문을 닫았으므로 나는 성聖나자로 수도사들로부터 생 루
이 중학교 안에 있는 홀을 빌렸다. 강연 제목이 성직자들과는 별
로 상관이 없는 '믿을 수 없는 자 스탕달'이었지만 그들은 상관
하지 않았다. 그들은 일을 하라며 분필과 방학의 냄새를 풍기는
교실을 내게 내주는가 하면 찬 맥주와 시가를 가져다주기까지

했다.

스탕달은 성클라라 수녀회 수녀들이 테헤란의 양갓집 규수들을 교육시키는 잔 다르크 여학교에서는 그다지 환영받지 못했다.

교장 수녀는 내게 이렇게 말했다.

"몽테뉴나 툴레는 그래도 괜찮지만…… 스탕달은 안돼요! 어떻게 성직에 반대했던 그런 자코뱅파를! 왜 파스칼은 얘기하지 않는 거죠? 당신은 우울해 보이니까 파스칼을 강연하면 딱 어울릴 거예요. 그러면 내가 청중들을 불러 모아 강연장을 가득 메우도록 해주겠어요."

우리는 커다란 은십자가 아래 자리를 잡고 앉아서 키안티 산 포도주를 마셨다. 그녀는 자기 잔에도 포도주를 가득 따르며 이렇게 덧붙였다.

"물론 우리 수녀원의 수녀들을 강연장에 데려갈 수는 없습니다……. 어쨌든 나는 그 무신앙자의 책을 읽어본 적이 없어요.

스탕달(1783~1842) 스탕달은 필명이고 본명은 마리-앙리 베일. '아르리고 베일Arrigo Beyle'은 이탈리아식 표기. 프랑스 사실주의 작가로 특권계급과 전제군주를 비판하는 작품이 많다. 또한 이탈리아를 좋아하여 묘비명을 이렇게 썼다. "밀라노의 시민 베일 썼노라, 사랑했노라, 살았노라."
미셸 드 몽테뉴(1533~1592) 프랑스 철학자, 사상가. 《수상록》을 썼다. 신보다는 인간 본연의 마음에 의지할 것을 주장했다.
폴 장 툴레(1867~1920) 프랑스의 시인, 소설가.
볼레즈 파스칼(1623~1662) 프랑스의 수학자이자 과학자, 철학자. 《팡세》를 통해 인간의 문제는 초월적인 신에게서 찾을 수 있다고 했다. 프랑스 정통 가톨릭인 예수회와 신비주의 경향이 있는 종파인 포르 루아얄과의 신학논쟁에서 포르 루아얄 편을 들었다.

위험한 인물이니까요."

그녀는 기개와 재기를 갖춘 여성으로서, 탁월한 능력을 발휘하여 학교를 이끌어나갔으며 신랄하게 느껴지는 태도 속에는 몹시 매혹적인 멜랑콜리 같은 것이 감추어져 있었다. 우리는 서로 마음이 잘 맞았다. 그녀는 세르비아 출신이었고 나는 세르비아를 좋아했기 때문이다. 그녀는 자신의 출생에 깊은 애착을 가지고 있었으며, 위험시되어 블랙리스트에 오른 작가들보다는 유고슬라비아의 혁명가들에게 더 관대했다. 내가 베오그라드의 음악 이야기를 하자 그녀는 잠시 어디론가 갔다가 음반 한 장을 들고 다시 나타났다.

"이걸 빌려드릴게요. 정말 좋아요. 하지만 조심해서 다루셔야 해요. 제겐 아주 소중한 거니까요."

그녀는 커다란 붉은색 별 하나가 압인으로 찍혀 있는 〈빨치산들의 노래〉를 내밀었다.

호기심이 발동하여, 교황대리공사관에 가서 블랙리스트를 열람해 본 나는 스탕달의 작품은 《일기》하나만 포함된 반면 파스칼은 거의 모든 작품이 들어가있다는 사실을 알게 되었다. 마침 이탈리아 아풀리아 지방 출신의 교황대리공사가 있기에 그에게 이 불가사의한 일의 이유를 물었다. 그는 이렇게 대답했다.

"스탕달은 별로 위험하지 않습니다. 그리고 '아르리고 베일Arrigo Beyle'로서의 그는 용서받을 만한 이유를 갖고 있지요. 그는 이탈리아를 사랑했으니까요. 반면에 파스칼은 말하자면 교회의 문지기였습니다. 신교도가 그에게 다가간다면 좋은 일입니다. 그는 교회 안에 들어갈 테니까요. 하지만 가톨릭 신자가 그러면 조심해야 합니다. 나가고 싶어서 그러는 거니까요."

이건 트라니 쪽에서 본다면 제법 훌륭한 논리다.

떠나기 전날 밤

플라타너스 나무 꼭대기는 우리가 잠을 자는 테라스에는 닿지도 않았다. 하늘은 검고 무더웠다. 카스피 해에서 날아온 오리 떼가 노를 젓는 듯한 소리를 내며 지나갔다. 나는 가게 주인들이 밤을 보내기 위해 인도 쪽으로 자리를 잡는 것을 헤다야트 거리의 나뭇가지 사이로 관찰했다. 그렇게 하는 게 분위기도 더 우호적이고 시원하기도 더 시원했다. 그들은 인도에 침상을 가져다 놓기도 하고, 심지어는 검은색과 붉은색 담요를 땅바닥에 깔기도 했다. 푸른색 에나멜 찻주전자와 서양주사위놀이 세트, 수연통水煙筒도 가져와서 서로 얼굴이 보이지 않는데도 아랑곳없이 도로 양쪽에서 대화를 나누기 시작했다. 아시아 도시 어디를 가나 그 희미하고 잔잔한 전등빛을 볼 수가 있다. 도시들의 전기회

트라니 트라니대성당이 있는 이탈리아 남동부의 도시.

로는 지나치게 부하가 걸려있지만 눈이 부실 정도로 빛을 내지는 않는다. 어둠을 파괴하지 않으면서 그것에 적응할 수 있을 정도로만 빛을 낸다. 아니면 먼지 자욱한 나뭇잎을 아래쪽에서 비추어 초록색으로 바꿔놓는 카바이드등의 얼음처럼 차가운 빛도 있다.

이 도시는 내 마음을 움직였다. 스탕달을 생각하고 있던 나는 그 틈을 이용하여 그 역시 이 도시를 사랑하게 되기를 바랐다. 그는 이 도시에서 자신의 세계를 다시 발견할 수 있을지도 모른다. 이곳에는 감수성이 예민한 사람들이 많고, 타고난 악당들도 몇 명 있으며, 시장에 가면 그가 즐거운 기분으로 잡담을 나누었던 구두장이들(격언을 입에 달고 사는)을 만날 수 있기 때문이다. 파르마보다 조금 더 부패했으며, 감옥에 가둔 자유주의자들에 대한 두려움 속에서 살고, 피스칼 라씨(스탕달의 작품 《파르마의 수도원》에 등장하는 인물 - 옮긴이 주)가 성가대 소년가수처럼 보일 궁정의 그늘(음모, 질 나쁜 커피, 우울한 술잔치)도 존재한다. 이 민족은 남아돌 만큼 수없이 많은 술책을 가지고 있으며, 씁쓸한 기분으로 이러한 과잉을 언급한다. 그들은 양심의 가책을 받는다기보다는 후회하며, 태평스러울 정도로 부도덕하고, 신의 관대함에 많이 의지한다. 영혼의 본질에 관한 가장 매혹적인 성찰을 소곤소곤 이야기하는 시장 안의 신중한 종교 집단이나 수피파 신봉자들도 잊어서는 안된다. 기본적으로 자신의 영혼에 너무나 깊이 몰두했던 스탕달이라면 당연히 그것에 무관심할 수 없을 것이다.

내게 가장 깊은 인상을 남긴 것은 형편없는 상황에 있는 공무公務가 개인의 미덕에는 거의 영향을 미치지 않는다는 점이었다. 그래서 나는 어느 정도까지는 그런 상태가 개인들의 미덕을 조장하는 것이 아닐까 생각했을 정도였다. 모든 것이 잘못되어 있는 이곳 테헤란에서 우리는, 여행 중인 두 명의 페르시아인들이 모든 게 제대로 이루어지는 나의 도시 파리에서 기대할 수 있는 것보다 더 큰 환대와 호의, 세심한 배려, 도움을 받았다. 우리는 또한 열심히 일해서 최소한 6개월은 지낼 만한 돈을 벌었다. 내일은 시장에 가서 달러를 살 것이다. 올라오느라 너무나 힘들었던 그 랄레자르 거리를 내려가서.

출발

아침 7시

친구들은 여행을 잘 하라는 말을 하려고 도시 저지대의 한 카페에서 우리를 기다리고 있었다. 우리에게 이렇게 친구가 많았던가. 마지막으로 차를 한 잔씩 마시고, 자동차가 움직이기 시작하

파르마 스탕달의 작품에 등장하는 이탈리아의 대표적인 음악도시. 베르디, 파가니니, 토스카니니 등 이탈리아 음악의 거장들의 고향이다.

자, 아…… 아…… 그들은 이렇게 한숨을 내쉬며 안타까운 눈길로 우리들이 멀어져가는 걸 바라보았다. 그렇지만 어쩌면 그들은 우리를 전혀 보고 싶어하지 않을지도 모르며, 우리가 어디어디를 가서 좋겠다며 부러워하지도 않을 것이다. 왜냐하면 테헤란에서 그들은 이스파한사람들은 다 미덥지 못한 친구이며 카샨 사람들은 악당들이라고 단정지어 말했던 것이다. 또 시스탄의 우물물은 짜고 발루치스탄에는 바보멍청이들밖에 안 산다는 것이다. 아니다, 그들에게 이렇게 근거 없는 추측을 하게 만드는 것은 여행의 개념이었다. 그들에게 여행은 놀라움과 시련, 길의 신비한 분위기다. 여행은 동방 사람들에게는 영원히 매혹적이며, 이런 사실은 우리에게 종종 이점으로 작용했다.

이스파한 가는 길

"첫번째 여정은 짧은 여정이다."

　　출발한 날 저녁이면 누구나 집에 뭔가를 놓아두고 왔다는 사실을 깨닫는다는 것을 너무나 잘 아는 페르시아 대상隊商의 짐승 몰이꾼들은 이렇게 말한다. 보통은 첫날에 1파르사르(약 6킬로미터. 이 단위는 크세노폰이 쓴 《아나바시스》에 나오는 '페러생'과 일치한다-글쓴이 주)만 간다. 정신 산만한 사람들이 해가 뜨기 전에 갔다가 다시 돌아와야 하기 때문이다. 내가 보기에 부주의에 관한 이런 식의 통찰이야말로 페르시아를 사랑하지 않을 수 없는 또 하나의 이유가 아닌가 싶다. 나는 인간의 근본적인 불완전함을 통찰하는 데 실패한 제도가 이 나라에 단지 하나만 존재한다고 생각하지는 않는다.

테헤란에서 쿰[33]까지의 도로에는 아스팔트가 깔려 있기는 했지만 여기저기 움푹움푹 패여 있었다. 쿰을 지나서부터는 땅이 단단히 다져지긴 했으나, 그래도 울퉁불퉁해서 시속 25킬로미터 아래로 운행해야 했다. 이따금씩 겨자색의 독거미들이 도로를 지그재그로 지나갔고, 아니면 열심히 제 일을 하는 전갈의 짙은 색 반점이 눈에 띄기도 했다. 우중충한 색깔의 독수리들이 전신주 위에 앉아있기도 하고, 아니면 그놈들의 꼬리뼈 부분만 양치기 개나 낙타의 시체 위로 삐져나온 것을 보기도 했다. 낮에는 강렬한 빛과 뜨거운 공기의 진동이 풍경을 완전히 가려버렸기 때문에, 우리는 더더욱 이 짐승들에게 더 큰 관심을 가졌다. 다섯시쯤 되었을 때, 하늘이 붉어지더니 마치 김이 서린 창유리에 횃불을 갖다댄 것처럼 불모의 고원이 믿기 힘들 만큼 또렷하게 모습을 드러냈다. 그것은 아마 천사가 토비트(《구약성서》 외경인

이스파한 이란에서 세 번째로 큰 도시로 교통의 요지. "이스파한은 세계의 절반"이라는 이란 속담이 있을 정도로 아름다움을 칭송받는 도시다. 이슬람 시아파의 성원인 '샤 모스크'와 세계 3대 광장인 이맘광장 등 유적들이 많다.

《토비트의 서》에 등장하는 맹인 - 옮긴이 주)의 손을 잡고 인도했던 그 고원일지도 모른다. 고원은 황색을 띠었고, 엷은 색깔의 덤불 숲이 여기저기 흩어져 있었다. 기기묘묘한 모양의 봉우리들로 이루어진 가지색의 산이 고원을 둘러싸고 있었다. 출중한 산이 었다. 이 '출중한'이라는 단어야말로 딱 어울린다. 이란의 풍경 은 마치 아주 고운 재를 훅 불어서 수천 킬로미터에 걸쳐 형체를 만들어낸 듯 눈에 확 띨 만큼 건조하고 장엄하게 펼쳐진다. 태곳 적의 쓰디쓴 경험이 아주 오래전에 변화무쌍한 지형들(수원水源, 신기루, 먼지 소용돌이)을 너무나 완벽하게 배열했기 때문에 사람 들은 그것을 보며 열광하거나 절망할 수는 있어도 그걸 버릴 수 는 없다. 오직 죽음과 태양뿐인 남동부 지역의 황량하고 광활한 공간의 지형도 더없이 아름답다.

　　이곳 사람들은 우리 차처럼 작은 자동차를 거의 보지 못했 다. 게다가 차에 온갖 물건들이 잔뜩 실려있었기 때문에, 그들은 가까이 다가와서 정말 자동차가 맞는지 확인하곤 했다. 우리가 지나가면 그들의 눈동자는 동그래지고 입이 딱 벌어졌다. 어느 날 아침 쿰 근교에서는 어떤 노인이 우리 차를 보고 너무나 놀란 나머지 계속 돌아보다가 결국은 입고 있는 가운을 밟는 바람에 "키 에 쉐이탄하(저 악마들은 누구여?)"라고 소리치며 엉덩방아를 찧고 말았다. 우리가 차를 멈추자 호기심 많은 사람들이 우 몰려 들었고, 한 경찰은 우리 차의 문에 적힌 시가 반체제적인 것일지도 모른다고 생각했는지 열심히 해석했다. 그가 두 번째 행을 해석할 즈음, 사람들이 입을 모아 중얼중얼 그 시를 암송했다. 그러자 길쭉한 얼굴들이 환해지고, 조금 전까지만 해도 얻을 수 없었던 찻잔들이 마치 마술을 부린 것처럼 어디선가 나타났다. 우리는 또 너무나 광대해서 거의 움직이지 않는 것 같은 지평선을 향해 몇 시간 동안 조심스럽게 운전을 하기도 했다. 두 눈은 햇볕에 탔고, 파리들이 들끓는 곳에서 낮잠을 잤으며, 저녁에는 아브구슈트(레몬, 이집트콩, 후추를 넣은 물에 삶은 양고기)를 먹었고, 찻집의 마룻바닥에서 잠을 잤다. 요컨대 하루 5토만으로 사는 여행자 생활이었다. 엔진 소리(이 소리가 좋아지기 시작했다)가 왠지 불안하게 느껴졌다.

이스파한[34]

차는 뒤쪽 스프링이 부러진 채로 이 도시를 둘러싼 농지를 천천히 통과했다. 흙벽돌로 지은, 집들의 지붕 모서리는 완만한 곡선을 이루고, 마을 위로 그림자를 드리우고 외롭게 서있는 키 큰 포플러나무 뒤로 해가 뉘엿뉘엿 넘어가고 있었다. 베어낸 밀밭에서 그루터기들이 햇볕을 머금고 청동처럼 반짝였다. 물소, 당나귀, 검은색 말…… 색깔이 선명한 셔츠를 입은 농부들이 추수를 끝내느라 열심히 일하고 있었다. 이슬람 사원의 둥근 지붕이 넓은 도시 위에 떠있는 것처럼 보였다. 나는 몹시 피곤한 상태에서 병든 자동차의 부담을 덜어주기 위해 보닛 위에 앉아 그 이미지들을 내 것으로 만들 수 있는 단어를 찾다가 나도 모르게 카라바스(샤를 페로의 콩트 《장화 신은 고양이》에 등장하는 카라바스 후작을 말한다 – 영어판 옮긴이 주)를 되풀이해서 읊조렸다.

잠시 뒤에 테헤란의 친구들은 내게 "거기 가면 우리 사촌네 집에 들러요. 내가 얘기해놓을 테니까" 하며 주소를 적어주었다.

페르시아 사람들이 매우 호의적이라는 것은 잘 알려진 사실이지만, 시간도 늦은 데다가 도착한 날이 하필이면 금요일이었다. 이날 밤에는 가족 모임이 있어서 집은 아이들과 시골에서 올라온 친척들로 발 디딜 틈이 없었고, 사람들은 잠옷 차림으로 왔다 갔다 하고, 말린 살구를 우적우적 씹어먹고, 주사위 놀이를 하고, 담요와 등과 모기장을 가져갔다. 너무나 피곤해서 오히려 잠을 이룰 수 없었던 나는 식당의 탁자 위에 구급상자를 올려놓고는 내용물을 분류하면서 시간을 보냈다. 방을 가로질러 가던 남자들이 사근사근한 태도로 인사했다. 자리를 잡고 앉아서 아무 말없이 나를 바라보기만 하는 사람들도 있었다. 처음 보는 뚱뚱한 남자가 쾌활한 표정으로 계속 내 옆에 머물러있다가 잠시 뒤에 체온계를 한번 써봐도 되겠느냐고 물었다. 그는 체온계를 입에 문 채 계속해서 나를 바라보았다. 너무 많이 먹어서 라마단이 끝나는 걸 축하할 수 없었던 그는 열이 오를까 봐 걱정스러워했다. 하지만 아니었다. 그의 체온은 37. 5도, 정상이었다. 내가 그에 관해서 아는 사실은 이것 한 가지뿐이었다.

라디오에서는 모든 것으로부터 초연한 세고비아의 음악과도 비슷하고 어떻게 보면 깨진 유리잔이 천천히 굴러 떨어지는 소리와도 비슷한 아름다운 옛 페르시아 음악이 흘러나왔다. 하지만 우리 집주인이 오더니 그런 음악을 들으면 신을 생각할 수 없다며 라디오를 꺼버렸다. 그는 예의바르고 매우 독실하며 하는 일마다 축복받은 시장 상인이었다. 그러고 나서 그는 너무 공손해서 거의 모습을 나타내지 않는 아들들을 자기가 얼마나 엄격하게 키우는지 말했다. 하지만 그가 하는 말은 귀에 잘 들어오지 않았다. 우리가 이곳에 있다는 사실이 문득 터무니없이 느껴졌던 것이다. 테헤란에서 쌓인 피로는 우리가 이 집에 도착하기를 기다렸다가, 이제야 다시 나타나서 나를 모든 것으로부터 갈라놓았다. 우리에게 필요한 건 일주일쯤 잠을 자는 것이었다.

왕립 이슬람 사원의 안뜰은 버스 100여 대는 쉽게 주차시키고, 거기다가 노트르담 성당까지 세울 수 있을 만큼 엄청나게 넓었다. 이 마당은 사실 가로가 500미터, 세로가 거의 200미터나 되는 광장의 작은 한쪽 측면에 지나지 않았다. 옛날에는 이곳에서 격렬한 폴로경기를 벌였고, 황제석 앞을 전속력으로 질주하던 기사들은 이 광장의 끝부분에 도착하기 전에는 대문자로 쓴 O자보다도 더 작아 보였을 것이다. 서른 개의 아치가 받쳐주는 자얀데 루드 강의 다리 밑에서는 개미들이 우표처럼 생긴 것을 교각 쪽으로 끌고 가는 모습이 보였다. 그런데 사실 그것은 한쪽 길이가 10미터나 되는 양탄자를 물에 빨고 있는 남자들이었다.

17세기에 이스파한은 제국의 수도였으며, 인구 6만 명으로 전세계에서 가장 번잡한 도시 중 하나였다. 하지만 지금은 2만 명밖에 살지 않는다. 도시가 축소되어 '시골'이 되어버렸으며, 사파비 왕조의 우아하고 거대한 기념물들은 마치 너무 커져버린 옷처럼 도시 위에 떠있다. 이 기념물들은 풍화하고 손상되었다. 왜냐하면 샤 아바스가 감동을 주려고 너무 서두르다가 미처 견고하게 짓지 못했던 것이다. 우리가 이 기념물들에 쉽게 접근하고 감동받는 것은 바로 시간에 대한 너무나 인간적인 이 취약성, 그 불완전성 때문이다.

"시간에 도전하다."—나는 아케메네스 사람들 이후로는 이란의 어느 건축가도 더 이상 이처럼 어리석은 행동을 하지 않았다고 굳게 확신한다.

이 왕립 사원을 예로 들어보자. 폭풍우가 한번 휩쓸고 지나갈 때마다 진흙으로 된 타일들이 떨어져나갔다. 그래봤자 백만 개가 넘는 타일 중에서 수십 개에 불과하고, 모든 게 너무나 넓어서 뭐가 없어졌다는 표가 좀 나려면 50년은 태풍이 불어야 할 것이다. 조금만 바람이 불어도 곧바로 타일들이 높은 곳에서 아래로 떨어져 튀어올랐다가 깨져 먼지로 변하지만 들리는 건 낙엽이 떨어질 때 나는 것 같은 아주 희미한 소리뿐이다. 타일이 이렇게 천천히 떨어지는 것은 아마도 그 색깔 때문인지도 모르는데, 앞에서도 얘기했던 바로 그 푸른색이다. 다시 이 색깔 얘기를 해보자. 이곳에서는 푸른색이 청록색과 노란색, 검은색과 살짝 섞여있는데, 이 세 가지 색깔 덕분에 푸른색은 진동하면서 대개 오직 신성함과만 연관되는 부양력을 지닌다. 푸른색으로 뒤덮인 거대한 둥근 지붕은 마치 계류기구처럼 하늘을 향해 날아오르는 듯하다. 사근사근하지만 특별히 신뢰하기는 힘든 이스파한 사람들이 예술도시에 사는 주민들 특유의 표정을 지으며 이 지붕 아래와 광장의 궁전 앞을 지나다닌다. 외국인의 눈에는 그들이 절대 이해할 수 없는 시합의 심판들처럼 보인다.

이스파한은 우리에게 약속된 경이로움, 바로 그 자체다. 오직 이 도시만을 보기 위해서라도 여행할 만한 가치가 있다.

샤 아바스 1세(1571~1629) 사파비 왕조의 5대 군주로 수도를 카즈빈에서 이스파한으로 옮기고 아름다운 이스파한 건설에 총력을 기울였다. 그의 시대에 짓기 시작한 샤 모스크는 타일 1800만개, 벽돌 47만 2500개로 장식된 이란 건축예술의 걸작품이다. 이 책에서는 서둘렀다고 표현하고 있지만 샤 모스크는 26년에 걸쳐 지어졌으며, 아바스 1세 때는 완공을 보지 못했다.
아케메네스 제국 기원전 550년경부터 시작된 아케메네스를 시조로 하는 페르시아 제국으로, 한때는 유럽, 아시아, 아프리카에 걸친 대제국이었다. 그들은 세계 각지에서 건축 재료를 구하고 세계 각지의 문화를 반영하여 건축물을 지었는데, 페르세폴리스 궁은 거의 50년에 걸쳐서 지어졌다고 한다.

어젯밤에는 강을 따라 산보를 했다. 그런데 이게 정말 강이란 말인가? 도시에서 동쪽으로 겨우 100킬로미터가량 떨어진, 수위가 가장 높은 곳에서조차도 강은 모래밭 속으로 자취를 감추어버렸다. 강은 거의 말라붙어 물이 여기저기 얼룩처럼 고여 있는 물이 빛을 내면서 넓은 삼각주를 형성했다. 터번을 쓴 노인들이 당나귀를 타고 파리 떼가 윙윙거리는 강을 건너갔다. 우리는 양쪽에서 개구리들이 개골개골 울어대는 무덥고 먼지 자욱한 길을 두 시간 동안 따라갔다. 버드나무와 유칼립투스 사이의 틈으로 하얀색을 띤 사막과 갈색을 띤 자그로스 산맥의 산들이 눈에 들어왔는데, 그 산의 깔쭉깔쭉한 모양을 보니 프로방스 지방이 생각났다. 그리고 여름밤에 때로 아를이나 아비뇽 근처에서 느낄 수 있는 그 위험하면서도 나른한 내밀함이 느껴졌다. 그러나 이곳은 포도주도 없고 허풍도 안 치고 여자들 목소리도 들려오지 않는 프로방스나 마찬가지였다. 요컨대 우리를 죽음으로부터 떼어놓는 장애나 소음이 존재하지 않았던 것이다. 그런데 이런 생각을 하자마자 곧 죽음이 사방에서 느껴지기 시작했다. 마주치는 눈길, 물소에게서 풍기는 음침한 냄새, 불을 환히 켜고 강으로 나있는 방, 긴 나선 모양을 이룬 모기들. 죽음이 전속력으로 나를 덮쳤다. 이 여행? 엉망진창이다……. 실패. 우리는 여행을 한다. 우리는 자유롭다. 우리는 인도를 향해 간다……. 그러고 나면? 이스파한, 이라고 되풀이해서 말해도 아무런 소용이 없었다. 이스파한은 전혀 아무것도 의미하지 않았다. 만져지지 않는 이 도시, 어디에도 도달하지 않는 이 강, 이런 것들은 현실감을 불러일으키는 데 그다지 적합하지 않다. 모든 건 이제 붕괴와 거부, 부재에 불과할 뿐이다. 강둑이 굽이를 이루는 곳에서 문득 극도로 불안감이 치밀어 오르는 바람에 발길을 돌려야만 했다. 티에리 역시 뭔가 불안에 떨고 있는 듯했다. 그도 나와 같은 감정을 느끼고 있는 것이다. 하지만 나는 그에게 아무 말도 하지 않았다. 우리는 거의 뛰다시피 해서 되돌아갔다.

세상이 순식간에 망가지고 분열되다니, 정말 이상한 일이다. 잠이 부족해서 이러는 것일까? 아니면 그 전날 밤에 맞은 예방주사 때문일까? 그것도 아니라면 알라의 이름을 말하지 않고 밤중에 강물을 따라 걸어가면 공격한다고 전해지는 영귀들 때문일까? 하지만 내 생각은 달랐다. 여행자에게 원한을 품는 풍경이 있어서, 곧바로 그곳을 떠나지 않으면 예측할 수 없는 일이 벌어지는 것이다. 이런 풍경이 많지는 않다. 하지만 어쨌든 존재는 한다. 이 지구상에는 우리들 각자에게 이런 풍경이 대여섯 개씩 존재한다.

자그로스 산맥 이란에서 가장 큰 산맥으로 대체로 이란의 남서쪽 국경을 따라 흐른다.

시라즈 가는 길

지도상에도 표시가 없는 이 마을은 절벽 가장자리에 자리잡고 있었는데, 아래로 바짝 마른 강이 내려다보였다. 그것은 마을이라기보다는 오히려 총안銃眼이 설치된 가공할 개미굴에 가까웠다. 상상할 수 없을 만큼 뜨거운 정오의 태양이 반사하는 빛을 받아, 벽은 금이 가고 무너져가고 있었다. 가축이 인근 산의 풀을 뜯어먹기를 기다리는, 열다섯 명가량 되는 카슈카이족(이동 목축을 하는 이란의 주요 부족. 그들의 목초지는 시라즈 북서부에 펼쳐져 있다 - 글쓴이 주) 목동들이 누워있는 찻집을 제외하면 버려진 마을이었다. 근사하게 생긴 이 야만인들은 햇볕에 검게 그을린 뾰족한 얼굴에 주교관처럼 생긴 밝은 색깔의 펠트모자(이 모자의 기원은 아케메네스 왕조로 거슬러올라가며, 그들 부족의 표시다)를 썼다. 그들은 열을 지어 선반 위에 앉아있거나, 아니면 무릎 위에 총을 비스듬히 올려놓고 한쪽 구석에 웅크리고 있었다. 왼손에 짙은 색깔의 양털 뭉치를 들고 콧노래를 흥얼거리며 실을 잣는 사람도 여럿 있었다. 우리가 인사를 하자 그들은 처음에는 뭐라고 중얼중얼대더니 곧 깊은 침묵을 지켰다.

그들은 더 이상 아무 말도 하지 않고 때로 우리를 쳐다보기도 하고 또 때로는 문 앞에 서있는 자동차를 쳐다보기도 했다. 담배를 한 개비씩 건네주자 분위기가 좀 부드러워지는 것 같았다. 주인이 우리에게 음식을 내주려고 서두르는 기색이 전혀 아니었으므로, 우리는 태연한 척 카드놀이를 하다가 티에리는 잠이 들었고 나는 엔진을 수리할 때 생긴 찰과상을 치료하기 시작했다. 구급상자를 본 카슈카이족들이 "다박(약)"이라고 중얼거리며 다가오는 바람에, 염증이 생겨 쇠똥이나 폐유를 발라놓은 손발톱과 염좌, 궤양이 생긴 피부에 붕대를 감아주어야만 했다. 멀쩡한 사람들이 내가 보기에는 대단치 않은 상처인데도 꼭 치료를 받아야겠다고 나섰다. 한 거구의 사내는 꼭 잠자는 숲속의 공주처럼 씨아(목화의 씨를 빼는 기구 - 옮긴이 주)에 손을 다쳤다. 또 다른 사람은 발에 박힌 아주 작은 가시 때문에 고통스러워했다. 그리고 이들보다 훨씬 더 안 좋아 보이는 세 번째 사람은 울렁증과 우울증으로 고생하는 중이었다.

세시경에 다시 길을 떠났다. 문 앞에서는 암탉 몇 마리가 자신들이 무척 좋아하는 작은 전갈을 찾아내려고 지열로 후끈거리는 땅을 부리로 열심히 쪼고 있었다. 카슈카이족 사람들은 우리를 자동차가 서있는 곳까지 배웅해 주었다. 하지만 차는 시동이 걸리지 않았다. 배터리가 태양열에 전부 다 닳아서 작동되지 않는 것이었다. 기어를 3단에 놓은 상태에서 마을 끝에서 시작되는 내리막 쪽으로 자동차를 밀고 갔다. 카슈카이족 사람들이 우리를 도와주었는데, 잠시 뒤에 우리는 그들이 차를 민다기보다는 오히려 눈을 반짝거리며 붙잡고 있다는 사실을 눈치 챘다. 그렇다, 그들은 물론 우리에게 호의를 느끼면서도 우리가 가진 짐을 무척 마음에 들어했고, 그래서 우리는 너털웃음을 웃는 척하며 우리 짐을 향해 내밀어진 그들의 솥뚜껑만 한 손을 떼어내느라 무척 애써야만 했다. 이렇게 장난을 치는 척해야 주먹다짐이 벌어지지 않는다는 걸 알고 있었기 때문이다. 그와 동시에 우리는 꼭 갤리선을 젓는 노예들처럼 있는 힘을 다해 자동차를 밀었다. 비탈길이 급경사였고 짐이 많이 실려있었기 때문에 자동차는 곧 속력을 냈다. 그래서 우리는 차 안으로 뛰어들었고, 흙벽이 닿을 듯 말 듯 몇 번 지그재그로 달리자 우리를 도와주겠다고 나선 카슈카이족 중에서 가장 열성적인 사람들조차도 결국은 단념하고 말았다.

자동차는 관성에 따라 절벽 아래의 비쩍 말라붙은 강바닥을 건넌 다음 멈추어 섰다. 조금 전보다 더 망가진 것 같았다. 두 시간에 걸쳐 엔진도 살펴보고 차 밑 부분도 들여다봤지만 아무 소용없었다. 기름때가 묻고 먼지투성이인 딱딱한 차체 밑에서 누전된 곳을 찾는데, 땀이 흘러 눈으로 들어갔다. 마을이라고 불러도 될 만한 동네는 거의 100킬로미터나 떨어져 있었다. 해는 뉘엿뉘엿 기울기 시작했고, 우리에게는 구운 흙으로 만든 그 저주받은 성의 그림자 아래서 밤을 보내고 싶은 생각이 눈곱만큼도 없었다. 다행스럽게도 좀 서늘해지자 나다니는 사람들이 몇 명 눈에 띄었다. 가장 먼저 근처에 있는 감시초소에서 나이가 든 장교가 걸어오더니 "알라는 위대하시지만 엔진은 수크흐테(타버렸군)"라는 말 한 마디를 던지고는 바위에 걸터앉았다. 다음에는 이스파한 쪽으로 올라가는 지프차가 나타났는데, 베일을 쓴 남자 두 명이 타고 있었다. 친절하게도 운전사가 우리 연장을 가져가서 우리가 방금 한 동작을 되풀이했지만 성공을 거두지는 못했다. 그러자 차에 탄 여자 승객들이 안달하며 큰소리를 지르고 경적을 울려댔고, 그걸 본 그는 짜증이 났는지 배전기에 무리를 가하다가 부서뜨렸다. 그는 사과를 하고 우리를 거기 그냥 세워고는 구름 같은 먼지를 일으키며 지프를 출발시켰다.

어둠이 내렸다. 군인은 바위 위에서 꼼짝도 하지 않았고, 우리는 슬슬 불안해지기 시작했다. 바로 그때, 행운의 여신이 보낸 소형트럭이 우리 옆에 멈추어 섰다. 새로 페인트칠을 한 트럭의 짐칸에는 아무것도 실려있지 않았고, 너비가 우리 차를 싣기에 안성맞춤이었다. 꼭 여우처럼 생긴 세 남자가 운영하는 트럭은 마침 우리처럼 시라즈로 내려가는 길이었다. 이란인 중에서도 특히 시라즈 사람들은 친절하고 성격 좋기로 널리 알려져 있다. 이 세 사람은 솜씨 좋고 기민하며 무슨 일이 일어나도 절대 놀라지 않고 적당히 탐욕스러운 순혈 시라즈 출신들이었다. 그들은 우리와 우리 자동차를 아바데[35]까지 실어다주기로 했다. 셋 중에서 나이가 가장 많은 사람이 핸들을 잡더니 목이 부러질 위험을 무릅쓰고 트럭을 강둑으로 몰고 간 다음 짐칸이 도로와 같은 높이가 되도록 후진했다. 우리 차를 짐칸에 올려놓고 우리도 자리를 잡았다. 그러고 나서 우리는 남쪽을 향해 천천히 출발했다. 사막 가장자리에서 별이 몇 개 떠오르고 있었다.

아바데에 도착했을 때는 이미 모든 게 다 잠든 밤이었다. 하지만 그곳은 벽촌이라서 차를 수리할 수 없었다. 먹을 걸 찾아낸 것만 해도 다행이었다. 사발에 담긴 시큼한 우유에 둥근 빵을 적시면서 나는 함께 트럭을 타고 온 사람들을 관찰했다. 차주와 정비사, 사장 겸 운전사. 바로 이들이 영업용 트럭을 운영하는 3인조였다. 이제 막 테헤란에서 큰돈을 번 그들은 시라즈에 가서 진탕 먹고 마실 얘기를 나누느라 정신들이 없었다. 나는 그들의 얘기에 귀를 기울였다. 아마도 너무 피곤해서였던지 오랫동안 그들과 친하게 지내면서 그런 일들을 겪은 것 같은 느낌이 들었다. 이유를 설명하기는 힘들지만, 특히 사장의 우스운 몸짓은 왠지 친숙하게 느껴졌다. 식사가 끝나자 그들은 계속 자기들과 함께 시라즈까지 가자고 제안했다. 동이 트기 전에 그곳에 도착하고 싶다며, 어쨌든 자기들은 빈 차로 여행을 하는 중이고 우리는 사야(여행자들)이므로 공짜로 태워다주겠다는 것이다. 우리는 한시간 정도 걸려서 우리 차를 밧줄로 단단히 묶은 다음 뒷좌석에 올라탔다. 앞으로 300킬로미터를 더 가야 했고, 도로 상태가 안 좋을지도 몰랐던 것이다. 도로는 해발 2000미터에서부터 높아지기 시작하더니, 윤곽이 들쭉날쭉한 검은 산들이 양쪽에 늘어선 사막 한가운데로 이어졌다. 눈에는 보이지 않았지만 낙타의 목에 매달린 작은 방울이 울리는 소리가 엔진 소리를 뚫고 들려왔다. 그 높이에서는 현기증이 날 만큼 투명한 하늘이 마치 무슨 사발처럼 우리를 덮어씌웠다. 길이 울퉁불퉁해서 트럭이 흔들렸지만 차를 밧줄에 꽁꽁 묶어두어서 우리는 마음을 조이지 않아도 되었다. 그래서 우리는 별들이 몸을 담근 서늘한 공기를 머리에 쐬며 몸이 서서히 흔들리도록 내버려두었다.

원래 예정된 거리를 3분의 2 정도 갔을 때 누군가가 초롱을 흔들어대는 데다가 통나무들이 도로를 가로질러 있는 바람에 어쩔 수 없이 차를 세워야 했다. 사장이 군인과 장황하게 이야기를 나누더니 엔진을 껐다. 어둠에 싸인 군 초소와 헤드라이트를 다 끈 트럭 한 대가 통나무 너머로 보였다. 시라즈에서 출발한 설탕 운송업자가 방금 거기서 6킬로미터가량 떨어진 곳에서 남쪽으로 이동 중인 카올리족(페르시아에서 유일하게 진정한 의미의 유목민이라 할 카올리 부족은 아주 오래전에 동방에서 왔다 – 글쓴이 주)으로부터 공격을 받았다는 것이다. 운전사는 턱에 총알이 박혔는데도 빠져나오는 데 성공하여 초소에 도착했고, 그래서 군인들이 날이 밝을 때까지 통행을 금지시킨다고 했다. 살을 에듯 추운 날씨였다. 우리는 꾸벅꾸벅 조는 부상자와, 둥글게 모여 앉아 대나무 통에 든 아편을 피우는 바람에 입술이 새까매져서 꼭 유령들처럼 생긴 군인 세 명 사이에 누워 나머지 밤을 보냈다. 사장이 등불을 끄러 갔을 때 나는 처음으로 환하게 밝혀진 그의 얼굴을 보았고, 왜 그 얼굴이 나를 당혹스럽게 만들었는지 깨달았다. 그는 우리 아버지와 판박이였다. 좀 늙고, 새카매지고, 세월에 부대끼기는 했지만, 어쨌든 아버지는 아버지였다. 어찌나 인상적이었던지 나는 이미 오래전에 잊어버렸던 아버지의 음색을 곧바로 기억해냈다(일년 사이에 나는 너무나 많은 다른 음색들을 들었다). 그리하여 아버지가 마지막으로 내게 했던 말이 한마디 한마디 또렷하게 귀에 들려왔다. 뜻밖에도 그것은 어떤 여자들을 조심하라는 경고였다…… 항구에 사는 여자들을.

어쨌든 지금의 상황에는 그다지 어울리지 않는 경고였다. 그렇지만 아버지의 목소리를 되찾게 되어 기뻤다. 목소리라는 짐은 자리를 많이 차지하지 않는 것이다.

동틀 무렵에 다시 출발했다. 달이 희미해졌다. 양쪽에 부드럽고 색깔이 짙은 풀이 띠 모양으로 나있는, 폭이 무척 좁은 개울이 초소 앞을 지나 사막을 향해 구불구불 흘러갔다. 남쪽으로는 푸른색을 띤 높은 산들이 지평선을 뒤덮고 있었다. 운전사가 두 번씩이나 차를 멈추더니 연장을 손에 들고 차체 밑으로 모습을 감추었다. 두 번째는 우리도 무슨 일인가 보려고 차에서 내렸다. 정비사는 부러진 뒤쪽 현가장치를 철사로 묶고, 사장은 배터리를 끄집어내더니 임시로라도 살려내야 한다며 안에다 찔끔 찔끔 오줌을 누었다. 트럭 주인은 근심스러운 표정으로 브레이크액에 물을 약간 섞었다. 하다하다 안 될 때만 사용하는 최후의 수단이 모두 동원되었다. 차체에 새로 페인트칠을 해놓는 바람에 깜빡 속아 넘어갔다. 그들은 이미 폐차가 다된 이 고물 트럭을 끌고 산을 넘겠다는 것이었다.

구불구불한 고개의 첫번째 굽이에서 우리는 전날 밤의 공격자들을 따라잡았다. 짐 나르는 짐승들이 도로를 끝도 없이 뒤덮고 있었다. 가축들은 산비탈을 곧장 가로질러갔다. 종소리와 사냥개 짖는 소리, 양이 매애 우는 소리, 목구멍에서 나오는 소리가 어슴푸레한 빛 속에서 울렸다. 여자들은 더러웠지만 화려했으며, 은으로 된 보석으로 온몸을 치장했다. 조랑말에 올라탄 젊은 여인들은 온통 먼지를 뒤집어쓴 아기들에게 젖을 먹였다. 꼭 부지깽이처럼 뻣뻣해 보이는 노파들은 라이플총을 어깨에 걸치고, 낙타 등의 양탄자 묶음 사이에서 실톳대를 이용하여 실을 자았다. 남자들은 고함을 지르면서 걷거나 지팡이를 흔들며 빨리 앞으로 나가라고 가축들을 재촉했다. 어린 소년들이 짐보따리처럼 안장에 비스듬하게 얹혀 잠을 자는 모습과, 목둘레 깃털이 곤두선 닭들이 길마의 찻주전자와 작은 북 사이에 매달려 있는 모습도 눈에 띄었다.

이란에 통합되었으며 터키어를 쓰는 부족들(박트리아와 카슈카이족)과는 달리 카올리족은 주변인으로 산다. 그들은 이 나라의 거의 모든 곳에 흩어져 살지만, 대부분은 아직도 매년 시스탄에서 부시르 지역과 이라크 북동쪽으로 내려온다. 그들은 길을 가면서 마른 가축을 방목시키고, 말에게서 피를 빼고, 미래를 예언하고, 냄비를 수선한다. 정착민들은 그들을 '신자'로 여기지 않아 싫어하고 두려워하며, 어린아이들을 훔쳐간다고 비난까지 한다. 도둑질을 하건 아니면 도둑을 맞건 간에 그들은 대규모이며, 그들의 가축은 고개의 양쪽 비탈을 뒤덮을 만큼 수가 많았다.

내리막길의 첫번째 비탈에서 브레이크가 부러지는 것 같은 소리가 들려왔다(거기에 물을 뿌리는 바람에 그런 일이 벌어진 것이다). 자동차가 너무 빨리 달리고 있어서 뛰어내릴 수도 없었고, 높은 곳에 올라앉아있었기 때문에 심하게 부는 바람이 우리 얼굴을 세차게 때렸다. 운전석에서 욕설이 몇 마디 들려오나 했더니 곧이어 3단 기어의 톱니바퀴가 삐걱거리는 소리, 그러고 나서 핸드브레이크를 넣는 날카로운 소리가 들려왔다. 정비사가 경적을 누른 다음 차 밖으로 뛰쳐나오며 길을 비키라고 소리쳤다. 우리들 앞에 있던 카올리족 사람들이 마치 너무 익은 석류 알처럼 사방으로 흩어졌다. 트럭은 한 명도 치지 않고 전속력으로 달려가서 첫번째 모퉁이를 가까스로 돌았다. 또 다른 비탈에는 장애물이 거의 없었고, 두 번째 커브는 산에 가려있었다. 트럭은 속도가 계속 빨라졌다. 나는 생각했다. 이번 모퉁이만 돌면 틀림없이 평지가 나타나겠지……. 이번 여행을 이런 식으로 끝내고 싶지는 않았다. 우리 앞으로 30미터가량 떨어진 도로는 평지가 아니었고, 동물과 여자들, 어린아이들로 새까맣게 뒤덮여 있었다. 소용돌이치는 누더기 옷, 저주를 퍼붓는 소리, 울려퍼지는 종소리, 당황해서 전속력으로 질주하는 낙타들, 사방으로 달아나는 닭들, 추락, 고함소리, 그렇게 빠르지는 않았지만 갓길로 뛰어내리는 온갖 색깔들. 정비사가 자기 능력으로는 어쩔 수 없다는 듯 어깨를 으쓱거리더니 차문 뒤로 사라져버렸다. 이것이 우리 여행의 마지막이라고 확신한 우리는 악수를 나눈 다음 얼굴을 보호하기 위해 모자를 푹 눌러 썼고, 운전사는 기가 막히게 능숙한 솜씨로 트럭을 산 쪽에 갖다 박았다. 충격에 이어 침묵이 계속되었다. 그리고 다시 넋이 나간 듯한 소녀의 흐느낌이 들려왔다.

정신을 차려보니 나는 온통 먼지를 뒤집어썼다. 카올리족들은 자기들끼리 모여서 저 앞에서 내려가고 있었다. 우리 몸과 차창, 짐은 온통 피투성이였다. 심각한 부상은 아니었지만 피가 많이 흘렀다. 눈으로 사람들을 찾으니 차주와 정비사, 사장은 바위에 등을 기대고 그늘에 몸을 반쯤 묻은 채 작은 오이의 껍질을 벗겨서 소금을 뿌리고 있었다. 물론 이빨이 몇 개 부러지고 타박상은 입었지만, 이번에는 안 죽는다는 점괘가 나왔으므로 당장 뭘 좀 먹고 원기를 회복하는 게 차라리 나을 것 같았다. 그는 얼굴에 주름이 잡힐 만큼 즐거운 표정으로 오이를 우적우적 깨물어 먹으며 시라즈에 가서 어떻게 먹고 마시며 놀지에 관해 이야기했다. 사고 얘기는 아예 꺼내지도 않았다.

네 시간 동안 우리는 우리가 고개를 올라오며 지나쳐왔던 유목민들이 이글거리는 태양 아래서 머리를 꼿꼿이 세우고 줄을 지어 지나가는 것을 바라보았다. 그리고 드디어 길에 사람이 아무도 없게 되자 트럭 운송업자들은 기지개를 켜고는 차가 얼마나 파손되었는지 계산한 뒤에 짐마차를 고칠 때처럼 돌, 도로를 수리하는 인부들의 대형 쇠망치, 굵은 송곳바늘(터진 타이어에 이용하기 위한)을 사용하여 아무 말 없이 자기네들의 고철덩어리를 다시 펴기 시작했다. 나는 그걸 보며 한 가지 교훈을 얻었다. 우리는 항상 기계뿐만 아니라 다른 모든 것들을 지나치게 존중한다는 것이다. 다섯시가 되자 엔진이 다시 돌아가기 시작했다. 우리는 브레이크 대신 최소한 2분의 1톤은 나갈 것 같은 바위를 끌며 평지를 향해 굴러갔다.

시라즈[36]

젠드여관 안뜰의 월계수나무 사이에 앉아 말라붙은 피로 뒤덮인 셔츠와, 한 소년이 방금 가져다준 옥수수, 술병, 그리고 식탁에 꽂혀진 우리 칼 두 개를 믿기지 않는 눈길로 바라보았다. 테헤란에서의 일이 벌써 몇 년이나 지난 것처럼 느껴졌다. 그럼 과연 카불에서는 무슨 생각을 하게 될까? 이제 겨우 우리 여정의 4분의 1밖에 지나지 않았지만, 오늘 하루가 가장 힘들었다며 우리 자신을 설득하려 애썼다. 미친 듯이 달리는 그 트럭의 맨 꼭대기에 앉아있던 우리와, 놀라서 양털뭉치처럼 길 옆으로 뿔뿔이 흩어지던 유목민들, 그리고 이제는 마지막이라고 생각했던 그 기나긴 10초의 시간이 떠올랐다……. 그런데 지금은 레몬 냄새를 풍기는, 페르시아에서 가장 아름다운 페르시아어를 사용하는 이 도시에 와있는 것이다.

이곳에서는 졸졸 물 흐르는 소리가 밤새도록 들려오고, 여기서 생산되는 포도주는 연한 샤블리산 백포도주처럼 땅 밑에 오랫동안 머물면서 순해진다. 별똥별이 빗발치듯 안뜰로 쏟아져 내리지만, 아무리 열심히 찾아봐도 내가 지금 가진 것 말고는 전혀 아무것도 발견할 수가 없다. 티에리로서는, 이 운명의 선물이야말로 또 다른 선물의 예고편에 불과하다고 확신했다. 그는 어떤 선물을 받게 될까 벌써부터 궁금해하고 있었다. 그는 눈에 안 보이는 톱니바퀴가, 곧 하늘에 있는 거대한 기계장치가 자신을 위해 밤낮으로 돌아간다고 생각하곤 했다.

터키탕은 아직 열려있었고, 우리 침대는 테라스에 준비되어 있었다. 하지만 너무나 피곤했던 나머지, 우리는 의자에 꼼짝않고 앉아있기만 했다. 덕분에 여름이 우리를 위해 마련해놓은, 군주들의 삶과 숭고한 죽음의 그늘 사이에 드리워진 어둠 속에서 차분히 생각에 잠기는 즐거움을 맛볼 수 없었다.

젠드여관

여관 안뜰에서 한 농민 가족이 행복에 겨워 얼떨떨해하는 노인을 둘러싸고 앉아 농담을 주고받고 있었다. 한 여인이 미소를 지으며 노인이 입고 있던 다 해진 옷을 억지로 벗기고 깨끗한 와이셔츠를 입혀주었다. 아이들은 그가 말이라도 되는 양 손으로 어루만졌다. 담배 한 개비가 이 사람 입에서 저 사람 입으로 한 바퀴 돌았다. 모두가 담배 연기를 조금이라도 입 밖으로 흘려보내지 않겠다는 듯 두 눈을 감고 신중하게 한 모금씩 빨았다. 다들 너무나 즐거워서 더 이상 멈출 수 없는 듯 보였다. 그들 가운데 평범한 얼굴을 가진 사람은 단 한 명도 없었고, 그들에게서는 아주 사소한 즐거움이라도 결코 놓치지 않는 능력이 느껴졌다. 그들은 할아버지가 방금 감옥에서 나온 것을 축하하는 중이라고 내게 친절하게 설명해 주었다. 감옥이라고? 저런 얼굴로? 저런 사람을 감옥에 가둬서 도대체 뭘 어쩌려는 심사였을까?

그렇지만 시라즈는 그 온화한 삶의 방식으로 심지어는 경찰까지도 감동시키는 도시였다. 하지만 이곳에서는 차마 눈뜨고 볼 수 없는 부당한 장면을 목도하지 않는 날이 하루도 없고, 동시에 천천히 분비되는, 지혜로운 페르시아의 '정수精髓'에 감동하지 않는 날 역시 하루도 없다. 가난한 사람들도 있고 파렴치한 사람들도 있지만 이 나라에서는 아직도 섬세한 정신이 가장 지속적으로, 그리고 또한 가장 끈질기게 표현된다. 어떻게 모든 걸 빼앗긴 농민이 전혀 시골풍이 아닌 전통시를 감상하고, 어김없이 자기 집 문을 희귀하기 짝이 없는 색조로 다시 칠하고, 혹은 오래된 타이어를 잘라서 이 나라가 5000년의 유구한 역사를 가졌다는 사실을 단번에 암시하는 가느다랗고 정확하고 우아한 모양의 기베(즈크 신발)를 만들 수 있단 말인가?

다 해진 양탄자의 강렬한 빛깔 속에 잠겨 있는 길가의 몇몇 찻집들보다 더 하늘에 가까이 있는 것은 없는 듯 하였다.

그 안뜰에서는 몇 계단 밑으로 어둡고 차가우며 바퀴벌레들이 누비고 다니는 지하실이 보이는데, 차도르를 쓴 주부들이 쭈그리고 앉아 스튜를 끓였다.

날카로운 울음소리와 다투는 소리, 진한 냄새. 이건 여자들 방이다. 하지만 내게는 더 좋은 게 있다. 젊은 집시 하녀를 데리고 바레인에서 마슈하드로 순례여행을 가는 가족이 묵는 방이 내가 침대를 펴놓은 테라스 쪽을 향해 있었다. 이것은 내가 오래간만에 본 가장 아름다운 장면이다. 하녀는 머리에 초록색 머릿수건을 매고, 두 팔과 가슴을 붉은색 윗도리로 덮었으며, 머릿수건과 같은 초록색 비단으로 된 헐렁헐렁한 바지는 두 개의 은고리로 발목에 잡아매었다. 밤이 되면 그녀는 차가워지라고 문 앞에 놓아둔 가죽 부대에서 술을 따라 말없이 홀짝홀짝 마시곤 했다. 나는 그렇게 사뿐히 움직이는 사람은 본 적이 없다! 술을 마실 때면 그녀는 무릎을 꿇고 앉아 하늘을 바라보았다. 그녀는 내가 잠들었다고 생각했지만 나는 살그머니 눈을 뜬 채 꼼짝않고 그녀를 바라보았다. 아무것도 신지 않은 발, 나뭇가지처럼 양쪽으로 뻗은 두 허벅지, 부드러운 목선, 달빛 속에서 반짝이는 광대뼈. 자기를 보는 사람이 없다고 생각하기 때문에 그녀는 그처럼 보는 사람을 감동시키고 그렇게 자유로운 자세를 취하는 것이다. 내가 조금만 움직여도 그녀는 모습을 감추어버리고 말 것이다. 나는 죽은 척 꼼짝도 하지 않은 채 나의 갈증을 그녀의 우아함으로 해결했다. 젊고 탐나는 모든 것이 베일로 가려지고 몸을 피하거나 침묵을 지키는 이곳에서는 그렇게 해야만 한다.

가끔씩 우리에게 한 마디씩, 아니면 몇 마디씩 말을 건네는 창녀들 모두가 고약한 것은 아니다. 하지만, 결국 그녀들은 자기 직업에 어울리는 식인귀 같은 목소리를 갖게 되었다.

타흐트 잠쉬드(「잠쉬드의 왕좌」, 페르세폴리스)[37]
이란에서는 가장 잘 만들어진 지도조차도 정확하지가 않다. 버려진 요새로 축소된 작은 마을, 이미 오래전에 말라버린 수원水源, 모래에 뒤덮인 도로가 여전히 지도에 표시되어 있다. 그래서 사이다바드를 통해 시라즈와 케르만[36][44]을 직접 잇는 도로는 더 이상 존재하지 않았다. 그 바람에 우리는 이스파한에서 주사크까지 이어지는 도로를 따라 올라가다가 거기서 동쪽으로 방향을 바꾸어야만 했다.

왕이 살던 도시의 잔해는 서쪽으로 직사각형의 계단식 지형으로 산에 기대어 마르브다슈트 평원과 접하고 있었다. '왕들의 왕'이 장차 왕조의 수도가 될 이곳의 공사를 감독하러 왔던 당시(기원전 6~기원전 5세기)에 이 평원은 수확물로 뒤덮여있었다. 그 뒤 이 유적지와 더불어 관개시설이 노후하는 바람에 오늘날 이 폐허에서 내려다볼 수 있는 것은 바싹 마른 건조한 땅이거

타흐트 잠쉬드 기원전 6세기, 페르시아제국의 아케메네스 왕조 때 건설된 왕궁으로, 타흐트는 '왕좌'라는 뜻이고 잠쉬드는 페르시아의 전설적인 영웅의 이름이다. 다리우스 1세가 건축을 시작하여 이후 아들인 크세르크세스를 비롯 후세의 왕들에 의해 계속 증축되었다. 기원전 333년경 알렉산드로스가 이곳을 점령하여 보물을 약탈하고 왕궁을 불태우고 폐허로 만들 것을 지시했다고 한다. 그리스인들이 이곳을 '페르시아의 도시'라는 뜻으로 페르세폴리스라고 불렀다. 알렉산드로스의 침략 이후 점차 폐허로 변했다.

나 트럭이 남겨놓은 먼지 자욱한 바퀴 자국, 또는 여름이 시작될 무렵이면 아직 남아있는 광장의 벽과 평원의 서쪽을 따라 이어진 자주색 산 사이를 둘이나 넷씩 짝을 이루어 하늘을 향해 똑바로 치솟아오르며 천천히 움직이는 회오리 먼지뿐이다. 도시로 말하자면, 그리스인들이 불을 지를 때까지도 완성되지 않았다. 층이 진 땅에 이르는 웅장한 계단과 얕은 돋을새김으로 뒤덮인 낮은 난간 벽, 오늘날에는 그 외관을 상상하기 어려운 두 개의 거대한 다주실多柱室(기둥이 많은 홀)을 제외하면 그것은 지금으로부터 2400년 전에 약탈당한 대규모 건설공사 현장에 불과하다. 화재의 열기에 무너진 기둥 옆에서는 아직까지도 귀를 기다리고 있는 거대한 황소 머리들이 발견된다. 원래는 따로 조각해서 갖다 붙일 생각이었던 것이다. 미완성된 것과 파괴된 것이 이처럼 공존하기 때문인지 이 폐허에서는 일종의 모순된 신랄함이, 정말로 살기도 전에 파괴되어버렸다는 불행이 느껴진다(아케메네스 페르시아인들은 이곳을 주로 공동묘지로 사용하고, 살기는 수사에 살았다 - 글쓴이 주).

여행자들은 크세르크세스의 아내였던 세미라미스 여왕의 저택을 개조해서 만든 객실에 머무를 수 있다. 방에는 쇠침대 두 개와 아름다운 양탄자, 검은색과 노란색 무늬로 장식된 제2제국 스타일의 욕조가 있다. 이 유적지 관리인(하급 관리인)은 손님을 받으면서도 별다른 열의를 보이지 않는다. 손님이 오면 이런저런 자질구레한 일거리가 생길 뿐만 아니라 서양인들, 특히 그리스 사람들을 좋아하지 않기 때문이다. 그는 알렉산드로스의 정복을 파괴와 약탈을 즐기는 주정뱅이 목동들의 침략으로, 그리고 아르벨라 전투(기원전 331년. 알렉산드로스는 이 전투에서 다리우스 3세에게 결정적인 승리를 거두었다 - 옮긴이 주)를 패배한 카탈루냐 평원의 전투 정도로(451년 아틸라가 이끄는 훈족은 샬롱쉬르마른 근처의 카탈루냐 평원에서 로마인들에게 격퇴당했다 - 옮긴이 주) 생각한다. 익숙해져야 한다. 그것은 단지 불만스러운 민족주의에 불과하지만 워낙 오래되었기 때문에 존경할 만한 것이 되었다. 게다가 우리도 최근에 몇 가지 편견을 갖게 되는 바람에 더 이상 객관성을 발휘할 수가 없게 되었다. 예민한 식민자인 알렉산드로스는 야만인으로 생각되는 사람들에게 아리스토텔레스를 데려다주었다. 그리하여 그리스 로마인들이 이 세계를 창조했다고 믿는 강박관념이 생겨났다. 동양의 문물에 대한 경멸(이집트와 룩소르와 피라미드에 관해서만 아주 조금 가르친다. 아이들이 피라미드의 그림자를 그리는 법을 배우도록 하기 위해서다)은 이렇게 만들어진다(중고등학교 시절). 그리스 로마인들 자신은 그렇게까지 국수적이지

크세르크세스(기원전 519년경 ~ 기원전 465년) 고대 페르시아 제국의 아케메네스 왕조의 황제. 다리우스 1세의 아들로서 아버지에 이어 페르세폴리스 궁전 건축에 심혈을 기울였고, 그 궁전에서 호화스런 생활을 즐겼다.
룩소르 나일 강변에 있는 고대 이집트의 대표적인 도시. 1600년 동안 이집트 왕국의 중심도시였기 때문에 신전과 탑 등 고대 이집트의 유물과 유적이 많다.

않았으며(헤로도토스의 저술이나 《키루스의 교육Cyropaedia》을 읽어보라), 점성학과 말, 역참제도, 많은 신, 여러 가지 훌륭한 매너, 그리고 물론 "현재를 즐기라"(이란인들이야말로 이것의 대가다) 등 자신들이 너무나 많은 걸 빚진 이란에 대해 깊은 경외감을 표했다.

그렇지만 이 관리인은 나보다도 훨씬 몰랐다. 그는 그리스인들이 6세기에 다리우스 1세의 궁정에 있었다는 사실을 단호하게 부인했다.

"아닙니다, 아네요, 손님⋯⋯. 그들은 훨씬 나중까지도 있지 않았다고요. 그들은 모든 걸 손상시켰어요."

너무나 오랜 세월이 지나고 또 그처럼 널리 알려진 유적지를 돌보다 보니 머리가 돌아버렸음에 틀림없다. 자기가 없을 때 누가 거기를 돌아다니는 것을 원하지 않던 그는 크세르크세스 왕 때 파여진 수로에 둥지를 틀고 사랑을 나누는 고슴도치들을 조심하라고 우리들에게 거듭 경고했다. 그는 고슴도치가 마치 활을 쏘듯 가시를 쏜다고 주장하면서 만년필로 시늉까지 내보였다. 게다가 그의 입술은 검었고, 눈에는 한참 맛있게 담배를 피우다가 때를 방해받은 골초처럼 노기가 서려있었다. 알아들을 수 없는 말을 중얼거리던 그는 사과를 하더니 나야 말을 하든 말든 내버려둔 채 예쁜 손녀의 팔을 잡고 자신의 파이프와 공상적인 연대기, 그리고 가시를 쏘아대는 고슴도치들에게로 돌아갔다.

페르세폴리스 7월 7일

새벽에 일어났다. 짐은 다 꾸려놓았다. 싱싱한 활기가 온몸에 돌아다니는 듯한 느낌이었다. 우리는 차를 몰고 인도와 인도의 나무들, 인도의 물, 인도의 다른 면모를 향해 달려가고 싶다는 은밀한 욕망을 각자 갖고 있었다. 그런데 티에리가 핸들을 잡고 시동을 걸어보더니 몹시 실망스러운 표정을 지었다.

뭐가 문제인지 한번 봐달라고 트럭 운전사를 불렀다. 그가 고개를 들더니 "아우토마트 수크흐테"라고 중얼거렸다. 그 말이 꼭 점화플러그가 타버렸다는 걸 의미하지는 않았다. 하지만 차 아랫부분이나 옆부분의 접근할 수 없는 어느 지점, 혹은 눈에 안 보이는 코일에서 전선(스무 개 중에서 하나)의 절연체가 떨어져 나갔거나, 아니면 작은 백금 접속부가 유럽의 정비소에서는 결코 다시 열어볼 엄두를 내지 못할 만큼 견고하게 땜질된 장치 안에서 녹아버렸다는 것은 분명했다. 그렇다면 그것은 우리 계획을 몽땅 연기하고 일정을 뒤로 미루어야 한다는 걸 의미했다. 도대체 얼마나 오래 미루어야 한단 말인가?

그것은 또한 짐을 다 풀어헤치고, 배터리를 끄집어내고, 이곳에서는 그늘 속으로 들어갈 방법이 없으므로 쨍쨍 내리쬐는 태양 아래서 일을 하고, 더러운 기름 속에 감추어진 누전 부위를

《키루스의 교육》 고대 그리스의 정치철학자 크세노폰의 역사소설. 그리스인으로서 페르시아의 왕 키루스의 정치철학에 관해 쓴 책이다. 한국어판이 나와있다.

찾고, 크기가 꼭 손톱깎이만 해서 손가락 사이로 빠져나가면 불타듯 뜨거운 모래나 박하풀 덤불 속으로 떨어지는 바람에 네 발로 기어 다니며 찾아야 하는(왜냐하면 그런 나사못은 시라즈에나 가야 구할 수 있는데, 우리는 통행증이 만료되어 거기로 돌아갈 수 없었다) 나사못을 다루어야 한다는 걸 뜻하기도 했다.

그것이 의미하는 건 또 있었다. 차를 노대露臺 아래쪽의 마을까지 밀고 간 다음 맨 처음에 오는 트럭을 세워서 온갖 감언이설로 두 번째 트럭이 나타날 때까지 붙들어두어야 하는 것이다. 그러고 나서 이 두 트럭의 배터리를 연결시켜 우리 차의 시동을 걸어보는 것이다. 우리 차는 12볼트라야 작동되는데 트럭들은 6볼트에 작동되기 때문이다. 자동차를 움직여보려 했지만 아무 소용이 없었으므로 그것은 차를 끌고 평원을 가로질러 얕게 돋을새김된 '샤푸르의 승리상'까지 가야 한다는 걸 의미했다. 그러나 이곳에서는 이 마그네트 발전기의 미스터리 때문에 위가 더부룩한 상태라서 사산 왕조의 정복자 앞에 무릎 꿇은 발레리아누스 황제의 모습이 눈에 잘 들어오지 않았다.

그것은 또 다른 사실을 의미했다. 우리가 근처 찻집에 가서 데려온 노련한 기계공학의 대가들이 한 명씩 차례로 완전히 해체된 자동차 주위에서 아세틸렌 불빛을 받으며 고쳐지지 않으면 그걸로 끝장인 이 지역의 고장 수리 요령을 한 가지씩 차례로 시도해 보고, 마치 불길한 점괘가 나온 간肝을 들여다보는 점쟁

이처럼(이건 민속의 영역이다) 고개를 저으며 점화불꽃 분배장치와 점화코일과 시동장치와 발전기를 들여다보다가 결국은 눋은 내가 난다는 둥 포인트에 검은 얼룩이 생겼다는 둥 하면서 아마도…… 아마도…… 확실치는 않지만…… 이라는 말만 늘어놓을 때까지 결코 포기하지 않고 뜨겁게 달구어진 철판 사이에서 이것저것 만져보아야 한다는 사실이다.

또한 처음 보는 트럭 운전사에게 돈과 배터리, 고장이 난 것 같은 부품들을 맡겨서 시라즈로 보낸 다음 몇 시간 동안 기다렸으나 그가 돌아오는 순간 희망이 절망으로 바뀐다는 걸 의미했다. 왜냐하면 그 부분이 고장 난 게 아니라는 게 분명해졌기 때문이다. 그래서 다시 조립하고, 해체하고, 머리를 긁적이고, 달아오를 대로 달아오른 뇌 속에서 아직 찾아내지 못한 아이디어를 찾아내야 하는 것이다…….

아침 여섯시에서 그 다음날 저녁까지 서른 시간 동안 이런 일이 계속되었다. 그 태양의 무게 아래서 문득 이란이라는 나라가 몹시 음흉하게 느껴졌다. 나는 우리의 체류 허가 일자를 연장하려면 또 얼마나 끈기 있게 기다려야 될지 생각해 보았다. 티에

샤푸르의 승리상 페르시아의 샤푸르 1세(재위 241~272)가 시리아를 침략하자, 로마 황제 발레리아누스(재위 253~260)는 이를 물리치기 위해 출정했으나 전투에서 패하고 포로가 되어 260년 처형당했다. 샤푸르 1세는 이를 기념하기 위해 로마 황제가 무릎을 꿇고 있는 승리의 부조상을 곳곳에 만들었다.

리는 약속된 날짜에 실론(스리랑카의 옛 이름)에 갈 수 없다는 사실에 절망했고, 나는 그가 그 전날 밤 유적지 관리인이 키우는 암탉 중 한 마리에게서 슬쩍 훔쳤다가 잊어버리고 있던 달걀이 호주머니 속에서 깨지는 순간 울음을 터뜨릴 것이라고 믿었다.

태양이 붉게 물들었을 때 우리를 도와주다가 깜빡 모래밭에서 잠들었던 사람이 어정쩡한 미소를 지으며 기지개를 켜더니 계기판의 결선結線을 뽑아내고 그걸로 일종의 긴 끈을 만들어서 엔진을 다시 가동시켰다. 그래서 우리는 지체된 시간을 만회하기 위해 전선을 뒤죽박죽 둥글게 뭉쳐놓은 것에 불과한 우리 차로 밤새도록 달려 케르만 사막을 통과하기로 했다.

기계공학도 좋고, 기술 발전도 좋고, 다 좋다! 하지만 우리는 우리가 얼마나 의존적인지 깨닫지 못하고 있다. 기계공학이나 기술 발전이 우리를 포기할 경우 우리는, 여자 유령이나 퉁명스런 수도사를 믿거나 아니면 큰 수확을 거두기 위해서 여간해서는 말을 잘 안 듣는 마귀들에게 의지해야 하는 사람들보다도 더 곤란한 상황에 빠지게 된다. 최소한 이런 사람들은 히타이트인들처럼 유령이나 수도사, 마귀들을 호되게 꾸짖을 수 있었으리라. 아니면 마사게타이인들처럼 화살이 하늘을 향하게 하든지, 혹은 의례용 음식을 제단에서 잠시 치움으로써 게으른 자들을 벌줄 수도 있었으리라. 하지만 전기에 대해서는 도대체 어떻게 앙갚음을 할 수 있단 말인가?

우리는 지금까지 단 한 번도 찻집에서 술을 발견한 적이 없었지만, 그날 밤에는 포도주 한 병이 마을 찻집에서 우리를 기다리고 있었다. 지나가는 한 트럭 운전사가 우리를 위해 일부러 맡겨둔 것이었다. 또 다른 운전사는 우리에게 주라며 얼음덩어리와 견인용 밧줄을 놔두고 갔다. 계속 끊임없이 움직이는 이 사회에서는 소식이 금방 퍼지기 때문에 시라즈에서 올라오는 트럭 운전사들은 다들 우리가 얼마나 큰 어려움을 당했는지를 들어서 잘 알고 있었다. 우리는 선반을 덮고 있는 붉은색과 흰색의 양탄자 위에서 천천히 술을 마시며 기운을 되찾았다. 오이와 양파, 진한 포도주, 그리고 그런 역경 속에서 너무나 소중하게 느껴지는 우정. 밖에서 바람이 불기 시작해서 폭풍으로 변해가는 동안 우리는 타브리즈에서부터 계속해온 주사위놀이에 빠져들었다.

페르세폴리스의 잔해로 잠을 자러 올라가려니 성가신 게 한두 가지가 아니었다. 유적지는 밤에 특히 아름다웠다. 샛노란 색의 달, 먼지가 소용돌이치는 하늘, 벨벳처럼 부드러워 보이는 회색 구름. 문을 지키고 서있는 스핑크스의 머리장식과 잘려나

히타이트 기원전 18세기경 뛰어난 제철기술을 지녔던 제국. 전차를 사용했다.
마사게타이 고대 이란의 유목민 집단으로 스키타이와 같은 계통이라는 설도 있다. 키루스 2세가 마사게타이족 정복전쟁에 나섰다가 여왕의 아들을 포로로 잡았는데 아들이 자살하자, 결국 여왕의 군대가 매복 끝에 키루스 2세를 살해하고 그 시체로 잔인하게 왕자의 복수를 했다고 전한다.

간 둥근 기둥 위에 올빼미들이 앉아있었고, 귀뚜라미들이 낮은 벽의 어둠 속에서 노래했다. 푸생이 그린 한 폭의 음울한 그림처럼 느껴졌다. 그렇다고 해서 알렉산드로스를 지나치게 원망할 수는 없었다. 이 도시는 이렇게 해서 아직도 그를 기억나게 하며, 파괴되었기 때문에 한층 더 가깝게 느껴지기 때문이다.

돌은 더 이상 우리의 시대에 속하지 않았다. 그것은 우리가 아닌 다른 사람들과 대화를 나누며, 우리와는 다른 주기를 가지고 있다. 우리는 돌을 다듬어서 돌에게 우리의 언어로 말하도록 할 수는 있다. 하지만 그것은 잠시뿐이다. 그러고 나면 돌은 결별과 포기, 무관심, 그리고 망각을 의미하는 자신만의 시간으로 돌아간다.

수르마크[38] 찻집

있는 것이라곤 초라한 집과 건너편의 경찰서, 그리고 끝없이 펼쳐진 연한 장밋빛 사막을 비추는 달뿐이었다. 하지만 이란의 모든 트럭들이 다 거기에 모여있는 것 같았다.

지친 얼굴들, 미국에서 잉여군수물자로 들어온 털모자 밑의 회색 머리칼, 아제리족의 챙 달린 검은색 모자, 그리고 이따금은 쿠르드족이나 발루크족의 터번. 피아니스트의 손을 가진 비쩍 마른 유령들이 엔진 소리와 거대한 밤 풍경 때문에 아직도 정신이 멍한 상태로 눈 먼 사람처럼, 문을 지나 빠른 걸음걸이로 아편을 피우는 담뱃대가 따뜻하게 덥혀지고 있는 화로 주변으로 간다. 이제 곧 얼음처럼 차가워질 밤에 엄청나게 거대한 것들(시속 10마일의 속도로 끝없이 이어지는 여정을 달리는 20~25톤짜리 트럭들)은 흙집 주위에 어둠의 성채를 쌓아올린다. 그 안에서 눈이 아플 정도로 밝은 카바이드 불빛에 일단 익숙해지면 죽을 만큼 피곤한 이 유목민들은 서로를 알아보고 인사하고 묻는다. 그렇게 하고 어디를 가나? 그러면 손가락을 슬며시 움직이며 낮은 목소리로 대답한다. 페르시아 만에서 호라산까지 가네. 아나톨리아의 에르주룸으로 호두를 가지러 가네. 인샬라, 그 빌어먹을 반다르 아바스 도로를 지나 호르무즈 해협으로 내려갈 걸세. 사모바르 주전자 위에서는 벽에다 핀으로 꽂아놓은 그림들을 볼 수 있다. 이맘 레자의 죽음, 세 가지 색깔로 그려진 여황제, 그리고 전쟁이 일어나기 전에 발행된 이탈리아 잡지에서 찢어낸 빈약한 가슴의 신출내기 여배우 사진. 말이 드물어진다. 아편이 지글지글 끓으면서 야윈 몸뚱이들 주변의 공간이 확대된다. 그 다음날 쓰려고 꽃무늬 천으로 싸서 천장에 매달아놓은 고기에 파리들이 몰려들어 흔들어댄다.

호르무주 해협 이란과 사우디아라비아 사이의 페르시아 만과 오만 만을 잇는 좁은 해협.
이맘 레자(765~818) 이슬람의 십이이맘파 제8대 이맘. 818년 아바스왕조 칼리프의 마문에게 독살되었다고 전해진다. 마슈하드에 있는 그의 묘는 이란 최대의 성지다.

이따금씩 오만하게 생긴 캐딜락 자동차가 트럭 가운데 멈춰 서서 찻집을 향해 마구 경적을 울려댔다. 사무실로 돌아온 총독이거나, 아니면 목숨이 오락가락하는 아르밥이 병원으로 황급히 실려가는 것이었다. 혼잡과 알록달록한 담요의 혼란 속에서 금반지와 금시계 때문에 두 팔이 무거워 축 늘어진 죽기 직전의 노인을 차에서 내려놓기도 했다. 차도르를 쓴 아내들이 그에게 아무 쓸모도 없는 부채질을 연신 해주는 동안 운전사와 조수는 무표정한 얼굴로 체리를 집어넣은 쌀을 한 움큼 입 속에 넣고 씹어먹었다.

또 이따금씩은 살짝 열린 문을 통해 경찰이 길고 뾰족한 쇠붙이로 트럭에 실린 짐을 되는 대로 푹푹 찔러대는 모습 (세월 좋을 때 통과세를 받으며 그랬던 것처럼)을 별빛 아래에서 볼 수도 있었다.

"저치, 지금 신을 찾고 있는 거야……."

아편을 피우던 한 사람이 이렇게 말하자 옆에 있던 다른 사람들이 보일 듯 말 듯 미소를 지었다.

그러나 수르마크는 아직 간선도로에 있다. 이 도로를 떠나면 동쪽으로 방향을 바꾸게 되는데, 여기서부터는 앞으로 가면 갈수록 생명체가 점점 더 드문드문해지고 트럭을 보기가 힘들어지며 주민들은 점차 뿔뿔이 흩어지고 태양은 더 뜨거워진다.

야즈드로 이어지는 도로

수르마크를 떠날 때는 우선 여기저기 소금이 뿌려진 검붉은색의 광활한 땅을 지나게 된다. 100킬로미터가량 가면 온통 소금뿐이어서 눈을 보호할 만한 도구를 가지지 못한 사람은 화를 입을지도 모른다. 우리는 오후 네시에서 일곱시까지 이 근사한 흙길을 달렸지만 아무도 만나지 못했다. 건조한 공기 덕분에 까마득히 먼 거리까지 볼 수 있었다. 홀로 서있는 나무 밑의 저 건물은 도대체 몇 킬로미터나 떨어진 걸까? 티에리는 14킬로미터, 나는 17킬로미터라고 말했다. 내기를 하기로 하고 차를 몰았으나 승부가 나기도 전에 날이 어두워지고 말았다. 그 건물은 직선거리로 48킬로미터 떨어져 있었다. 여러 날을 여행해야 닿을 듯한 높은 산들도 눈에 들어왔다. 눈(이 지독한 무더위 속에!)과 암벽의 경계선이 완벽하게 구분되었다(야즈드 남동쪽에 있는 이 산들 중 일부는 4000미터를 훨씬 넘는다 - 글쓴이 주). 활 모양으로 굽은 땅이 기슭을 감추고 있었으므로, 보이는 건 꼭대기뿐이었다. 손가락, 이빨, 총검, 유방. 널리 그리고 멀리까지 흩어진 크고 작은 섬들이 사막을 온통 뒤덮은 안개 위를 둥둥 떠다니는 듯했다. 앞으로 나가면 나갈수록 또 다른 기괴한 실루엣들이 바다만큼이나 광대한 지평선에서 불쑥불쑥 나타나 손짓하였다.

아바크우우[39]

흙으로 지은 이곳의 건축물은 규모가 크고 기상천외하다. 쉽게 부서지는 높은 노란색 벽, 긴 종유석처럼 보이는 것들이 비죽비죽 솟은 정사각형 모양의 이슬람 사원들, 깊이 파묻힌 골목. 자신만만하고, 도도하고, 어쩌면 조금 겉멋을 부리는 사람들만이 이런 걸 지을 수가 있을 것이다. 옛 지리책을 보면 아바크우우에는 1만 8000명이 산다고 나와있다. 카자르 왕조 때 이 도시는 꽤 컸음에 틀림없다. 그러고 나서는……?

허물어지고 인적이 끊기고 침묵에 싸인 이 미로가 아직도 도시란 말인가? 어디 서있든 간에, 같은 집의 깊숙한 곳에서 같은 맷돌이 돌아가는 소리가 들려온다. 어디를 가든 간에, 맨발에 검은 웃옷을 입고 부끄러워서 말을 못하는 것처럼 보이는 나귀 몰이꾼을 만난다. 한 시간 동안 돌아다닌 끝에 겨우 달걀 네 개를 구한 우리는 반쯤 무너진 이슬람 사원(기도 시간을 소리쳐 알리는 승려가 사원 꼭대기에 아슬아슬하게 매달려있는 나무 상자 안으로 방금 들어가 자리를 잡았다)을 마주 바라보며 날달걀을 꿀꺽 삼켰다. 승려가 마치 제물로 바쳐질 희생자처럼, 흥분한 귀뚜라미처럼, 창살 사이에서 몸을 움직이는 것이 멀리 희미하게 보였다. 그러고 난 그는 대규모 흑사병과도 같은 침묵이 지배하는 이 도시를 향해 열정적인 목소리로 기도문을 읊조리기 시작했다. 그런데 그것은 기도라기보다는 성난 불평과 거친 푸념처럼 들렸다.

자동차 옆에서는 잠을 제대로 잘 수가 없어서 새벽에 다시 출발했다.

"……?"

멀리 떨어진 길 가장자리에 케이크 모양으로 흙을 쌓아올린 게 과연 무엇일까 몹시 궁금했다. 주사위 통을 엎어놓은 것 같기도 했고, 달걀을 받침돌 위에 올려놓은 것 같기도 했다. 하지만 그 것은 소금사막 위로 총안이 뚫린 꼭대기가 30미터가량 솟아있 는 정사각형의 폐쇄된 성곽이었다. 죽음처럼 깊은 침묵, 수직으 로 내리쬐는 태양. 길을 가로지르는 개울이 안장을 얹은 나귀가 겨우 지나갈 만큼 좁은 문 아래를 지나 성곽 안으로 흘러들어갔 다. 문을 밀고 들어섰더니 그 뒤에 껍질을 벗긴 양 한 마리가 둥 근 천장에 매달려있고, 아이들의 고함소리가 들리고, 양쪽에 여 러 층짜리 집들이 늘어선 골목길이 나타났다. 그리고 골목길을 지나자 호두나무와 옥수수, 연못이 나타났는데, 연못은 성벽 높 이까지 계단식으로 오르막을 이루는 작은 밭으로 둘러싸여있 었다. 간단히 말하면 온 도시가 이 물줄기에 의존하여 살고 있는 것이다. 고개를 들자 총안 흉벽까지 지그재그로 올라가는 좁은 계단과 우물 밑바닥에서 올라온 것 같은 태양이 보였다. 이 요새 에서 사는 몇몇 사람들은 우리를 보자 처음에는 놀랐으나 곧 침착해졌고, 그중에서 가장 대담한 사람은 차 한 잔 마시고 가라며 우리를 집으로 초대했다. 100여 명가량 되는 주민들이 파크라 바드라고 불리는 이 장소에 아직도 밀착해서 살고 있으며, 걸어서 이틀 걸리는 산에 방목하는 몇 마리 안되는 양떼 덕분에 생계를 이어나가고 있다. 야즈드에서 온 식료품 트럭이 이따금씩 성문 앞에 멈추어 설 뿐, 성벽 아래로 전혀 아무것도 지나가지 않은 채 한 주일이 흘러갈 때도 있었다.

심지어 이곳에는 바람조차 들어오지 않는다. 떨어진 지 몇 년씩 지난 낙엽이 지붕과 테라스, 아슬아슬하게 이어진 계단을 뒤덮은 채 발밑에서 바스락거렸다.

야즈드[40]

야즈드에는 대부분의 물품이 트럭에 실려 서쪽에서 도착한다. 이곳의 생활비는 비싸다. 그리고 야즈드 사람들(이란에서 가장 겁 많고(나디르 왕 때 인도 정복을 마치고 무기와 짐을 가지고 돌아오던 야자드 보병 연대는 반란을 일으킨 발루치스탄 지방을 통과하기 위해 호위 병력을 요청했다 - 글쓴이 주), 가장 훌륭한 정원사와 가장 능숙한 상인으로 통하는)은 서로 합의해서 그 생활비를 더 올려놓는다. 하지만 7월 초가 되면 적어도 무더위와 갈증, 파리는 공짜로 가질 수 있게 된다.

야즈드 사막에서는 챙 있는 모자와 선글라스만으로는 충분하지 않다. 베두인족들처럼 온몸을 포근하게 감싸야 하는 것이다. 하지만 우리는 셔츠 단추를 풀고 두 팔을 드러낸 채 차를 타고 달렸다. 낮에는 태양과 바람이 몇 리터나 되는 수분을 우리 몸에서 몰래 빼앗아갔다. 우리는 밤에 가벼운 차를 스무 잔쯤(금방 땀으로 빠져나가버리는) 마시면 균형을 다시 회복할 수 있으리라 믿었고, 그런 다음엔 잠을 잘 수 있으리라는 희망을 갖고 불타듯 뜨거운 침대에 몸을 던졌다. 하지만 잠을 자는 중에 건기乾氣가 활동을 시작하더니, 마치 가시덤불을 태우는 불길처럼 타올랐다. 온갖 신체기관들이 혼란 속에서 아우성치자 우리는 벌떡 자리에서 일어나 거친 숨을 몰아쉬었다. 코는 건초를 쑤셔넣은 듯 꽉 막혔고 손가락은 양피지처럼 쭈글쭈글해졌다. 약간의 수분과 물 한 방울, 혹은 얼굴에 대고 문지를 수 있는 참외 껍질 같은 것들을 어둠 속에서 더듬더듬 찾았다. 이런 일이 밤새도록 서너 차례나 되풀이되다가 이제 좀 눈을 붙일 수 있으려나 싶었지만 날이 밝아오면서 파리들이 윙윙거리기 시작했고, 여관 안뜰에서는 파자마를 입은 노인네들이 첫 담배를 피우며 날카로운 목소리로 잡담을 나누기 시작했다. 그리고 나자 태양이 떠오르더니 다시 우리 몸의 수분을 쥐어짜기 시작했다……

너무 더워서 머리도 제대로 건사할 수가 없었다. 우리는 도시 초입에 있는, 연기가 모락모락 나지만 다 무너져가는 동네의 플라타너스 그늘에서 일하는 이발사에게 머리를 깎았다. 그가 내 턱을 만지는 동안 나는 이 도시에 많이 사는 조로아스터인들이 옛날에 죽은 사람을 놔두었다는(죽은 사람을 흙이나 불로 더럽히지 않기 위해 그곳에 내놓으면 독수리들이 먹어치웠다 – 글쓴이 주) '침묵의 탑'을 바라보았다. 그리고 플라타너스 나무도 바라보았다. 잘 기억해두어야 한다! 동쪽으로 가면 앞으로 오랫동안 그 나무를 볼 수 없을 테니.

케르만 가는 길

두 시간 전부터 우리는 마치 무슨 부조리한 물체처럼 쇳빛 회색을 띤 사막 한가운데 놓인 그 찻집을 계속 지켜보았다. 모래바람이 불어 찻집을 숨기면 우리는 그것을 시야에서 놓치지 않으려고 차의 속도를 낮추었고, 그러다가 시야가 트이면 우리에게서 수십 킬로미터 떨어진 앞에서 항해하는 그 찻집을 다시 발견할 수 있었다. 느릿느릿 달리기는 했지만 어쨌든 우리는 오전 열한 시경에 그 찻집에 도착했다. 마른 흙으로 쌓아올린 둥근 지붕의 내부는 연기 때문에 검게 변했고, 꼭대기에 뚫어놓은 구멍으로 빛이 조금 새어들어왔다.

적지 않은 것들이 허용되는 페르시아에서도 방귀 뀌는 것은 금지다(비록 사막 한가운데서라도 방귀를 뀌어서는 안된다). 너무나 피곤해서 넋이 나갈 정도가 된 티에리가 꾸벅꾸벅 졸다가 그 같은 관습을 위반하자 여주인이 꼭 살무사처럼 고개를 홱 돌리더니 검지손가락으로 그를 위협했다. 이 늙고 더럽고 왈패 같은 여자는 뼈가 앙상할 정도로 비쩍 말랐다. 엄청나게 큰 수고양이 두 마리가 뒤꽁무니를 쫓아다니는 가운데, 그녀는 자신의 허름한 찻집 안을 왔다 갔다 하면서 사모바르 주전자를 데우는 숯불을 쑤석거려 불길을 키우며 쉰 목소리로 노래를 불렀다. 차를 내주고 난 그녀는 등을 대고 눕더니 드르렁드르렁 코를 골기 시작했다. 그녀의 남자로 말하자면, 파리가 들끓고 아편 냄새가 찌든 담요를 덮고 문에 기대어 자고 있었다.

희미한 어둠에 눈이 익숙해지자 찻집 한가운데의 땅에서 물줄기가 솟아올라 작고 둥근 수반을 채운 다음 거기서 조금 떨어진 땅속 깊은 곳으로 흘러들어가는 것이 보였다. 투명해서 속이 보이는 물고기 몇 마리가 이 지하수맥을 타고 올라와 수반 속에서 느릿느릿 헤엄치거나, 아니면 차가워지라고 넣어놓은 수박 껍질을 조금씩 갉아먹었다. 응고시킨 우유가 든 자루에서는 물기가 졸음을 불러일으킬 만큼 천천히 물 위로 떨어지고 있었다. 정오가 지난 게 틀림없었다. 밖에서는 여전히 모래바람이 불고 있었으며, 태양은 쨍쨍 내리쬐었다. 기다려야만 했다. 다섯시 전에 차를 몰았다가는 타이어가 터져버릴지도 모르기 때문이다. 이따금씩 물고기 한 마리가 튀어올라 파리를 꿀꺽 삼키고는 풍덩 소리를 내며 다시 물속으로 들어가는 경이로운 장면을 연출했고, 그럴 때마다 우리는 기억을 멀리멀리 더듬어 거슬러올라가곤 했다.

캄 군사기지[41]

저녁 7시

용마루가 무너져 내린 작은 보루堡壘. 모진 비바람이 불어와 마치 암초를 부숴뜨리듯 그것을 부쉈다. 한 여인이 입구에 나타나더니 차를 세워놓고 들어오라고 손짓했다. 그녀는 금귀고리를 하고 이란 동부에서 흔히 볼 수 있는 통이 좁은 검은색 바지를 입었으며, 손에는 모래바람이 휘몰아칠 때마다 마치 징처럼 울리는 구리 냄비를 들고 있었다. 우리는 목도 마르고 바람도 견딜 수가 없어서 성 안으로 뛰어들어갔다. 높은 흙벽 안으로 몸을 피하고 보니 아몬드나무와 복숭아나무, 네모난 채소밭, 그리고 책상다리를 하고 앉아 손만큼이나 큰 글자를 써가며 알파벳을 배우고 있는 백발을 한 군인 세 명이 눈에 들어왔다. 눈병에 걸린 이 늙수그레한 학생들은 전초부대 대장이 우리가 그 자리에 있다는 것을 이용해 그들에게 받아쓰기를 시키는 바람에 더더욱 음절에 애를 먹었다.

"바그-다드, 쉐-레-자-드……"

그건 분명히 아름다운 이야기였다. 하지만 그가 속도를 빨리하는 바람에 결과는 그다지 좋지 않았다. 그중에서 가장 나이가 많은 병사는 두 줄밖에 안 썼는데도 틀린 곳이 여섯 군데나 되었다. 하지만 살다 보면 이런 실수야 늘 하게 되는 법. 웃음, 혼란, 즐거운 환대. 그들은 우리를 위해 라벤더 색깔의 작은 카펫을 깔고 차를 준비했다. 함께 사는 키 큰 여인이 갓난애를 안고 어르자 그들은 풀잎으로 간질여 아이를 웃기기도 하고 달래기도 했다. 그러고 나서 각자 아기를 팔에 안고 자랑스러운 표정으로 사진을 찍었다. 자고새 무리가 모래바람에 눈이 멀어버렸는지, 우박이 쏟아지듯 정원으로 우르르 날아들더니 채소밭에서 짹짹거렸다.

아나르[42]

밤 11시

헤드라이트는 겨우 10미터 앞도 비춰주지 못했고, 소용돌이치는 먼지는 별들을 가렸다. 도로를 따라 200미터 이상 이어진 편편한 벽이 우리가 기다리던 작은 마을을 보여줄 때까지 천천히 차를 몰았다. 성벽 문은 아주 작았고, 파크라바드에서처럼 마을 전체가 철제 빗장이 질러진 문 뒤에 자리잡고 있었다. 주먹으로 문을 두드렸다. 침묵. 그래서 도랑에서 주운 돌로 다시 오랫동안 문을 두드렸다. 그러자 발자국소리가 가까워지는 듯하더니 멀어졌다가 다시 돌아와 누군가가 쉰 목소리로 물었다.

"누구……시오?"

우리는 설명했다. 자물쇠 부딪치는 소리가 한참 들리고 결국 문이 살짝 열리더니 수염이 덥수룩한 농부 한 사람이 한 손에는 등을, 또 한 손에는 곤봉을 들고 나타났다. 그는 이곳에서는 뭘 먹을 수도, 잠을 잘 수도 없다고 말했다. 그는 거기서 두 파르상 정도 떨어진 어둠 속에 떠있는 불빛 하나를 손으로 가리키고는 잠과 안전을 지키겠다는 듯 재빨리 문을 닫아버렸다.

작은 찻집이 있었으므로 그곳의 어둠 속에서 몇 시간 동안 드러누워 있었지만 눈을 감을 수가 없었다. 그 누추한 찻집 앞에 동쪽에서 온 트럭 한 대가 서있었고, 안에서는 맑은 눈에 턱수염을 길르고 주홍색 터번을 쓴, 이곳에서는 우리들보다 더 낯설어 보이는 운전사가 무슨 말인지 도저히 알아들을 수 없는 사투리로 혼자서 중얼거렸다. 퀘타에서 왔다는 말을 하는 것 같았다. 우리와 반대 방향으로 여행한 것이다. 그 이상 알아낼 수가 없었다. 인도 세계가 우리에게 손짓한 것은 이번이 처음이었다.

동이 트기 전에 출발했다.

라프산잔[43]

우리가 지난 밤에 한숨도 자지 못했기 때문에 더더욱 이 도시는 아침 일찍 깨어있는 것처럼 보였다. 이발사가 피스타치오 더미 사이에서 이 빠진 면도기로 우리 수염을 밀어주고 나서야 우리는 반쯤 잠에서 깨어났다. 나머지는 터키탕이 맡았다. 그것은 초록색 물이 고여서 썩어가는 저수통 주변에 지어진 그윽하고 시원한 누옥陋屋이었다. 우리는 축축한 타일 바닥 위에 누워 때밀이에게 몸을 맡겼고, 그는 모래를 넣은 비누로 우리 몸에 비누칠을 하고, 마치 방광처럼 부풀어오른 수세미로 거품을 내고, 손과 발을 이용해 관절들을 주물러주었다. 눈을 살짝 뜨자 위로는 열심히 일하고 있는 그의 야윈 얼굴이, 그리고 그의 허리를 두르고 있는 천 아래쪽으로는 벌써부터 물웅덩이를 반짝이게 만드는 햇볕에 금빛으로 물든 불알 두 쪽이 흔들거리는 것이 보였다. 물에 반쯤 빠진 바퀴벌레들이 얼굴 위로 휙 지나갔다. 쾌감의 신음을 내지르면서 우리는 차츰 피로가 통제력을 잃고, 밤이 우리를 떠나는 것을 느꼈다. 말로는 표현될 수 없는 삶으로 되돌아온 것이었다.

파르상 1파르상은 약 6킬로미터.

케르만[44]

케르만에 도착하는 순간 우리는 가장 힘든 일이 아직 남아있다는 사실을 깨달았다. 찌는 듯한 무더위 속에서 사람이 거의 살지 않는 산악지대를 지나 국경까지 600킬로미터를 가야 하고, 그러고 나서 퀘타까지 가기 위해서는 발루치사막을 통과해 또 한번 그런 길을 가야 하는 것이다. 그래도 옛 밤Bam[45] 요새까지 처음 200킬로미터 정도 도로에는 차들이 자주 다닌다. 하지만 그 너머부터는 도로가 모래에 묻히고, 차량의 왕래가 뜸해지고, 생명이 고갈되고, 풍경은 멈추어 설 힘이 더 이상 없다는 듯 길게 이어진다. 태양에 관해서는 아예 아무 말도 하지 않는 게 낫다! 잠자리와 우연한 만남에 관해 말하자면, 그 밀도가 모진 비바람 속에 흩어지는 쌀알 정도이리라.

지금으로부터 150년 전만 해도 케르만은 숄과 맹인들(초대 카자르 황제가 이곳 주민들 중 2만 명의 눈을 파내버렸다)로 널리 알려져 있었다. 지금은 분홍색과 푸른색 꽃가지 무늬가 들어간 양탄자와 정원으로 유명하다. 이곳에서 우리는 연장을 손에 들고 '포인트 IV'의 시원한 정비용 구덩이 속, 자동차 아래서 이틀을 보냈다. 그 안에 있는 건 그다지 나쁘지 않았다. 힘들게 사막을 지나고 나면 약간의 그늘과 좁고 닫힌 공간을 원하게 되는 것이다. 둘째 날(금요일)에는 친구도 생겼다. 피란지(이방인) 두 명이 엔진을 고치며 신神의 날을 보내고 있다는 사실을 이 도시 주민

전체가 알게 되었고, 그러자 트럭 운전사들이 나들이옷 차림으로 나타나서 정비소를 살롱으로 바꿔놓았다. 반들반들 윤이 나게 닦은 구두를 신고 새 터번에 칼라가 빳빳한 흰색 튜닉이나 멜빵바지를 입은 아르메니아인, 조로아스터 교도, 이슬람교도들. 뭔가 쓸모있는 생각을 해낸 사람들은 깨끗한 소매를 조심스레 걷어부친 다음 스패너나 스크루드라이버가 될 만한 것을 집어들었다. 자기 연장을 찾으러 가는 사람들도 있었다. 어떤 사람들은 사라졌다가 과자나 보드카를 들고 다시 나타나기도 했다. 정말 유쾌했다. 부족한 건 음악뿐이었다.

우리는 강렬하게 내리쬐는 정오의 햇빛이 동부 이란의 모든 도시에 부여하는 약탈과 파괴의 분위기(마치 몽고의 티무르 대왕이 방금 휩쓸고 지나간 것처럼)만을 느꼈을 뿐, 낮에는 케르만을 거의 보지 못했다. 하지만 밤에는 케르만을 볼 수 있었다. 몸을 씻고 휴식을 취하고 난 우리는 자전거를 타고 우리를 지나쳐갔다가 다시 돌아와 한자리에서 페달을 밟으며 똑같은 영어 문장을 귀가 닳도록 되풀이하는 젊은이들과 함께 시내를 거닐었다. 밤이 되자 케르만은 아름다워졌다. 타는 듯 뜨겁고 붕괴되고 부서진 것 같은 분위기가 이 세상에서 가장 드넓은 하늘의 부드러움으로, 그리고 푸른 나뭇가지와 물소리, 광대한 공간에서 환하

발루치 파키스탄의 발루치스탄. 발루치족은 동부 이란, 아프가니스탄에 살고 있는 수니파 이슬람을 믿는 사람들.

게 빛나는 회색을 배경으로 부풀어오른 둥근 지붕의 모습으로 바뀌었다. 우리를 호위하던 젊은이들과는 도시 변두리에서 헤어졌다. 거대한 나무 세 그루, 마른 진흙으로 쌓아올린 벽, 그리고 바다보다 더 광활한 모래 고원이 나타났다. 아직도 미지근한 모래 위에 드러누운 우리는 언젠가는 그것의 끝을 보게 될 수 있으리라 생각하며 아무 말 없이 담배를 피웠다. 깨진 손톱, 성냥을 켜자 반짝 비쳤다가 순식간에 꺼져버리는 불빛, 우아한 곡선을 이루며 모래 속으로 떨어져 바작바작 타는 담배꽁초, 별들, 별들, 동쪽 지평선을 가로막고 있는 산들이 윤곽을 드러낼 만큼 환하게 빛나는 별들……. 그리고 평화가 서서히 찾아든다.

케르만을 떠나며

7월 17일

이틀하고 한나절이 지난 뒤에 고장난 부분을 찾아내어 수리했다. 우리를 도와준 사람들은(밤새도록 우리 곁을 떠나지 않은 사람들도 있었다) 돈을 받으려 하지 않았다. 그들은 음악이나 한 곡 들려달라고 했지만, 아코디언은 온통 모래투성이였다. 해가 질 무렵 그들은 식량이 꽉꽉 들어찬 털털이 자동차에 우르르 올라타더니 도시가 훤히 내려다보이는 고개까지 우리를 배웅해 주었다. 그곳에는 폭이 겨우 50센티미터나 될까 말까 한 개울이 흐르고 있었는데, 미신 때문에 그러는 것인지는 모르겠지만 그들은 그 개울을 건너기를 두려워했다. 그래서 그들은 서쪽 개울가에 앉아 맑은 개울물 속에 발을 담갔다. 우리는 반대편 개울가에 앉았다. 그리고 끝없이 펼쳐진 풍경 위로 보름달이 떠오르는 걸 보며 오랫동안 술판을 벌였다. 그러고 나서 아르메니아인들은 우리와 악수를 나누었고, 다른 사람들은 이슬람식으로 우리와 포옹했다. 그들은 악을 쓰듯 노래를 부르며 자동차에 올라타더니 케르만 쪽으로 사라져갔다.

마실 수 있는 물과 휘발유, 멜론, 코냑 한 병(사막을 횡단하려면 꼭 필요한), 그리고 죽은 사람도 깨어나게 할 만큼 독한(최소 15도. 케르만을 둘러싸고 있는 포도밭에 가면 물을 더 잘 공급받도록 포도나무를 수 미터 깊이의 도랑에 심어놓은 걸 볼 수 있다 - 글쓴이 주) 말라붙은 피 색깔의 케르만산 적포도주 여러 병을 실은 우리 차도 동쪽을 향해 다시 출발했다. 도로는 상태가 좋았고 완만한 오르막을 이루고 있었다. 헤드라이트를 꺼도 될 만큼 달빛이 환해서 배터리를 아낄 수 있었다. 불을 모두 끄고 산홋빛을 띤 그 적막하고 광활한 계곡을 시속 15킬로미터 정도를 유지하며 달리는 기분은 정말 환상이었다.

같은 날 밤

100킬로미터쯤 갔더니 찻집이 나타났다. 여기서 일하는 소녀

세 명은 졸려 죽겠다는 표정으로 눈에서 주먹을 거의 떼지 않고 우리에게 차를 내왔다. 옆자리에서 담배를 피우던 운전사 두 명도 우리를 그다지 경계하는 것 같지 않았다(우리가 그날 밤 만난 몇 몇 유령들은 100년 동안이나 잠을 못 잔 것처럼 보였다). 우리로 말하자면……

안개처럼 자욱한 이 아편 연기 속에서 어떻게 잠을 잔단 말인가? 이란 동부에서는 아편을 많이 피웠다. 늘 피곤한 장거리 트럭 운전사들이 특히 그랬다. 페르시아 사람에게 아편 얘기를 하면 격렬하게 항의한다. 그래도 계속 이야기하면 그는 영국 사람들이 아편을 이 나라에 들여와서 판매를 장려했다는 식으로 설명한다. 이곳에서는 우박이 논에 쏟아지고 버스가 협곡으로 굴러 떨어져도 영국사람 탓을 한다는 말을 해야겠다. 이런 이야기가 얼마만큼 사실인지는 알 수 없다. 영국인들은 분명히 아편 때문에 중국에서 전쟁을 했다. 그리고 이 관습은 여전히 지켜지고 있어서, 수르마크에서 밤으로 이어지는 도로에 있는 찻집 두 곳 중 최소한 한 곳에서는 사람들이 아편을 피우는 걸 볼 수 있었다. 나는 아편 연기는 좋아한다. 기회만 있다면 얼마든지 그 연기는 들이마실 수 있을 것 같다! 하지만 냄새는! 대마초 냄새는 유쾌하고 성스러운 반면 아편에서는 초콜릿이 살짝 타서 눌어붙거나 누전되었을 때의 냄새가 난다. 그리고 그것은 절망을, 박엽지薄葉紙로 된 허파를, 자주색 벨벳으로 된 창자를, 쉽게 속아 넘어가는 자들의 장터를 곧바로 연상시킨다. 그것은 파리조차 쫓지 못하는 냄새이다.

아편중독자들은 파이프로 두세 번 피우고 나면 생각이 더 빨리, 더 잘되고, 자신의 이미지를 더 조화롭게 조절할 수 있다고 주장한다. 하지만 대개는 자신의 이미지를 자신만을 위해 간직할 뿐 그의 이웃은 그걸 거의 이용하지 못한다. 반대로 그의 동작은 서투르고 둔해져서, 그는 참을 수 없을 만큼 느린 동작으로 당신의 무릎 위에 커다란 찻잔을 엎지른다! 아편중독자와 그의 생활 리듬을 이해하기 위해서는 아편을 직접 피워봐야겠지만, 호기심도 결코 나를 그렇게 하도록 이끌지는 못했다. 그래서 우리는 찻집에 오래 머물지 않았다.

두시, 트럭 헤드라이트가 멀리 보였다. 하지만 정작 이 트럭과 마주친 건 네시였다. 다섯시가 되자 벽에 여기저기 총안이 뚫린 웅장한 밤Bam 요새와 종려나무 숲이, 줄무늬처럼 길게 이어진 초록색 여명을 배경으로 떠올랐다. 깊이 파묻힌 골목길을 낙타와 염소들이 김을 내뿜으며 줄지어 지나갔다. 거대한 흙벽과 지그재그로 된 문들이 모든 집을 지켜주고 있었다. 이곳은 글로 쓰인 천년의 역사가 부여하는 차원까지 갖추고 있어서 일종의 위엄 있는 아프리카처럼 보였다.

수 세기 동안 밤은 발루치족의 침략과 아프가니스탄의 위험에 맞서 전진 기지와 요새 역할을 해왔다. 이 요새에는 장군이 이끄는 부대가 주둔했고, 이 부대는 때때로 토벌군을 동쪽으로 파견했는데, 과연 살아서 돌아올 수 있을까 하고 병사들이 두려워하는 바람에 그때마다 눈물이 비 오듯 쏟아졌다고 한다. 발루치스탄이 조용해진 지금은 이같은 슬픔이 장군과 더불어 사라졌고, 밤 요새는 이제 견고한 요새에 둘러싸인 모자이크식 정원으로 특히 케르만의 아르밥들이 별장으로 쓰고 있다.

밤Bam[45], 한 정원에서

7월 18일

그날에 여호와께서 신호를 보내시어
이집트 강 끝에 있는 파리 떼를 부르시고
또 아시리아 땅의 벌 떼를 부르실 것입니다.

(《이사야서》, 제7장 18절)

그분께서는 바로 여기서 파리들을 부르셨음에 틀림없다. 나는 아시아 파리에 관해 언젠가 한번 이야기하게 될 것이다. 그늘도 있고, 샘물 흐르는 소리도 들려오고, 푹신푹신한 양탄자도 깔려있고, 피로는 극에 달했다……. 모든 게 다 갖추어졌으니 이제 잠을 잘 수 있으리라. 하지만 파리가 한 마리라도 나타나면 그 계획은 연기해야 한다. 그렇게 되면 어쨌든 나는 잠을 자보겠다는 계획을 미룰 수밖에 없고, 그런 밤이 네댓새 계속되면 욕구 불만이 쌓일 대로 쌓인다 (하지만 티에리는 세상모르고 쿨쿨 잠들어 있다. 그렇게 깊이 잠든 그를 보면 내 가슴은 반감으로 가득 찬다). 그럴 때면 자동차의 포인트와 점화 플러그도 청소하고 스프링에 기름도 칠하면서 완전히 녹초가 될 때까지 죽어라 일하는 것밖에는 달리 방법이 없다. 다시 짐을 싸고, 양철통에 마실 물을 채우고, 삽에 손잡이를 만들어 붙인다. 시장에서 이것저것 먹을 것을 흥정해서 사다 보면 낡은 검은색과 푸른색 옷을 걸친 여인들이 산책하며 그늘을 걷다가 햇빛이 비치는 곳을 지나갈 때는 발을 태우지 않으려고 후다닥 뛰어가는 바람에 길거리의 리듬이 이어졌다 끊어졌다를 되풀이하며, 그렇게 이어지는 걸 알 수 있었다.

배터리를 충전시키기 위해 정비소에 들렀다. 이곳에는 정비사가 그리스인 한 명뿐인데, 이 사람은 이 모래 항구의 유일한 선주로서 이따금 자기 트럭들을 태양이 파도치는 자혜단 쪽에 띄웠다. 그는 지난 2주 동안은 모래 언덕이 슈르가즈 초소 너머의 도로를 뒤덮는 바람에 수포로 돌아갔지만 그래도 통과할 수 있을 것이라고 내게 자신 있게 말했다. 그는 그런 날씨에도 운행하는 것으로 알려진 'IV 지프차'에 관해서는 전혀 모르고 있었다. 그렇지만 우리는 이 지프차가 우리 바퀴 자국을 보고 따라올 수 있도록 일부러 먼저 출발했다.

파라⁴⁶•

그날 저녁
밤^{Bam} 동쪽에서 도로는 한 몽고인 족장의 무덤이 꼭 손가락처럼
솟아있는 노란색 모래분지를 통과하였다. 우리가 분지 꼭대기
에 도달했을 때 도로를 따라 걷던 유목민들이 우리 차를 세우더
니 찢겨진 신문조각을 건네주었다. 그것은 '포인트 IV' 운전사
의 메모였다. 먼저 지나간 지프차가 가능하면 오랫동안 파라의
초소에서 우리를 기다리겠다는 내용이었다. '가능하면'이라는
단어가 의미하는 건, 이슬과 추위로 모래가 조금 더 단단해지는
새벽 전에 슈르가즈 모래언덕을 통과해야 하므로 밤 열시까지
기다리겠다는 것이었다. 우리는 속력을 냈다. 밤 아홉시경, 파라
까지 30킬로미터가량 남은 지점에서 3단 톱니바퀴(경제속도)가
부러져버렸다. 거의 시속 10킬로미터로 달리면서 비탈길이라
도 나오면 바로 엔진에 압력을 가하고 속력을 늘리고 높은 기어
로 바꾸면서 버텨내달라고 기도했다. 하지만 빨리 갈 수가 없었
다. 열한시에 파라에 도착하니 지프차는 방금 출발했다는 것이
었다.

파라는 누군가가 당신을 기다리는 곳이다! 당신은 마을이
나타날 거라고 상상했으리라. 하지만 나타난 것은 외딴 전신국
으로, 위성류 한 그루가 바람에 가볍게 떨고, 카바이드 등 아래

서는 유목민 세 명이 잠든 경찰을 둘러싸고 침묵을 지키고 있었다. 경찰을 깨워서, 지프차를 세워 우리에게 다시 보내달라는 내용의 전보를 쳐달라고 부탁했다. 만일 전보가 제대로 간다면 지프차는 새벽 두시쯤에 이곳에 도착할 것이다. 잠을 잘 수는 없었다. 초초하게 기다렸으나 아무것도 나타나지 않았으므로, 우리는 전보를 저주하며 코냑을 마셨다(비몽사몽 간의 기다림, 현기증을 불러일으키는 사막, 가죽신발로 전갈을 짓밟아 죽이는 유목민의 느린 동작……).

20세기가 시작될 무렵, 마지막 카자르 왕조에서 새로 가설된 전신기는 각 지방의 오지에서 왕궁으로 보내는 보고서로 윙윙거리며 잡음을 냈는데, 이 보고서들은 거의 항상 "왕들 중의 왕이시여, 이 세계의 중심 되는 분이시여, 위대한 지도자시여……"라는 글귀로 시작되었다. 그러고 나서야 반란과 기근, 금전에 관한 이야기를 시작하는 것이다. 이 얼마나 거창한가! 하지만 지금 우리가 목을 매달고 있는 이 대수롭지 않은 내용의 전보는 도착할 가능성이 없었다.

두시가 되었지만 여전히 감감무소식이었다. 하지만 알코올이 용기를 불어넣어주어서 우리는 빈사 상태의 자동차를 타고 슈르가즈로 출발했다. 지프차가 되돌아온다 해도 우리가 그 차

파라 아프가니스탄 남서부 파라 강 연안에 있는 도시.

를 놓칠 우려는 없다. 지구상에서 여기만큼 사람이 적은 곳은 그다지 많지 않기 때문이다.

나중에

동틀 무렵까지 운전을 하면서 내가 잠을 자는 걸 가로막는 이 매듭을 잘라버리려고 애썼다. 사막은 불길한 잿빛을 띠고 있었다. 모래바람이 도로를 지워버렸을 때 달이 트럭 운전사들이 지표로 삼는 거대한 원추형 돌무덤과 지평선을 환히 비춰주었다. 그곳은 차축이 부러지거나 배터리가 햇빛에 건조되는 바람에 매년 평균 대여섯 명의 운전사들이 목숨을 잃는 루트 사막의 맨끝 부분이었다. 어쨌거나 이 루트는 악명이 높다. 롯(이 사막의 이름은 롯에게서 따왔다)은 아내가 소금기둥으로 변하는 것을 보았던 것이다. 수많은 마귀와 송장 먹는 귀신들이 이곳을 떠돌았고, 페르시아인들은 이곳에 악마의 거처 중 한 곳을 마련했다. 만일 지옥이라는 곳이 오직 파리가 윙윙거리는 소리만이 정적을 깨뜨리는 이 위험한 침묵 속의 반反세계라면 그들이 옳다.

1000킬로미터에 걸쳐 우리를 위협하던(우리는 테헤란에서부터 조심하라는 소리를 들었다) 슈르가즈 사구가 이제는 그다지 위험해 보이지 않았다. 도로가 약 300미터가량 사라져 보이지 않고, 부서져서 새까맣게 변한 트럭의 잔해는 위험을 무릅쓰고 들어가서는 안되는 곳이 어디인지를 보여주었다. 하늘은 이미 초록색으로 변했다. 지지^{支持} 표면을 늘리기 위해 타이어의 공기를 완전히 빼버렸고, 부서진 차체 주변에서 잠을 자고 있던 아이들 셋(이들은 도대체 어디에서 떨어진 것일까?)이 우리와 함께 차를 밀어주었다.

　　　　　　　　　　아침, 5시에서 7시까지

마지막 군사기지가 있었다.

　　나는 이 지옥 같은 곳에서 살아가는 군인들을 존경한다. 두 차례의 고독, 안장을 얹은 낙타 두 마리, 반합 두 개, 잠두콩이나 밀가루를 담은 마대자루 하나, 그리고 연발권총 두 정. 아니, 그보다는 권총을 넣는 가죽 케이스 두 개라고 말해야 하리라. 왜냐하면 대개는 그 안에 무기가 들어있지 않았기 때문이다. 무기를 가진 사람을 너무 오랫동안 혼자 내버려두면 위험하다. 햇볕을 너무 많이 쬐면 아무 데나 대고 마구 쏘아댈지도 모르기 때문이다. 아니면, 누가 알랴? 자기 자신에게 쏠지도 모를 일이다. 게다가 무기는 선망을 불러일으킨다. 만일 부랑자가 총 가진 사람을 죽이고 그것을 빼앗아간다면? 아니다, 차라리 선수를 쳐서 감시하라는 임무를 부여받은 바로 그 사람에게 권총을 팔아버리는 게 더 나을 것이다. 그러면 아무도 그를 의심하지 않기 때문에, 편안하게 잠을 잘 수 있다. 돈이 있으면 먹을 것이나 아편을 좀 사서 시간을 보내며 다른 부대로 전속되기를 기다리면 될 것이다. 이것이야말로 견뎌낼 수 있는 가장 좋은 방법이며, 삶이 아무리 팍팍하다 해도 이같은 전망은 항상 매혹을 불러일으킨다.

도로 상태를 그들에게 물어보고 싶었다. 티에리가 차에서 내리더니 초소로 향했다. 나도 그를 따라가기 위해 차에서 내려 두 번째 발걸음을 내딛다가 쓰러져서 얼굴을 모래에 처박은 채 (모래는 아직 뜨겁지 않았다) 잠이 들고 말았다. 초소에서 돌아온 티에리는 내 팔을 잡고 차 문까지 끌고 가서 운전사 옆 좌석으로 끌어올렸지만 나는 잠에서 깨어나지 못했다. 얼마 안 있어 티에리 대신 태양이 나를 깨웠다. 일곱시밖에 안됐는데 벌써 태양이 주먹을 움켜쥔 것처럼 떠올랐고, 이윽고 철판이 덥혀지기 시작했다. 태양에 관해 자주 생각했지만, 사람을 죽일 수도 있겠다는 생각을 한 건 이때가 처음이었다. 다시 정신을 되찾고 보니 티에리가 혼잣말을 하듯 중얼거리는 소리가 들려왔다.

"여기서 떠나야 해……. 여기서 떠나야 한다구!"

그는 노스라타바드[47]까지 가려면 또 다시 사막을 통과해야 한다는 말도 내게 했다. 경찰이 그렇게 얘기해 주었다는 것이다.

아침 10시

거의 액체나 다름없는 모래가 30미터가량 이어져서, 우리는 자동차를 가볍게 하기 위해 짐을 다 내려야 했다. 그리고 삽으로 모래를 퍼내 땅을 평평하게 만들고 잔가지와 조약돌을 주워 도로에 깔았다. 그 다음 갖고 있는 옷가지를 모조리 꺼내 그 위에 덮었다. 타이어의 바람을 빼고, 클러치를 넣고, 공기가 허파 속으로 들어올 만큼 큰 소리로 고함을 지르며 차를 밀었다. 그러고 나서 다시 타이어에 바람을 넣고 짐도 다시 실었다.

　　태양은 결국 우리가 모든 걸 검은색으로 보게 만들었다. 그렇지만 우리는 우리의 팔과 얼굴, 가슴이 온통 소금으로 뒤덮인 것을 알아차렸다.

　　　　　　　　　　　　　　　　　　　　　　　정오

우리는 못 본 척했지만 그건 분명히 산이었고, 도로는 아슬아슬한 경사를 이루며 그 산을 통과했다. 그것은 가울라크 고개였는데, 나는 이 가울라크라는 이름을 이때로부터 2년 뒤에야 낡은 독일 지도에서 찾아냈다. 연기에 그을린 것처럼 거무죽죽하고 커다란 바윗덩어리들과 우수 어린 수염처럼 이끼로 뒤덮인 앙상한 위성류 세 그루, 황량하고 구불구불한 길 몇 군데뿐이어서 그다지 위압적이지는 않았다. 별로 높지도 않았다. 하지만 그 산은 포기하고 싶고, 용기가 사라지고, 마치 깨진 화분에서 물이 빠져나가듯 그렇게 삶이 몸에서 새어나가는 바로 그 장소에 정확히 있었다. 게다가 이 계절, 이 시간에 그 고개를 지나가다니! 꼭대기까지 짐을 모두 끌고 올라가기 위해서 우리는 고개를 네 번이나 올라야만 했다. 그런 다음 너무나 뜨거워서 맨손으로는 철판을 만질 수가 없었기 때문에 낡은 헝겊으로 손을 감싼 다음 자동차를 붙잡았다. 기아를 1단에 놓고, 클러치를 넣고, 차에서 뛰어내리고, 밀고…… 하다 보니 결국은 모든 것이 어두워졌다. 고개 꼭대기에서 피스톤이 소름끼치는 소리를 내며 부러지고, 우리 눈에서는 눈물이 뚝뚝 떨어졌다. 나는 흐느껴 우는 티에리를 자동차 그늘에 앉혔다. 이제야말로 어딘가에 도착할 때다.

두 시간 뒤, 노스라타바드 찻집에서 잠을 자던 사람들은 이 금지된 시간에 자동차 엔진 소리를 듣고 자기들이 지금 꿈을 꾸고 있는 게 틀림없다고 생각했을 것이다. 루트 사막 남쪽에서 7월에 해가 뜬 다음에 차를 몰고 다니는 사람은 아무도 없기 때문이다.

노스라타바드[47] 찻집,

오후 두시에서 네시까지

우리는 선반 위에 구부정하게 누웠으나 너무나 피곤한 나머지 잠도 오지 않아서 물단지에서 굵은 물방울이 스며나오는 것을 바라보고만 있었다. 단지는 마치 무슨 신이라도 되는 듯 가시나무에 둘러싸여 제단 같은 곳에 놓여있었다. 우리는 또한 차를 마시는 사람들의 흰색 튜닉이 어슴푸레한 빛 속에서 물결치듯 연속적으로 요동치면서 낮 동안에 머금은 빛을 토해내는 것을 볼 수 있었다. 그 저주받은 낮은 고개가 세상을 바꿔놓은 것인지, 사람들의 얼굴도 더 이상 우리가 알고 있는 얼굴로 보이지 않았다. 흰색 터번에 술장식처럼 늘어뜨린 머리, 카드의 잭을 연상시킬 만큼 그을린 얼굴, 불에서 *끄집어낸* 장작 같은 표정, 그들은 이미 발루치인들이었다.

시간이 흘러갔다……. 우리는 현실의 흐름을 놓쳤다. 우리가 정신을 되찾은 건, 주인이 닭의 목을 치려고 쫓아다니고 공포에 질린 그 새 뒤에서 주인의 두 손이 불티처럼 떨리는 모습을 보고 나서였다.

그리고 이번에는 어깨 밑으로 보이는 양탄자의 꺼끌꺼끌한 결이나, 함정에 빠진 동물처럼 뺨 아래에서 수축되는 작은 근육에 관심이 갔다. 그러고 나자 신경이 이완되고, 해가 질수록 축적된 피로가 치솟아오르고, 숭배하고 싶은, 자신의 운명을 걸고 싶은 욕망이 평상시에는 몰랐던 깊은 곳에서 별안간 우리를 사로잡았고, 도대체 어떻게 사용해야 될지 모르는 격렬한 생의 과잉분過剩分이 방출되었다. 만일 한 뼘이라도 팔을 움직일 수만 있다면 춤이라도 추리라. 조금 있으면 심장(이 감정의 펌프)이 진정되리라. 심장이 여전히 갈비뼈 아래에서 마치 단단해진 근육처럼 더 폭넓게 뛰는 것이 느껴진다.

나중에
자혜단으로 가기 위해 무연탄 색깔을 띤 산을 가로질러 여섯시
에서 자정까지 차를 몰았다. 비쩍 마른 유칼립투스, 무대에 걸려
있는 것 같은 달, 그리고 기타의 목과 술병의 목이 비죽 튀어나
오고 소금물에서 방금 나온 것 같은 두 유령이 모는 자동차가 헤
드라이트도 켜지 않고 이런 시간에, 이 세상 끝에 나타나는 걸
보자 깜짝 놀라는 경찰.

자혜단[48]

7월 20일 저녁
이 도시에 딱 한 명밖에 없는 정비사는 시장 한 모퉁이에 책상다
리를 하고 앉아서 채소까지 이것저것 파는 일종의 위엄 있는 은
자隱者였다. 조금 전부터 그는 우리 차의 부러진 톱니바퀴가 무
슨 보석이라도 되는 듯 새하얀 자기 옷 위에 올려놓고는 이리저
리 살펴보고 있다. 나는 살찐 그리스도를 연상시키는 그의 얼굴
과 어린아이의 그것처럼 깨끗하고 토실토실한 갈색 발가락을
바라보았다. 이 성자가 기계를 다룬다고는 생각하기 힘들었다.
그는 결국 톱니바퀴를 우리에게 돌려주며 말했다.

"퀘타도로스 미쉐(이건 퀘타에나 가야 고칠 수 있소)."
기차에 마실 물을 싣고 일주일에 한 번씩 퀘타와 자혜단을[52]

왔다 갔다 하는 북서철도회사는 우리 차를 실어다주는 데 은화로 1000루피나 되는 거금을 요구했지만, 우리에게는 단 1루피도 없었다. 그래서 우리는 기어를 2단에 놓고 700킬로미터나 되는 발루치 사막을 달리기로 했다. 우리는 하루 종일 등을 바닥에 대고 누워서 엔진을 꺼내고 변속기를 분해했다. 조립은 내일 하기로 했다. 그때까지는 휴식을 취할 수 있었다.

찰키디스 여관으로 돌아갔다. 이 여관도 그리스인이 주인이었다. 부드럽고 은은한 빛이 비치는 가운데 여관 주인과 그의 가족(흰머리를 틀어올린 어머니와 어린 두 딸)이 피스타치오 열매의 껍질을 벗기며 안뜰의 호두나무 아래서 식사를 하고 있었다. 그들은 그리스어를 썼다. 파이 ϕ 와 프사이 ψ, 테타 θ 가 식탁 주위에서 윙윙거리며 미지근한 공기 속에서 둥글게 감기다가 더 과장된 오메가 Ω 에 의해 끊기고, 이 오메가들은 마시는 물이 담긴 하늘색 통에 부딪쳐 울렸다. 마른 올리브 나뭇가지가 문에 걸려있었고, 흰 벽을 따라 오래된 식탁 몇 개가 놓여있었다. 잿빛 얼굴을 한 발루치족 하녀가 우물가에서 냄비를 씻고 있었다. 이 모든 것이 마치 공중에 매달려있는 것처럼 경쾌한 균형을 이루었다. 어둠으로 바뀐 하늘 한 모퉁이 아래의 그 안뜰은 테살리아의

퀘타 저자들은 아프사니스탄에서 바로 카이바르 고개를 넘어 인도로 갈 예정이었지만, 자동차 수리 때문에 파키스탄의 퀘타에 들르게 된다. 파키스탄은 제1차 아프간전쟁(1838~1842) 이후 100년 가까이 영국의 식민지였다가 1947년 독립하였다. 퀘타는 파키스탄 중서부 발루치스탄에 있는 도시로서, 교역의 중심지이자 중요한 군사거점이라 영국군 사령부가 있었다.

일부분이었다. 수박, 달걀, 양고기 다리, 맥주, 차. 나는 스푼으로 잔을 이리저리 휘저으며 피로와 추억을 뒤섞었다. 퀘타로 가는 도로가 안고 있는 위험은 짐짓 잊어버린 채 세이렌들에게 몸을 맡겼다. 트럭이나 삼단노선들이 빈번하게 모이는 아시아 지방 어느 외진 곳의 그 타베르나(그리스 전통의 대중식당 - 옮긴이 주)는 옛날에 틀림없이 크림 반도에서 이아손이 드나들었던 곳과 흡사하리라.

미르자베 세관[49]

7월 21일 저녁

세관 건물은 모래 광장을 둘러싸고 있었다. 옷차림이 단정치 못한 병사 몇 명과 수염이 바람에 나부끼는 세관원이 상관이 올 때까지 여기서 기다리라고 우리에게 말했다. 그들 중 누구도 그 상관을 찾으러 갈 엄두를 내지 못했고, 우리도 그가 도대체 뭘 하기에 나타나지 않는지 묻는 걸 금방 그만두었다. 술병을 잔뜩 든 하녀가 방금 안뜰을 지나갔던 것이다. 머리가 헝클어지고 얼이 빠진 듯한 여인의 얼굴이 석유등을 켜놓은 방의 창유리에 나타났고, 이제는 도무지 사실 같지 않은 쾌락의 신음이 어둠 속에서 커지기 시작했다.

아, 그 세관! 그 거친 고함소리는 마치 잠을 자다가 악몽을

꾸기 시작한 사람이 내지르는 것 같았다. 이곳에는 여자들이 살지 않는다. 나는 틀림없이 그녀가 트럭에서 보냈을 시간을 생각했다. 태양 아래서 얼마나 기묘한 운명들이 실현되고 있는가!

　나중에 장교가 한 손으로는 입을 닦고 또 다른 손으로는 옷매무새를 고치며 나타났다. 우리는 묘석만큼이나 큰 기록부에 서명한 다음 20년 전에 그곳을 지나간 아우렐 스타인이라는 사람이 써놓고 간 글 아래 몇 줄 적어넣었다. 우리는 노인이 정중하게 권하는 차를 마셨다. 도로에 관해 묻자 그는 길이 6킬로미터가량 유실되어 과연 지나갈 수 있을지 의심스럽다고 차분하게 대답했다. 하지만 우리는 이미 출국한 것으로 기록되었기 때문에 되돌아갈 수도 없었고, 첫번째 파키스탄 초소는 동쪽으로 100킬로미터가량 떨어져 있었다. 우리가 묻지 않았다면 세관장은 우리에게 경고조차 하지 않았을 것이다. 그는 아직도 흥분이 가라앉지 않은 상태였다. 우리는 오랜 시간에 걸쳐 그를 설득한 끝에 병사들이 우리와 함께 가서 차를 밀어주어도 좋다는 허락을 받아냈다.

이아손　그리스 신화의 영웅. 이아손의 아버지는 이올코스의 왕이었으나 이아손이 어릴 때 죽고 숙부가 왕위를 물려받는다. 성년이 된 이아손이 숙부에게 왕위를 달라고 하자, 숙부는 황금양모를 가져오면 그렇게 하겠다고 한다. 이아손은 아르고호라는 커다란 배에 헤라클레스를 비롯한 그리스의 영웅 50명을 태우고 모험을 떠나 결국 황금양모를 가져온다. 아르고호의 모험 경로는 에게 해 → 다르다넬스 해협 → 마르마라 해 → 보스포루스 해협 → 흑해이며, 크림 반도는 아르고호의 수많은 영웅들이 활약한 무대였다. 부록 지도 참고.

헤아릴 수 없을 만큼 많은 별들이 반짝이는 광활한 발루치 사막 앞에 이제 우리 두 사람만 남았다. 우리는 지칠 대로 지쳤고, 밤이 끝나가고 있었다. 다른 상황에서라면 이란을 좋아할 수도 있었으리라. 하지만 지금 이 상황에서는 이란이 정말 싫었다. 이란, 너무나 많은 것을 창조했고 너무나 많은 것을 사랑했으나 자부심으로 인해 지나친 과오를 저지르고 너무나 많은 속임수를 쓰고 너무나 고통받았던 이 병든 노인. 때로 정신이 맑을 때는 매혹을 발산하지만 또 때로 기억이 지워지는 무감각 상태에서는 자신을 죽음의 신에게 내맡기기도 하는, 상아의 손을 가진 이 늙은 족장. 이제 그는 자신보다 더 강하고 덜 세련된 채권자들의 손아귀 안에 들어갔다. 쇠퇴해가는 것에 대해 엄격하게 굴어서는 안된다. 늙은 병자에게 늙고 병들었다고 비난하지는 않는다. 다만 떠날 순간이 되면 깊은 안도감을 느끼며 그들로부터 멀어질 뿐.

발루치 사막[50]

밤은 푸르고, 검은 사막은 깊은 침묵에 빠져 있다. 도로 가장자리에 앉아있는데 이란에서 온 트럭 한 대가 우리 옆에 멈추어 선다. 인사를 하고 이런저런 이야기를 나누었다. 마대 위에서 여행 중이던 남자들 중 하나가 천으로 된 여행가방을 품에 꼭 안고 굴러 떨어지듯 트럭에서 내려와 우리 쪽으로 다가왔다. 그는 가방을 열더니 고르반드 담배 한 갑씩을 우리 두 사람에게 내밀었다. 끝부분에 담배 이름이 페르시아어로 보일락 말락 하게 쓰여 있는 이 가느다란 담배는 마치 페르시아처럼 비탄과 쇠약, 망각의 맛이 또렷하게 느껴지는 것 같기도 하고, 좀 떫은 것 같기도 해서 맛이 미묘했다.

국경에서 이틀 거리 정도로 멀어지자, 우리는 페르시아를 다시 생각하며 애정을 느꼈다. 우리가 보기에 페르시아는 아주 연하고 아늑한 푸른색을 띤 광대한 밤의 공간 같았다. 이미 우리는 페르시아를 인정한 것이다.

《세상의 용도》제3권으로 이어집니다.

옥수스 강

투르키스탄

비슈케크

키르기스스탄

타슈켄트

페르가나

카슈가르

사마르칸트

타지키스탄

스탈리나바드
(두샨베)

테르메스

파이자바드

발흐

쿤두즈

제바크

마자르이
샤리프

바다크샨

62 풀이쿰리

살랑고개

61 수바고개

59 차리카르

누리스탄 산

힌두쿠시 산맥

58 카불

63 잘랄라바드

60 고르반드 계곡

라타반 고개

64 카이바르 고개

코이바바 산맥

57 사라이(카불)

페샤와르

이슬라마바드

아프가니스탄

가르데즈

56 무쿠르

라호르

55 칸다하르

54 라스쿠르동

53 코자크고개

포트
산데만

52 퀘타

시비

스탄

48 자헤단

볼란고개

51 뉴슈키

인도

뉴델리

미르자베

50 발루치사막

파키스탄

삶을 바꿔놓는 경이의 책

니콜라 부비에가 쓴 《세상의 용도》는 삶을 바꿔놓는 힘을 가진 마술의 책들 중 하나다. 1963년 스위스의 드로주 출판사에서 나온 이 책은 그 다음 해 프랑스 쥘리아르 출판사에 의해 출간되었지만, 이 프랑스어판은 출판사 내부 사정으로 절판되었다. 작가가 판권을 되찾아간 뒤로 시간이 지나면서 이 책을 구하기가 점점 더 어려워져갔다. 1985년 데쿠베르트 출판사에서 펴낸 세 번째 판이 드디어 이 책을 행복한 소수의 손에서 더 많은 독자들에게 넘겨주었다. 처음 출간된 지 25년여 만에 《세상의 용도》가 하나의 기념비적 저서로, 하나의 컬트북으로 인정받은 것이다. 이 책을 쓴 니콜라 부비에는 그로부터 13년 뒤에, 그리고 이 책에 흑백 삽화를 그린 그의 친구 티에리 베르네는 그로부터 5년 뒤에 각각 세상을 떠났다.

《세상의 용도》는 어떤 책인가? 1953년에서 1954년 사이에 두 스위스 청년을 제네바에서 유고슬라비아, 터키, 이란, 파키스탄을 거쳐, 아프가니스탄의 카불까지 데려간 여행이야기라고 간단히 대답할 수도 있을 것이다. 한 사람은 작가, 또 한 사람은 화가였다. 그들은 피아트 토폴리노를 타고 여행했다. 이렇게 말하는 게 정확할지는 모르지만 불완전하다. 왜냐하면《세상의 용도》는 무엇보다도 '지혜의 책'이기 때문이다. 세상을 어떻게 이용할 것인지를 설명해주는 삶의 교과서이기 때문이다. 또한 그것은 20세기판 '경이의 책'이기도 하다.

모든 것은 1929년 제네바에서 시작되었다. 니콜라 부비에는 높은 교양을 갖춘 부유한 부르주아지 집안에서 태어났다. 그의 부모들은 토마스 만이라든가 마르그리트 유르스나르(부비에는 그녀를 존경했다), 로베르트 무질, 헤르만 헤세를 손님으로 맞았다. 니콜라 부비에가 쓴 〈테사우루스 파우페룸〉이라는 글을 보면, 가족의 근원에 대한 깊은 애착과 거기서 벗어나고 싶은 잠재된 욕망이 동시에 표현되어 있다. 그는 대입자격시험을 보고 난 뒤로 산스크리트어와 중세사를 공부했고, 처음으로 여행을 했으며(이탈리아, 핀란드, 사하라, 터키), 최초로 글을 썼다. 그러고 나서 드디어 1953년에 오랜 시간 준비해온 긴 여행을 분신이나 마찬가지인 티에리 베르네와 함께 떠나게 된다. 그리고 길은 계시를 주기도 하지만 또한 고통도 안겨준다. 여행은 값비싼 대가를 치러야만 하는 것이다. 우리가 여행을 하는 것은 무슨 일인가 일어나서 자신을 변화시키도록 하기 위해서다. 그렇지 않다면 그냥 집에 있는 게 차라리 낫다. 니콜라 부비에는 나중에 이렇게 썼다.

당신을 파괴할 권리를 여행에 주지 않는다면 여행은 당신에게 아무것도 가르쳐주지 않을 것이다. 그것은 이 세상만큼이나 오래된 꿈이다. 여행은 마치 난파와도 같으며, 타고 가던 배가 단 한 번도 침몰하지 않은 사람은 바다에서 다시는 돌아오지 못할 것이다.

《세상의 용도》는 둘이서 카불까지 갔던 이 여행의 첫 부분을 이야기한다. 그러고 나서 부비에는 1955년에 혼자 인도에 이어 실론(스리랑카)까지 갔다. 그는 여기서 1년 가까이 머무르면서 광기와 우울증, 알코올을 경험했다. 여행의 위험은 경계를 살짝 건드리는 것이다. 그는 25년 뒤 그의 작품 중에서 가장 매혹적이면서 가장 비통한 《물고기-전갈》이라는 작품을 통해 거기에 관해 이야기한다. 죽음의 유혹에서 벗어난 그는 실론을 떠나 일본에 정착, 1년 동안 사진작업으로 먹고 살며 글을 썼다. 3년 동안의 여행을 마친 그는 1956년 말 스위스로 돌아가서 결혼을 하고, 제네바 근처의 콜리니라는 곳에 자리를 잡는다. 그는 도상학자로 일하면서 3만여 점 이상의 개인 수집품을 모으는 한편, 《세상의 용도》를 고치고 또 고쳤다.

여행자는 무엇보다도 여유를 가져야 하고, 자기가 있는 나라에 깊이 빠져들어야 하며, 완전한 가용可用 상태에 놓여야 한다. 니콜라 부비에는 눈이 내리는 이란에서 6개월 동안 겨울을 보내야만 했고, 소형 피아트 자동차 엔진을 며칠에 걸쳐 다시 조립해야 했으며, 터키로 가는 길이 워낙 더워서 오래 고생해야 했다. 그러면, 그리고 오직 그때에만 여행은 여행자에게 그에 관한 무엇인가를 가르쳐줄 수 있다.

《세상의 용도》가 출판되고 나서 니콜라 부비에와 그의 아내, 그리고 그의 큰아들은 일본으로 가서 1년 동안 머물렀다. 그는 이때의 체험을 《일본》이라는 책 속에서 이야기하고 있으며, 다시 짧은 한 장을 덧붙여 《일본 연대기》를 펴냈다. 그리고 오랫동안 출판되지 않고 있던 이 책의 일부분은 《공허와 충만》이라는 제목으로 출간되었다.

니콜라 부비에는 1970년에 혼자 다시 일본으로 갔고, 죽기 직전에 다시 이 나라를 찾아갔다. 그는 또한 중국과 한국, 아란 제도(아일랜드의 서쪽 골웨이 만에 위치한 세 개의 섬)를 여행하기도 했다. 그는 계속해서 사진을 찍었고, 그의 사진 작품은 최근 들어 체계적으로 정리되기 시작했다.

1990년대 들어 니콜라 부비에는 '감탄할 만한 여행자들'이라는 주제로 생말로에서 열린 북페어에서 한 세대의 작가 전체가 '대가大家로 간주하는 영광을 안았다. 오마주 기간이 마련되어 영화 〈부엉이와 고래〉(파트리샤 플래티너가 니콜라 부비에의 동명 작품을 원작으로 만든 다큐영화)가 상영되었고, 대화집 《길과 궤주》가 출간되었다. 부비에는 그 뒤로도 미국과 일본을 여행하다가 1998년 2월 암으로 세상을 떠났다. 그가 마지막으로 쓴 유고작은 《밖과 안》이라는 시집으로서 가장 간결하면서도 가장 비통한 현대시가 묶여있는데, 그것은 인간과 죽음의 대면이었다. 작가이자 사진가이자 고문서학자였던 니콜라 부비에는 또한 시인이기도 했다.

지난 2004년 7월 갈리마르 출판사는 무려 1560쪽에 달하는 그의 전집을 발간하였다.

옮긴이 이재형

| 니콜라 부비에의 생애

출생(1929)

제네바 인근에서 3남매의 막내로 출생. 매우 엄격하면서도 지적인 가풍에서 자라난다. 그의 부모들은 토마스 만이라든가 마르그리트 유르스나르(부비에는 그녀를 존경했다), 로베르트 무질, 헤르만 헤세를 손님으로 맞았다.

어린 시절

아버지는 도서관 사서였고, 어머니는 "가장 실력 없는" 요리사였다고 한다. 여섯 살에서 일곱 살 사이에 쥘 베른, 커우드James Oliver Curwood, 스티븐슨Robert Louis Balfour Stevenson, 잭 런던, 페니모어 쿠퍼James Fenimore Cooper의 작품들을 탐독한다.

청소년기

열일곱 살 때부터 부르고뉴와 토스카나, 플랑드르, 사하라, 라포니, 아나톨리아 등지를 여행한다. 동시에 제네바대학에서 문학과 법을 전공하면서 산스크리트어와 중세사에 관심을 가졌다가 결국은 마농 레스코와 몰 플랜더즈의 비교 연구를 주제로 학위논문을 쓸 계획을 세운다.

카이바르 고개(1953~1954)

대학학위시험 결과를 채 기다리지도 않은 채 1953년 6월 친구 티에리 베르네와 함께 피아트 토폴리노 자동차를 타고 출발한다. 첫 번째 목적지는 발칸반도였다. 1954년 12월까지 계속된 이 여행은 두 사람을 터키와 이란, 파키스탄으로 데려가고, 티에리는 카이바르 고개를 얼마 남겨놓지 않고 여행을 중단한다. 니콜라 부비에는 혼자 여행을 계속한다. 몇 년 뒤 《세상의 용도》가 탄생한다.

실론(1955)

니콜라 부비에는 혼자서 아프가니스탄과 인도를 거쳐 실론에 도착한다. 이곳에서 그는 어찌할 바를 모른다. 고독과 더위가 그를 덮친 것이다. 그는 일곱 달 뒤에서야 이 섬을 떠나고, 30년 뒤에서야 《물고기-전갈》이라는 책과 더불어 이 모험의 무게를 떨친다.

일본(1955-1956)

그는 실론에 이어 또 하나의 섬 일본으로 떠난다. 그는 일본에 매혹되어 몇 년간 머무른다. 그는 1970년 이곳에 세 번째 체류하고 난 뒤 《일본 연대기》를 쓴다. "일본은 작은 것의 입문이다. 여기서 너무 많은 것을 가지고 있으면 좋은 소리를 못 듣는다."
이때 우리나라도 방문하여, 부산과 대구, 한라산 등을 여행한다.

"우리를 조금 파괴할 권리를 여행에 남겨두지 않는다면 차라리 집에 남아 있는 게 낫다." 《한라산으로 가는 길》

마지막 여행(1998)

1998년 2월 17일, 암으로 사망.

수상과 저서

1995년 니콜라 부비에는 그의 작품 전체에 대해 그랑프리 라무즈상(작품 전체에 대해 수여하는 스위스의 문학상)을 수여받는다. 이것은 크리티크상(파리, 1982)과 벨 레트르상(1986)에 이은 세 번째 수상이었다. 또한 1991년 '감탄할 만한 여행자들Étonnants Voyageurs' 이라는 주제로 열린 생말로 북페어에서 여행문학의 대가로 선정되어, 오마주 기간 동안 그의 책이 전시되고 영화가 상영되었다. 생말로 북페어는 2007년 뛰어난 여행작가에게 수상하는 '니콜라 부비에상' 을 제정하여 지금까지 해마다 수상자를 내고 있다. 2004년 프랑스 갈리마르 출판사에서 전집이 발간되었다.

《세상의 용도》(1963) , 《일본 연대기》(1975), 《한라산 가는 길》(1994), 《물고기-전갈》(1982), 《아란과 다른 곳의 일기》(1990), 《부엉이와 고래》(1993), 《안과 밖》(1998), 《방황과 영원 사이에서, 세계의 산들에 관한 시선》(1998), 《몸, 세계의 거울》(2000), 《이미지의 역사》(2001), 《여행자의 눈》(2001), 《전집》(2004)

《세상의 용도》 서평들

〈르몽드〉, 쟈크 뫼니에

그의 산문은 브뢰겔과 샤갈을 생각나게 한다. 그의 여행 수첩은 둥글둥글한 단어들과 뜨거운 단어들, 우주를 만들어내는 단어들로 가득 차 있다. 이 여행 작가의 성공은 여행자로서의 자질이 그의 작가로서의 자질을 무력화시키지 않았다는 데 있다. 체험은 그의 시선을 날카롭게 만들고 글의 군더더기를 덜어내게 했다.

Kafkaiens Magazine

이 너무나도 아름다운 책을 읽으면서 독자들은 코르토 말테즈와 레비-스트로스를 떠올리게 될 것이다.

Critiques Libres

여행문학이라는 장르를 처음 접해본 나는 이 책에 매료되고 말았다. 나는 여행문학 장르에서 가장 잘 쓰인 책을 처음으로 접했다. 니콜라 부비에의 이 책은 여행문학 애호가들 사이에서 컬트북이 되었다.

avoir-alire.com

이야기와 풍경, 색깔, 냄새로 가득 찬 책. 아름다워지기 위해서 삶은 여유를 가져야 하고, 실수를 인정해야 하며, 시와 음악, 웃음을 먹고 살아야 한다. 또한 스스로를 채우기 위해서 삶은 늘 깨어 있어야 한다.

아마존 프랑스

나는 최근 들어 이 작가를 발견하였다. 정말 운이 좋았다! 순수한 행복이었다! 특히 이 책에는 단어들의 결합과 문장들의 균형이 존재한다.

프랑스어로 쓰인 가장 아름다운 이 책은 단어들이 폴라로이드 사진이 되는 여행 속으로 우리를 데려간다. 별다른 일은 일어나지 않지만, 존재의 행복은 바로 이 '평범함' 속에 있다.

니콜라 부비에Nicolas Bouvier

1929~1998. 작가이자 사진가이자 고문서학자, 시인. 제네바 인근에서 3남매의 막내로 태어났다. 아버지는 도서관 사서였고, 어머니는 '가장 실력 없는' 요리사였다. 열일곱 살, 대학입학자격시험 후 첫 여행을 했고, 제네바대학에서 문학과 법을 전공하면서 산스크리트어와 중세사에 관심을 가졌다. 학위논문 결과를 기다리지도 않은 채 1953년 6월 친구 티에리 베르네와 함께 피아트 토폴리노 자동차를 타고 인도로 출발했다. 둘의 여행은 아프가니스탄 카불에서 중단되지만, 혼자서 여행을 계속하여 인도와 실론으로 간다. 이후 니콜라 부비에는 여행작가로서의 삶을 살아간다. 1982년 파리 비평가상, 1995년 작품 전체에 대해 그랑프리 라무즈 상을 수상했다. 전세계를 여행하며 저술작업을 하다가 1998년 2월 17일 암으로 사망했다. 《세상의 용도》《일본》《물고기-전갈》 등 십여 권의 책을 냈으며, 2004년 갈리마르 출판사에서 전집을 발간했다.

이재형

한국외국어대학교 프랑스어과를 졸업하고 한국외국어대학교, 강원대학교, 상명여자대학교 강사를 지냈다. 옮긴 책으로 《부엔 까미노》《어느 하녀의 일기》《걷기, 두 발로 사유하는 철학》《패자의 기억》《꾸뻬 씨의 사랑 여행》《사회계약론》《시티 오브 조이》《군중심리》《마법의 백과사전》《지구는 우리의 조국》《밤의 노예》《최후의 성 말빌》《세월의 거품》《신혼여행》《레이스 뜨는 여자》《눈 이야기》 등이 있다. 현재 파리에서 번역, 저술 작업을 하는 틈틈이 도보여행가로서의 삶을 살고 있다.